D0730096

Les enfants du négrier

Titre original : *Chains*
Pour l'édition française :
© Éditions Milan, 2003, pour le texte et l'illustration
ISBN : 2-7459-1133-3

FRANCES MARY HENDRY

Les enfants
du négrier

Traduit de l'anglais par
Jacqueline Odin

MILAN POCHE
HISTOIRE

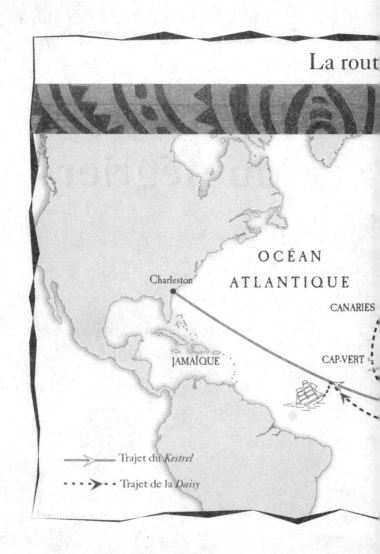

La rout

OCÉAN
ATLANTIQUE

Charleston

CANARIES

CAP-VERT

JAMAÏQUE

———▷ Trajet du *Kestrel*

▷▷▷ Trajet de la *Daisy*

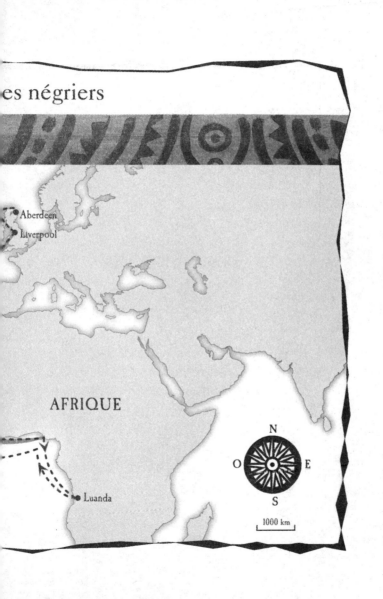

es négriers

Aberdeen
Liverpool

AFRIQUE

Luanda

N
O   E
S

1000 km

L'Afrique des esclaves

OCÉAN
ATLANTIQUE

CANARIES

SAHARA

Touaregs

Maures

CAP-VERT

Tombouctou

Gao

Niger

Djenné · Loko

Songhaï

Mossi

Nupe

Yoruba

Igbo

CÔTE DES ESCLAVES

OCÉAN
ATLANTIQUE

----- Trajet de Hassan et Gbodi

500 km

PERSONNAGES PRINCIPAUX

Bert : 13 ans, matelot à bord du *Kestrel*.

Cartwright : second du capitaine Owens, à bord du *Kestrel*.

Dand : 16 ans, fils de paysan écossais.

Gbodi : 12 ans, originaire du village de Loko, en Afrique (*voir carte*).

Hassan : 14 ans, fils d'Uzum, marchand d'esclaves à Djenné, en Afrique (*voir carte*).

Hunt : lieutenant, à bord du *Kestrel*.

Iain : 17 ans, jeune tonnelier écossais.

Jim Scarface : trafiquant d'esclaves.

Juliet : 16 ans, fille d'un armateur négrier de Liverpool, en Angleterre.

Maxwell : capitaine négrier de la *Daisy*.

Omu : frère de Gbodi, originaire du village de Loko, en Afrique (*voir carte*).

Owens : capitaine du *Kestrel*, navire négrier de Liverpool.

Uzum : père d'Hassan, marchand d'esclaves à Djenné, en Afrique (*voir carte*).

NOTE DE L'AUTEUR

L'esclavage était, et est encore, fréquent dans le monde. Il peut s'appuyer sur la race ou la nationalité, la couleur de peau ou l'ethnie, le sexe ou l'âge, la religion, la caste ou la classe sociale, la politique ou l'argent, ou n'importe quelle combinaison de ces éléments, dès lors que des individus cruels ou égoïstes recherchent leur propre intérêt, le profit et le pouvoir. Les hommes, semble-t-il, trouvent toujours une manière de justifier le fait qu'ils obligent d'autres hommes à leur obéir et à les servir.

L'esclavage ne se réduit pas à un problème entre Noirs et Blancs. Au cours de l'histoire humaine, presque tous les peuples ont asservi leurs voisins et rivaux. Il est indéniable que les chrétiens ont eu un comportement atroce. Des Blancs inexpérimentés, ambitieux, cupides et convaincus de leur supériorité ont réduit en esclavage des millions de Noirs ; partout où ils ont commercé et se sont installés, ils ont exercé une influence, souvent très néfaste, sur les populations locales, qu'ils ont même détruites, délibérément ou accidentellement, par exemple en

Amérique du Nord et du Sud, en Australie ou en Tasmanie. Mais les Blancs ont aussi opprimé d'autres Blancs, comme lors des expulsions* qui ont transformé le nord de l'Écosse en quasi-désert, ou par le travail forcé dans les usines allemandes pendant la Seconde Guerre mondiale ; les Noirs (les Zoulous et les Hutus par exemple) ont asservi et massacré d'autres ethnies noires ; et des musulmans à la peau noire ou brune ont réduit en esclavage des Noirs comme des Blancs, à travers l'Europe méditerranéenne et l'Afrique du Nord.

Ce livre se déroule à la fin du XVIIIᵉ siècle, période où les idéaux humanistes commençaient à se répandre. « Liberté, égalité, fraternité » ; « Tous les hommes naissent égaux ». J'ai essayé de montrer quelques-unes des formes prises à l'époque par l'esclavage, en exprimant les convictions et les opinions de l'époque, dans les termes que les gens de l'époque auraient utilisés. Bien que mes personnages soient imaginaires, tous les détails mentionnés ici sont, autant que j'aie pu le vérifier, exacts ; je voudrais remercier le professeur Bridges de l'université d'Aberdeen pour son aide et ses conseils.

J'espère que vous aimerez lire cette histoire autant que j'ai aimé l'écrire.

Frances Mary Hendry

---

* Les mots ou groupes de mots suivis d'un astérisque sont expliqués dans le glossaire en fin de volume.

Les maillons éparpillés

MAILLON 1

JULIET, HASSAN, GBODI, DAND
Octobre et novembre 1794

Juliet – *George's Dock, Liverpool*
(La salle de séjour de Mme Sarah Smethwick)

– Je l'ai supplié de me laisser faire mes preuves, mais…

Rouge de colère à ce souvenir, Juliet imita la voix rauque de son père.

– « Le cerveau féminin est purement et simplement incapable de comprendre les affaires, Juliet. S'occuper de son mari et de sa maison, voilà comment une femme peut employer au mieux l'intelligence qu'elle possède ! »

– Bougre de butor ! lança la vieille madame Smethwick.

Juliet pouffa de rire.

– Je ne pouvais pas employer de tels mots, Grand-Maman !

– Si sa mère ne le peut pas, qui alors ? Niquedouille ! s'exclama l'aïeule en tirant des bouffées de cigare furieuses.

13

– C'est ce qu'il a dit au pauvre Tony pas plus tard que ce matin. « D'où vient l'argent qui vous nourrit et vous habille, toi, ta mère et tes sœurs, et qui vous apporte tout le confort souhaitable ? Du commerce. De mon commerce ! Tu n'oseras pas le mépriser ! Tu accompliras ton devoir auprès de ta famille, monsieur, comme je le fais ! Ce qui signifie, espèce de niquedouille gaspilleur et mollasse, que tu vas m'obéir ! Le capitaine Owens fera de toi un homme, si un tel miracle est possible ! » Pauvre Tony !

– Le garçon va-t-il y aller ?

La vieille dame était ridée, frêle, et même trop fragile pour marcher, mais ses yeux bleus décolorés n'en demeuraient pas moins perçants.

– A-t-il le choix ? Il ne peut pas résister comme moi aux rages de Papa, il est trop… nerveux.

– Faible, tu veux dire, grogna la vieille dame.

– Hum.

Juliet haussa les épaules.

– Maintenant que nos frères aînés sont morts, Tony doit apprendre à gérer les affaires, malgré l'horreur qu'il en a.

Sa voix changea de nouveau, devint plaintive.

– « Un presbytère de campagne tranquille, respectable, avec mon alto, le cricket et la science physique : c'est tout ce que je veux ! Tout ce que j'ai toujours voulu ! Ma dernière année à Oxford ! Et à présent, comme si trimer dans un bureau dix heures par jour, enchaîné à une table de travail, ne suffisait pas, à présent on m'envoie naviguer pour que j'apprenne à connaître les bateaux et le commerce négrier. Je ne peux pas partir, Juliet ! Maudits soient l'inattention de Richard et le patriotisme de Sebastian ! Je suis condamné à devenir un marchand grippe-sou ! »

Trop contrariée pour rester assise, Juliet se leva près du fauteuil roulant de sa grand-mère afin de contempler par la fenêtre le quai animé en contrebas. Pas étonnant que Grand-Maman refusât de quitter son appartement, qui occupait le grenier de l'entrepôt où elle avait aidé à monter l'affaire. Juliet elle-même eût préféré habiter ici. Broad Street, où Papa avait construit son magnifique hôtel particulier, n'était jamais aussi intéressante.

La vieille madame Smethwick eut un grognement de dédain.

– Balivernes de prétentieux ! C'est la faute de ta fichue mère, elle et son « mon cousin le comte » ! J'avais dit à ton père qu'elle était trop aristo pour lui, mais il m'a répondu qu'il voulait entrer dans le beau monde ! Il s'est marié au-dessus de son rang !

Elle tira sur son cigare.

– Et regarde ce qu'il récolte ! Cette famille dont elle est si fière, des bons à rien jusqu'au dernier, qui le ridiculisent sans arrêt, comme s'ils lui accordaient une faveur en le laissant régler leurs dettes. Tes frères étaient sans cervelle. Tony a raison sur ce point-là – il y a un début à tout.

–Maman se vante de l'héroïsme patriotique de Sebastian, dit Juliet d'une voix sèche.

–Rien de patriotique ni d'héroïque à se faire canarder par des Irlandais bouseux cachés derrière une meule de foin, selon moi.

Madame Smethwick renifla, aussi sèchement.

–Trop imbu de lui-même pour voir autre chose que les idées supérieures de ta mère : revêtir l'uniforme rouge éclatant, côtoyer la petite noblesse. Oh, oui ! Et ensuite, Richard. Il faut ouvrir l'œil sur les docks ! Un filet plein de barils menace toujours de craquer : il n'y a que les imbéciles pour marcher dessous.

Son visage était amer.

–Pas une perte, ni l'un ni l'autre. Des mollusques obtus, tous mes hommes.

–Et Tony est le pire de tous.

Juliet se rassit lourdement et martela ses genoux à coups de poing furieux.

–Oh, la peste soit de lui ! Il a tout ce que je voudrais…

–Et il le méprise, regretta la vieille madame Smethwick. Il a la tête aussi creuse et bruyante qu'un tambour.

–Il va ruiner la compagnie, Grand-Maman ! J'en suis persuadée ! Il n'a aucune compétence ! Il ne sait pas prévoir, ni organiser, ni même additionner correctement une ligne de chiffres, encore moins calculer des prix et des bénéfices en pourcentages, ni estimer ce qui se vendra à Rio, au Caire, à Oslo ou à Bombay. Il ignore même où se trouvent la moitié de ces villes. « Que m'importent Murbles and Smethwick, leurs onze navires et leurs quarante-trois commissionnaires ? » dit-il avec un tel sarcasme dans la voix... Oh, je pourrais si bien réussir ! Je pourrais... Mais il faut que je parte finir l'école.

Elle imita les inflexions aiguës, nonchalantes, de sa mère.

– « Ton accent, Juliet ! Lamentablement provincial. Et plutôt que de glisser à petits pas, tu te précipites à grandes enjambées d'homme ! Consternant ! » La peste l'étouffe !

Sa propre voix, assez bourrue, était acerbe.

– Je suis turbulente et raisonneuse, je tiens à réfléchir par moi-même, je scandalise et je rebute tout le monde – comme la semaine dernière.

– Tu as juré contre un charretier, n'est-ce pas ? gloussa sa grand-mère. Fille perdue !

– Eh bien, lorsque son cheval est tombé sur le verglas, je lui ai dit que ce serait plus intelligent de trouver un sac qui permette à la pauvre bête de se relever, au lieu de rester à la fouetter. Il a juré contre moi, j'ai donc juré contre lui. Après t'avoir rendu visite, ma chère vieille dame délicieuse... (elles échangèrent un sourire malicieux, qui leur donna soudain une grande ressemblance) les jurons me sont venus naturellement ! Je l'ai démoli !

Elle eut un petit rire de fierté, puis elle se rembrunit.

– Mais Maman a tout appris par sa pire amie, qui s'était arrêtée alors qu'elle se rendait à la bibliothèque de prêt, et elle a eu ses vapeurs. Par conséquent : l'école. Le pensionnat distingué pour jeunes filles des demoiselles Lazenby, à Bath.

– Elle en parle depuis assez longtemps, non ?

– Oui, mais cette fois-ci, elle passe à l'action. « Tu es, je crois, insensible à la beauté, Juliet. Mais il est possible de polir les angles de la pierre la plus rugueuse qui soit. » Flatteur, hein ? soupira Juliet. L'élocution et la conversation, l'étiquette et le maintien. Le charme. Des savoir-faire essentiels, comme peindre des éventails. Quatre heures de harpe quotidiennes. Toutes les ruses écœurantes pour attraper un mari.

Elle fit mine de cracher, enchantée du rire de sa grand-mère.

– Les autres filles seront menues, élégantes, bien élevées, jolies, talentueuses et… et londoniennes ! Elles se moqueront de moi. Oh, sacrebleu, Grand-Maman, ce sera l'asphyxie, un calvaire, un véritable esclavage ! Et en pure perte : jamais un gentilhomme du « rang social convenable » de Maman ne voudrait s'allier à une famille de marchands, malgré toute la richesse de Papa et le nombre de comtes parmi les petits cousins de Maman. Oh, si seulement je pouvais m'échapper !

Abattue, Juliet s'affaissa dans son fauteuil.

– Si seulement je pouvais échanger avec Tony !

Sa grand-mère battit des paupières à la façon d'un très vieux lézard.

– Pourquoi pas ?

– Quoi ? s'écria Juliet, qui se dressa sur son séant. Oh, ce serait merveilleux !

– Eh bien alors ? Pourquoi ne pas naviguer à sa place ?

– Sur un navire plein d'hommes ? Il faudrait que je m'habille en garçon pendant des mois. Ne raconte pas de bêtises !

– Ne joue pas la petite pimbêche avec moi, arrogante aux longues quilles !

La vieille dame agita son cigare devant les intonations dédaigneuses de la jeune fille.

– Je ne tolérerais pas que le roi lui-même me parle sur ce ton !

– Je regrette, Grand-Maman, souffla Juliet. Mais… non. Non. J'aimerais beaucoup, mais je ne le pourrais pas !

– Pourquoi pas ? Ce ne serait pas la première fois que tu te déguiserais en homme, non ?

Juliet resta bouche bée, et elle rougit lorsque la vieille dame gloussa d'un air entendu :

– Tu crois que je ne suis informée de rien parce que je ne sors jamais ? Deux étés que tu portes les vêtements de Tony pour une fête ! Tu t'es bien regardée dans le miroir, galopine ! Tu es le portrait de ton frère.

C'était vrai. Quoiqu'elle eût trois ans de moins, Juliet était aussi grande que Tony ; terriblement grande, se désolait sa mère. Lui était un peu plus potelé. Leurs visages étaient presque identiques, excepté l'air boudeur, moins décidé, de la bouche de Tony. Leurs yeux immenses avaient le même gris ardoise, leurs cheveux pareillement blonds avaient la même raideur naturelle, malgré les anglaises que les fers à friser imprimaient de force à ceux de Juliet. Tous deux avaient le long nez recourbé de leur père, ce qui gâchait la vie de la jeune fille parmi ses sœurs cadettes et ses amies plus jolies.

En ce moment, elle fixait sur sa grand-mère un regard affolé, surpris, chargé d'un espoir timide.

– Tu ne penses pas sérieusement que je pourrais prendre sa place ? Sur le navire ? Au lieu d'aller à l'école ? Vraiment ?

– Une foule de femmes ont joué des rôles d'hommes, affirma la vieille dame. Certaines ont travaillé au côté de leur mari, dans les mines et ailleurs, d'autres sont parties comme marins pour rester avec leur amant ou leur époux, d'autres encore se sont échappées simplement pour conquérir leur liberté. Ma propre cousine Emma ne supportait pas le mari que son père lui avait choisi, elle s'est donc enfuie et enrôlée dans l'armée autrichienne. Elle est morte dans un duel en France il y a vingt ans.

– Je n'en savais rien ! s'exclama Juliet, captivée.

– Un sujet interdit. Scandaleux ! Révoltant ! Mais c'est plus fréquent que les gens ne le croient.

Ses yeux brillaient dans leur réseau de rides.

– En serais-tu capable ?

– Oui, mais… J'en serais capable, pas de doute… Je donnerais mon âme pour essayer, mais… continua Juliet avec regret, tu connais Papa quand il se met en colère. Je n'aurais plus jamais la moindre chance de l'aider dans la compagnie. Ce serait merveilleux, mais non. Même si je réussissais, j'y perdrais trop, Grand-Maman. Le jeu n'en vaudrait pas la chandelle.

– Hum, approuva sa grand-mère. Heureuse que tu aies assez de bon sens pour le voir. Mais à présent, je vais ajouter un petit poids dans la balance. Te faire une autre révélation. Murbles and Smethwick, n'est-ce pas ? Eh bien, Murbles, c'est moi.

– Toi ? Tu possèdes des parts dans la compagnie ?

– Qui a fondé la compagnie, d'après toi ? Mon père, Harry Murbles, en transportant par mer du vin de Bordeaux. Il a prospéré, acheté un deuxième navire et engagé Dick Smethwick pour le commander : un homme fort, intelligent, et, oh ! un tel sourire ! Alors j'ai épousé Dick, et mon père l'a pris comme associé. Murbles and Smethwick, aux yeux de la loi. J'ai eu un bébé (ton père) et trois autres qui n'ont pas vécu. Mais j'ai continué à travailler avec mon père, au bureau, jusqu'au moment où nous avons eu cinq bateaux. Et puis le navire de Dick a fait naufrage.

Elle secoua la tête dans un chagrin ancien, tari depuis longtemps.

– Eh oui. Alors, quand ton père a eu vingt et un ans, il est devenu un véritable associé, avec les parts de Dick. Mais quand mon père est mort, c'est à moi qu'il a légué ses parts. Pas à ton père. Étant veuve, je peux les garder à mon nom, je n'ai pas de mari pour les reprendre.

Elle approuva le respect admiratif qui se lisait sur le visage de Juliet.

– Si fait. Je possède soixante pour cent de la compagnie. Moi. J'ai toujours laissé ton père la diriger. Il n'est pas homme à tolérer que sa mère lui donne des ordres. À cette heure, il a oublié tout ce que j'ai fait. S'il l'a su un jour. En réalité, je me suis lassée. Et il mène bien sa barque.

Elle leva une main pour attirer plus encore l'attention de Juliet, déjà intense.

– Mais à présent, écoute-moi bien, galopine. J'estime que tu vaux deux fois mieux que ton crétin de frère. Alors donne-moi raison. Montre-moi ce dont tu es capable. Convaincs Tony d'échanger avec toi. Prends les dispositions nécessaires (toi, pas moi). Navigue vers l'Afrique puis vers Charleston avec le capitaine Owens, sans jamais éveiller les soupçons, et rentre en Europe avec une bonne réputation. Réussis ton coup et, à ma mort (qui ne tardera plus maintenant), tu auras mes parts. Ainsi, ton père ne pourra pas t'écarter.

Elle se cala contre le dossier, essoufflée d'avoir parlé avec une telle urgence.

– C'est ta seule et unique chance, galopine. Oseras-tu te battre pour ce que tu désires ? Oseras-tu ?

S'habiller en homme, pendant un an peut-être, sur un navire plein d'hommes, risquer à tout instant d'être découverte et perdue pour la société, voguer à bord d'un négrier, affronter le danger, la crasse et des horreurs inconnues... Quelle fille distinguée pourrait l'envisager une seconde sans s'évanouir ?

Bouche bée, Juliet souffla :

– Oui ! Oh, sacrebleu, oui, Grand-Maman !

•

HASSAN – *Djenné, boucle du Niger*
(La maison de Farouk al-Jiddah, marchand)

Le grand garçon mince fit irruption dans le jardin à colonnades du quartier des femmes sur le toit de la plus belle maison de Djenné.

– Hassan ! Pourquoi une telle hâte ? le réprimanda la vieille Taranah, l'épouse de Grand-Père, qui tyrannisait toute la famille.

Autour de son fauteuil, les femmes et les esclaves de ses fils se reposaient dans la chaleur de l'après-midi sur des tapis et des coussins. Leurs tenues de coton et de soie brillaient dans la pénombre des voûtes et des toiles vertes, tandis que leur nuée d'enfants fourmillants s'amusaient tout autour. Une fillette jouant de la vièle[1] s'interrompit au milieu d'une chanson d'amour. La vieille dame poussa de sa canne la petite esclave qui l'éventait et qui s'était arrêtée pour éponger la sueur sur son visage.

– Réveille-toi, Asura ! Toi aussi, Laila !

Affolée, la première agita le grand éventail en feuille de palmier, tandis que la seconde se remettait à pincer les cordes de son instrument. L'humeur de Taranah dépendait de ses quelques dents : si elles lui faisaient mal, elle était très irritable.

Appuyée contre son dossier, Taranah examina le nouveau venu, le petit-fils de son mari.

– Hé ! Qu'y a-t-il de si urgent ? D'habitude, tu es très digne, aussi raide qu'un serpentaire[2]. Le dey d'Alger est-il à la porte avec une armée, et toi promu général ?

Hassan battit des paupières, déconcerté. Taranah eut un rire malicieux. *Ya Allah*, ce garçon n'avait aucun sens de l'humour !

S'inclinant avec respect, Hassan jeta un coup d'œil vers l'autre bout de la cour, où la mère de son père souriait. Elle cassait des noyaux de pêche pour parfumer l'arak[3]. Bien sûr, le vin était interdit aux

---

1. Instrument de musique à cordes frottées.
2. Grand oiseau rapace d'Afrique, aux pattes très longues, qui se nourrit surtout de serpents.
3. Eau-de-vie très courante dans le monde arabe.

croyants, mais Haji Farouk, le maître de maison, fils aîné de Taranah, déclarait, au grand amusement de ses épouses, que c'était permis, puisque l'on distillait de l'eau-de-vie.

— Je cherchais Grand-Mère, madame.

— Pourquoi ?

— Je sais désormais réciter le Coran tout entier sans la moindre erreur ni hésitation ! Mon père me promet donc que je pourrai l'accompagner dans son prochain voyage !

— Eh bien ! Quel âge as-tu ? Quatorze ans ? Bravo ! Farouk sera content, et ton père Uzum sera fier de toi !

La vieille dame fit doucement applaudir la réussite du garçon. Toutes les femmes abandonnèrent couture ou jeu d'échecs, bébé, perroquet ou singe : n'importe quelle rupture dans la monotonie alimentait des heures de conversation.

— Tu voudrais devenir un homme de lettres, n'est-ce pas ? Bien, bien… il est temps que nous ayons de nouveau un érudit dans cette maison. Djenné fut autrefois un grand centre d'études, presque aussi important que Tombouctou. Mais une expérience du monde et de ses usages est assurément utile. Alors, quand dois-tu partir ?

— Bientôt, madame. Mon père a toujours voulu explorer la région vers l'est, bien au-delà de Tombouctou, le long de la Grande Rivière. Certains affirment qu'elle coule jusqu'à l'océan, où nous pourrions commercer avec les hommes blancs. Et Farouk a donné son accord.

Taranah secoua la tête d'un air peu convaincu.

– Uzum cherche sans cesse la nouveauté. Certains partent vers l'ouest en quête d'or, mais l'est... Nous allons dans le sud acheter des esclaves, et nous les transportons au nord jusqu'à Tombouctou, aux mines de sel du désert, voire aussi loin qu'Alger par-delà les étendues de sable. Ton père pourrait commercer là-bas avec les hommes blancs, si le projet lui tient tant à cœur. Suivre la Grande Rivière pour s'enfoncer dans les terres des païens ? *Ya Allah*... Parcourir de nouvelles régions est risqué.

– Mais c'est aussi une source de nouvelle richesse, *inshallah*. Ce sera une entreprise profitable, j'en suis persuadée, et une aventure pour notre garçon, osa contester l'épouse de Farouk.

Tout le monde attendit de voir si elle s'en tirerait à bon compte ou si elle se ferait reprocher son impertinence.

– O-oui... sans doute, si Allah le veut, concéda finalement Taranah, de mauvaise grâce.

Toute nouveauté était dérangeante. Mais elle s'efforça d'être juste :

– Uzum a très bien travaillé pour nous dans le passé. Et pour lui-même, naturellement. *Ya Allah*, il doit être aussi riche que Farouk !

Il y eut un éclat de rire général. Bien que sa mère eût été esclave, Uzum pouvait conserver une partie des bénéfices de son travail, car il était le serviteur respecté de son demi-frère. Mais suggérer qu'il était peut-être aussi riche que Farouk ! Ce dernier avait quatre frères et une douzaine de cousins et de demi-frères qui travaillaient pour lui, et possédait une telle fortune qu'il avait pu effectuer le pèlerinage à La Mecque cinq ans auparavant. Oui, la suggestion était comique !

Libéré, Hassan longea à petits pas gracieux le bassin parfumé, rempli chaque matin par les esclaves de la maison, qui rafraîchissait l'atmosphère et fournissait de l'eau pour les grands pots de roses. Tout en lui souriant, sa grand-mère chargea un enfant d'enlever les paniers de coques et de graines, d'apporter de l'eau pour rincer ses mains poisseuses, puis elle s'assit près d'Hassan sur son tapis usé avec un grognement de plaisir. Elle s'attristait de perdre le jeune garçon, fils unique de son cadet Uzum, si impatient de découvrir le monde. Mais elle avait un rêve…

– Hassan, murmura-t-elle, fais quelque chose pour moi.

– Si je le peux, Grand-Mère.

Bakti sourit du ton prudent qu'employait Hassan. Son petit-fils avait toujours aimé savoir où il posait les pieds.

– Si tu vois un homme blanc, demande-lui s'il connaît l'Angleterre. C'était mon pays, tu sais ? Je viens de Turo ou de Cornailles, je crois, mais je me souviens mal, je n'avais que huit ans quand les corsaires ont pillé mon village et m'ont capturée.

Il hocha la tête : elle lui en avait souvent parlé. Au cours d'un voyage vers le nord avec des esclaves destinés aux grands marchés d'Alger, le mari de Taranah avait acheté la fillette, attiré par ses cheveux blonds. Elle restait toujours à l'ombre, car, encore aujourd'hui, sa peau blanche comme un poulet plumé brûlait très vite sous le soleil vif. Ses enfants avaient le teint plus mat et, par bonheur, Hassan était aussi brun de peau que son grand-père.

—Je m'appelle… j'ai presque oublié… je m'appelais… Bridie. Bridie Treworthy.

Elle sourit de nouveau, l'air mélancolique.

—J'ai des moments de joie ici, c'est vrai, et que peut-on espérer de plus ? Je ne me plains jamais ; à quoi bon ? Mais mon cœur s'ennuie de chez moi.

Hassan haussa les épaules. C'était le sort des esclaves.

—Turo ou Cornailles, en Angleterre. Bridie Treworthy. Tu te rappelleras ?

—Ils ne connaîtront peut-être pas l'Angleterre, Grand-Mère.

—Peut-être que non, soupira-t-elle. Mais tu poseras la question ? Mes yeux aimeraient tant… aimeraient tant du vert…

Du vert ? Hassan regarda les toiles au-dessus de leurs têtes. Il n'avait jamais rien vu d'aussi vert.

•

GBODI – *le village de Loko*
(La hutte de Monifa,
troisième épouse du forgeron du village)

Gbodi mâchonna sa cuillère en corne, à la recherche du moindre goût qu'elle aurait pu garder.

– Je suis aussi creuse que le tambour des messages !

La fillette se gratta distraitement et chassa les mouches agglutinées autour de ses yeux.

– Nous sommes tous affamés en ce moment, soupira Monifa, sa mère. Mais lorsque les pluies viendront…

Les plaies autour de la bouche de Gbodi, sur son ventre gonflé, ses bras et ses jambes maigres guériraient alors, comme toujours, dès que la nourriture abonderait de nouveau, ainsi que l'huile de palme pour rendre sa peau lisse et luisante.

– Viendront-elles ?

– Bien sûr qu'elles viendront ! la tranquillisa Monifa d'un ton féroce.

Sa voix était profonde et veloutée, chaleureuse et rassurante en temps normal ; mais aujourd'hui, elle grinçait dans la tête de Gbodi, tandis que Monifa hissait un bambin sur sa hanche et se retournait vers le village en tordant avec inquiétude la lanière de son amulette en perles.

Gbodi donna un ultime coup de langue plein de regret à sa cuillère et la suspendit soigneusement au crochet contre le mur de terre. Même si ça n'avait pas été la famine, elle aurait eu du mal à manger tant elle avait peur.

D'ordinaire, les femmes pilaient les derniers maïs ou des enveloppes de millet, parcouraient la campagne craquelée, desséchée, en quête d'arachides oubliées, faisaient la corvée d'eau ou de bois, filaient du coton, cuisinaient, jouaient avec les bébés. Mais en ces jours de disette, toutes rôdaient furtivement, offraient des fleurs et de rares restes de nourriture à leurs serpents fétiches[1] et aux dieux du foyer, réarrangeaient avec anxiété les pierres blanches qui marquaient les tombes de leurs ancêtres entre les huttes, au cas où un pied distrait en aurait bouleversé les motifs. Quant aux enfants, aux amis chamailleurs et rieurs qui, d'habitude, s'amusaient ou menaient les chèvres avec Gbodi, plaisantaient et chantaient, ils demeuraient cachés, silencieux, à l'intérieur des huttes.

Une femme gémissait.

— Est-ce Fola qui pleure ? demanda Gbodi.

— Oui. Pas étonnant.

Rien d'étonnant à cela, en effet. Quatre mois plus tôt, elle avait accouché pour la première fois. Mais elle avait eu des jumeaux.

---

1. Serpent apprivoisé, auquel on attribue des pouvoirs bénéfiques.

– Que font les hommes dans la hutte de sorcellerie ?

– Comment une femme le saurait-elle ? répliqua Monifa. Le sorcier essaie de découvrir quel bébé est l'enfant dieu.

Elle frissonna et ajouta :

– Regarde ce qui arrive quand nous avons un dieu dans le village ! Les pluies ne viennent pas... sans oublier les criquets et les fourmis légionnaires de l'année dernière. Abebi agonise. Bientôt quatre personnes mortes de faim. Uniquement des vieillards, mais...

– Le chef n'aurait pas dû laisser vivre les jumeaux, pas vrai ? dit Gbodi et, pour se réconforter, elle saisit son grigri en perles, sa seule parure. Le sorcier lui a dit qu'ils devaient mourir.

– Oui, mais Fola l'a supplié. Elle prétend que sa tribu prie pour avoir des jumeaux, considère qu'ils portent chance, et pas malheur. Peut-être. Mais ici, c'est différent. Le chef est ridicule depuis qu'il a acheté cette fille aux marchands voilà deux ans. Et nous souffrons tous. Alors, à présent, nous devons tuer les bébés et punir Fola.

– Comment ? demanda Gbodi, les yeux écarquillés et arrondis par l'inquiétude.

En douze saisons des pluies, elle ne se rappelait pas que des jumeaux fussent nés.

Sa mère prit un air dur.

– Chacun de nous la battra et la battra encore. Jusqu'à ce qu'elle comprenne que l'ensorceleur connaît mieux qu'elle les coutumes de nos dieux.

– Va-t-elle mourir ?

– Que nous importe ? rétorqua Monifa, blême de peur. Elle doit payer pour le désastre que sa sottise a provoqué. Nous devons tuer le bébé dieu, puis lui sacrifier l'autre bébé, afin de lui témoigner notre crainte. Le sorcier dit que c'est un dieu très puissant, colérique. Si nous déclenchons sa colère, les pluies ne reviendront jamais !

Il risquait de faire périr les chèvres, de tarir le puits, d'attirer les serpents dans les jardins et les ravisseurs d'enfants jusque dans le village reculé, de répandre des maladies mortelles, qui sait !

– Rappelle-toi ton grand-père. Il a offensé ses outils, oublié de leur rendre l'hommage d'un chien tous les quatre ou cinq jours comme il se doit, si bien que son marteau s'est brisé et lui a envoyé dans les yeux des éclats qui ont causé sa mort.

Gbodi hocha vigoureusement la tête. Si ce bébé était un dieu au pouvoir immense, il ne fallait reculer devant aucun sacrifice pour le contenter. Toutefois, elle était ennuyée.

– J'aime bien Fola.

– Je l'aimais bien aussi, riposta sa mère avec un grognement de dégoût. Et alors ? Écoute !

Des cornes et de nombreux tambours résonnèrent. Les Ejunjun, les esprits des ancêtres appelés au secours de leurs enfants, sortirent en dansant de la hutte de sorcellerie : ils avaient pris possession de cinq jeunes gens, vêtus de lourdes robes usées et de masques, qui tourbillonnaient, lançaient des coups de pied et bondissaient sur le terrain de danse. Il était fatal d'apercevoir un morceau de la peau des hommes sous les grands masques et les immenses costumes éclatants de tissu matelassé et de paille.

Parmi les danseurs, le sorcier tournoyait, tanguait et trépignait. Il protégeait le village grâce à son pouvoir, chassait de toutes les huttes les dieux malfaisants à l'aide des plumes et des os, des dents et des crânes minuscules qui s'entrechoquaient à l'extrémité de son bâton magique. Au-dessus des cicatrices rituelles, son torse et ses bras maigres portaient des rayures et des taches jaunes et noires peintes. Sa jupe en queues de singes et sa cape en peau de léopard étaient vieilles, mais moins anciennes que l'énorme masque de bois sculpté qui lui recouvrait entièrement la tête et représentait un dieu à deux visages surmontés de quatre cornes de boucs.

Gbodi recula dans l'ombre de la hutte. Le sorcier était son mari : il l'avait achetée à son père, aux enchères, dès sa naissance et, d'ici un an, il faudrait qu'elle aille habiter avec lui et travailler pour lui. Mais à présent, il avait l'odeur de la mort.

Dans le groupe d'hommes au second plan, le père de Gbodi, le visage peint en jaune, tenait les bébés. Il était le forgeron du village, activité de nature magique. L'un des jumeaux pleurait : c'était le bébé humain, qui serait sacrifié pour apaiser l'autre, l'enfant dieu, qui, lui, ne disait rien. Derrière eux, le chef du village, leur père, serrait d'un air important le couteau de métal fétiche, long, lourd, noirci de sang.

L'ensorceleur jeta des sorts protecteurs sur tous les villageois. Puis, à son signal, la belle-mère de Fola et une compagne entrèrent dans la hutte de la jeune femme. Elles traînèrent Fola dehors, et celle-ci s'écroula en sanglotant au milieu d'un cercle de visages apeurés, furieux.

Le gros tambour sculpté des messages occupait l'angle du terrain de danse; c'était un tronc creusé recouvert de peaux de chèvres noires à chaque bout. On y posa les bébés, afin que leur sang nourrisse et fortifie l'esprit du tambour : n'ayant pas reçu de sacrifices humains depuis plusieurs années, seulement des chèvres, il était affamé. Le sang servirait aussi à peindre des motifs sacrés sur les murs des huttes, les femmes et les enfants en boiraient, tandis que les hommes mangeraient des parties du corps des jumeaux, pour que la force du dieu pénètre en eux. Les restes serviraient plus tard à de puissants rituels magiques.

Lorsque le sorcier reprit ses mélopées, l'exaltation et la terreur envahirent Gbodi. Elle aimait bien Fola. Elle plaignait le bébé humain. Mais ils devaient mettre le village hors de danger.

Poussant un cri de triomphe, l'ensorceleur indiqua le sud-ouest. Déjà, au-dessus des cimes les plus lointaines, un gros nuage s'approchait. Puis ils virent un éclair zébrer le gris du ciel. Les pluies arrivaient enfin. Ils faisaient ce qu'il fallait : les dieux étaient contents.

•

DAND – *Easter Mirren, en Écosse*
(La chaumière de Peter Gordon, paysan)

– Ce n'est pas la première fois que l'affaire vient sur le tapis ; pas la vingtième non plus. Cette année, Dand et Maggie iront au marché, affirma Bessie Gordon. À présent, bonté divine, Peem, cesse de m'assommer ! ajouta-t-elle avec une aisance experte lorsque son mari grogna.

– Il n'a que quatorze ans, et Maggie pas encore seize. Ne peux-tu pas t'en charger, toi ? s'obstina Peter.

– Avec neuf minots à la maison, et un autre qui arrive ?

Cinq à elle, quatre à sa sœur morte, sans oublier les bébés au cimetière, emportés par la variole… Bessie respira profondément.

– M'est avis que tu n'as pas les pieds sur terre, Peem. Vois donc, quatre ans que Dand accomplit un travail d'homme. Il obtiendra le prix que tu demandes pour tes bêtes, et tu pourras le mettre en garde contre les escamoteurs et leurs congénères. Alors épargne ton souffle pour refroidir ton bouillon !

Elle sortit à pas lourds, laissant son mari maugréant.

Six jours plus tôt, Dand et un voisin avaient ramené Peter à la maison, heureux d'être encore en vie, mais une jambe et plusieurs côtes brisées par le taureau. Bessie avait résolument bandé les côtes, redressé la jambe autant qu'elle avait pu et posé une attelle. Depuis, elle savait que Dand devrait mener leurs deux gros bouvillons et leur belle génisse au marché de la Saint-Martin à Aberdeen. Et que son mari s'y opposerait de toutes ses forces.

Les enfants étaient déjà autour de la table, sirotant leur bouillon et leur pain d'orge détrempé. Bessie prit une petite bolée de soupe, s'effondra sur son tabouret près du feu, poussa un soupir de soulagement et installa le bébé de quatorze mois sur ses genoux pour le faire manger. Dieu veuille qu'elle ne se trompe pas, que Dand travaille bien pour eux pendant les trois jours de marché et n'aille pas s'enrôler dans l'armée comme leur fils aîné : il avait préféré le fouet du sergent à la ceinture de son père et aux corvées de la ferme. Deux ans, et pas une seule nouvelle, il était peut-être mort... Ah là là ! Dieu le garde, où qu'il se trouve.

Maggie, l'aînée des filles, rentra de la traite du soir, écartant son châle et ses cheveux.

– Fichtre, il fait un froid du diable dehors ! Quasiment deux litres, Mé. Cette petiote de vache rouge, tudieu, quelle brute !

– Elle t'a encore décoché une ruade, 'pas ? demanda Bessie.

Maggie remonta sa jupe et la meurtrissure apparut sous la crasse de son tibia.

– Ligote-lui la patte arrière. Je te l'ai dit tantôt. Leur as-tu essuyé les mamelles, pour commencer ?

– Un peu de bouse dans le lait, où est le mal ? C'est bon pour la santé, ça éloigne la variole, répliqua Maggie, qui accrocha son châle et prit un bol de bouillon. Il faut avaler sa dose de saleté avant de mourir.

– Tu vas m'obéir, ma drôlesse, et sans disputer ! trancha sa mère d'un ton sec.

– Oui, oui, soupira Maggie.

Aucune importance : à la prochaine foire d'embauchage, elle rejoindrait les autres filles à la recherche d'un employeur, partirait dans une autre ferme, se mettrait en quête d'un mari, et laisserait la jeune Elsie suivre les idées stupides de sa mère...

– Dand rentre tard.

– Il termine le Grand Palud. Une grosse journée, même pour un homme fait, répondit Bessie, et elle promena les yeux sur le groupe d'enfants qui essuyaient leurs bols avec les croûtons. Iain, toi et Jeemsie êtes d'écurie ce soir, 'pas ?

– Oui-da, Mé !

Laver les poneys de labour, leur donner à manger et à boire, nettoyer le cuir et les chaînes de leur harnais... tout cela demandait des heures de travail, mais tous les garçons attendaient leur tour avec impatience. Leur tâche accomplie, ils dormaient dans la chaleur du grenier à foin au-dessus, de manière à ce que l'attelage fût prêt pour Dand dès l'aurore le lendemain.

– Est-ce Dand qui s'en ira au marché avec Maggie ? voulut savoir Iain.

– Qui d'autre ? grogna sa mère. Ton pé ne l'aurait pas ouï de cette oreille il y a une huitaine, mais tu le connais… Et non, tu ne peux pas les accompagner ! Débarbouille ce petiot de Rab, Morag.

– Des sabots, Mé ! s'écria Jeemsie.

Lui et Iain se dirigèrent vers la porte.

Un moment après, les gonds de cuir pivotèrent en grinçant.

– Hé, Dand ! crièrent les enfants, qui se jetèrent sur leur grand frère.

Leur assaut joyeux fit vaciller le garçon courtaud et robuste, mais pâle de fatigue sous la crasse. Il lutta une minute ou deux en s'efforçant d'être aussi gai que d'habitude, puis il leva les mains en signe de capitulation.

– Paix, les minots ! Plus de jeux ce soir, je suis éreinté.

Elsie se précipita pour retirer le plaid ruisselant de Dand et mettre à sécher sur deux crochets la longue couverture tissée à la maison. Le garçon s'affala aussitôt sur un tabouret – pas sur la chaise à grand dossier de son père, oh non, jamais !

– Allons, tous à la couchée, diablotins que vous êtes, et cessez de nous assommer ! exigea leur mère. Dieu vous garde pendant que vous dormez !

Les enfants s'apprêtaient à protester, mais devant la main menaçante de Bessie, ils s'entassèrent dans la vaste caisse tapissée de bruyère qui occupait un angle de la pièce, et lorgnèrent par-dessus le bord en gloussant. Maggie les foudroya du regard.

– Dormez, là-bas !

Toujours gloussant, ils s'écartèrent et trouvèrent peu à peu leur position, gigotant ensemble comme des chiots sous leur couverture. Dand avait un matelas de paille dans l'angle opposé ; Maggie et Elsie, bien sûr, partageaient la chambre de leurs parents.

Affaissé contre le mur de pierre, Dand frictionna ses orteils, ses doigts et ses oreilles en forme d'anses, enflés et cuisants à cause des engelures, et passa une main lasse dans ses cheveux moites couleur carotte, presque trop épuisé pour boire le bouillon que lui servait Maggie.

– Dand ! brailla une voix dans la pièce voisine. Es-tu venu à bout de ce champ ?

– Oui-da, Pé ! répondit Dand, enroué d'avoir lancé des ordres aux poneys toute la journée. Nous avons heurté un rocher, émoussé le soc de la charrue, j'ai dû m'arrêter pour l'affiler. J'emmènerai les minots demain matin, ôter les cailloux…

– Laisse le drôle boire son bouillon ! cria Bessie.

Elle fit signe à son fils de se rasseoir sur le tabouret, confia le bambin à Elsie pour qu'elle le couche et prit le bébé dans son couffin près du feu pour le faire manger à son tour. Elle sourit à son fils. Oui, Dand était un bon drôle. Et Maggie une drôlesse raisonnable, elle aussi. Il ne leur arriverait rien de mal à Aberdeen, malgré les craintes de son homme.

MAILLON 2

DAND
Novembre 1794, Aberdeen

J ambe cassée ou non, son père le rosserait jusqu'au sang s'il laissait partir la génisse à moins
de quatre livres[1].

– Dix livres, a dit mon pé, déclara Dand. Une belle
bête, en bonne santé ; jamais de toux ni de colique.

Le paysan fit une grimace de dégoût horrifié.

– Dix ? répéta-t-il en tapotant la génisse.
Jamais ! Deux livres et dix shillings[2], mon drôle, et
un penny[3] porte-bonheur pour toi. Voilà une honnête somme !

Grattant ses cheveux roux emmêlés, Dand soupira.

– Bon… Neuf livres dix, monsieur, mais mon pé
me tuera ! Elle a pour mé la meilleure laitière de la
paroisse : treize litres et demi par jour, sans faute !

– Tope là, mon drôle. Trois livres, je n'irai pas
plus haut !

---

1. Unité monétaire. Une livre vaut 20 shillings.
2. Unité monétaire qui vaut 1/20 de livre.
3. Unité monétaire qui vaut 1/12 de shilling. Il faut 240 pence pour faire
une livre.

Naturellement, Dand cacha sa satisfaction. Il ne recevrait pas d'éloges pour un marchandage réussi, bien sûr. Éloges affichés, déshonneur assuré. Mais si la génisse rapportait plus que prévu, Dand pourrait glisser un shilling ou deux dans sa poche. La journée était fameuse !

Son vieux plaid en lambeaux, sa chemise et sa culotte raccommodées le protégeaient mal des averses de neige d'un hiver précoce. Pour paraître plus respectable, il avait emporté à la ville ses bottes du dimanche, nouées à sa ceinture. Ses entailles et ses engelures le gênaient pour marcher, mais il était indigne d'un homme de prêter attention à des tracas aussi ordinaires que le froid et les pieds endoloris, tout comme se plaindre des poux, des raclées, du travail… ou de la faim dévorante qui l'envahit lorsqu'il sentit le fumet des tourtes chaudes s'échappant du panier d'un vieil homme.

L'odeur alléchante poussa Dand à convenir d'un prix plus vite qu'il n'aurait dû. Au bout d'une petite heure, lui et le paysan crachèrent dans leurs paumes et se serrèrent la main pour conclure l'affaire : cinq livres neuf shillings ! Ravi, Dand tendit la corde à l'homme et donna une tape d'adieu sur la croupe de la génisse, rangea soigneusement deux shillings dans sa bourse et acheta deux tourtes à un penny avant de filer retrouver Maggie, accroupie au milieu des femmes des voisins.

Elle le gronda pour cette dépense exorbitante, mais elle n'était pas vraiment en colère : comment aurait-elle pu l'être, avec la bouche pleine de mouton gras bien chaud ? Dand sourit avec gentillesse ; elle n'était pas une mauvaise enfançonne, malgré ses yeux qui se croisaient les bras.

– Trois livres seize shillings de plus que le prix de Pé, sur les trois bêtes. Un drôle comme moi marchande fameusement, 'pas ? As-tu vendu les fromages de Mé ?

– Quatre, tout juste. J'en ai tiré le prix que Mé voulait, et j'ai les semences pour Pé.

– Les navets, 'pas ? Prends les picaillons, ils risqueront moins avec toi.

Dand lui confia l'argent et grimaça.

– Plus d'escamoteurs que d'hommes honnêtes dans ces villes, dit Pé, et il n'est pas loin d'avoir raison, j'en ai déjà vu trois ! Garde-moi mes bottes, je vas visiter la foire.

Maggie remonta sa jupe pour mettre les pièces en sécurité dans la bourse accrochée au milieu de ses jupons et cria à son frère, qui s'éloignait de biais :

– Dand Gordon, crétin de nigaud ! Gaspiller tes picaillons ! Comme femme à barbe, tu as vu madame Barr, que veux-tu encore ? Reviens céans[1], grand dadais ! Pé te flanquera une raclée s'il l'apprend !

– Ne lui en souffle pas mot, alors ! Je serai de retour à temps pour m'occuper de tes fromages, et tu pourras aller baller[2] !

_____

1. Ici.
2. Tu pourras aller danser.

Dans un petit rire, Dand s'éloigna au trot parmi la foule.

Certains spectacles le déçurent. Un voisin avait vendu un veau à deux têtes à des bohémiens l'année précédente, «la Plus Petite Femme du monde» ne mesurait que trois centimètres de moins que sa grand-mère à lui, et il hua «l'Homme le plus fort», qui fanfaronnait plus que Dod Murphy le forgeron pour tordre quelques barres de fer. Mais les courses de poneys sur la plage étaient exaltantes, il y avait les jongleurs et les funambules, un cracheur de feu, et un homme qui gobait des rats vivants puis les vomissait, toujours vifs et remuants. Une femme s'évanouit, et Dand lui-même en eut la nausée.

Des lutteurs de Galloway, qui affrontaient tous les volontaires pour un penny, terrassaient sans peine les drôles de la campagne. Deux groupes de recrutement de régiments rivaux se croisèrent et une rixe éclata; un joueur de cornemuse eut son instrument percé et entra dans une colère folle. Trois hommes vendaient leur épouse, le licol autour du cou, en toute légalité; les femmes portaient leurs plus beaux atours, un ballot de casseroles et d'ustensiles de cuisine, et avaient, étalés à leurs pieds, draps et couvertures montrant leur habileté de couturières. Dand vit aussi un combat de coqs, un combat de blaireau et de chiens, une lutte à la corde, un concours de tir à l'arc, et de vieilles femmes qui vendaient des décoctions épicées au gingembre et à la cannelle.

Tandis que la nuit tombait, Dand se joignit à la bande hurlante lancée aux trousses d'une petite escamoteuse, jusqu'à ce que celle-ci fût rattrapée et livrée aux hommes du bailli[1], qui promirent : « Elle sera pendue demain matin, vous verrez le gibet avant votre départ ! » Essoufflé, heureux, il se dirigea vers une tente à bières et découvrit que l'on y proposait aussi du genièvre. Dand n'avait jamais goûté d'eau-de-vie auparavant, mais un homme paya une tournée ; l'alcool lui fit joliment bourdonner les oreilles, bien plus que ses deux pintes de bière habituelles. Tudieu, quelle journée ! Dans un élan de joie, il se mit à chanter avec l'homme, qui lui offrit un autre verre, ou peut-être deux…

Dand frotta ses yeux collants. Tudieu, il se sentait… il aurait préféré ne pas le savoir. Il était allongé sur une couche de paille, épaisse et assez sèche, dans une pièce exiguë, sans fenêtre, aux murs de pierre. La lumière matinale grise passait sous la porte. Comme à la maison. Mais ce n'était pas la maison. Un endroit inconnu. Durant un instant, il eut envie de voir sa mère. Ou même la ceinture de son père… Non. Quelle honte !

Il avait la bouche sèche, aigre, et il se sentait nauséeux. Il essaya de crier, mais grimaça lorsqu'un

1. Officier qui rendait la justice au nom du roi ou d'un seigneur.

croassement rauque lui déchira la gorge et résonna dans son crâne.

Près de lui, la paille bougea. Une tête apparut. Un bâillement rouge se changea en large sourire.

– Bien le bonjour, mon drôle. Tu seras requinqué tantôt.

Un garçon plus grand que Dand, âgé de seize ans peut-être, se dressa sur son séant et se gratta d'un air distrait.

– Tudieu, je meurs de faim, avec cette froidure ! Plus tôt nous partirons pour la Jamaïque[1], plus je serai en joie !

Les yeux troubles, Dand battit des paupières.

– La Ja-Jamaïque ?

– Oui, à la bonne heure !

Le garçon s'étira et ôta les brins de paille piqués dans ses cheveux bruns emmêlés et sa chemise en haillons.

– Nous sommes en partance pour les Indes ou la Louisiane. Vivement ce jour ! Comment t'ont-ils capturé ? Pate t'a laissé choir céans, sans souffler mot.

Il attrapa un pou dans ses cheveux et l'écrasa entre ses ongles de pouces, puis se leva pour plonger un gobelet en corne dans le seau près de la porte.

– Une goulée d'eau, mon drôle ? demanda-t-il à Dand, plus gentiment. Comment t'appelles-tu ?

1. Île des Antilles, au sud de Cuba.

– Dand. Dand Gordon.

Dand prit le gobelet en grognant un merci assoiffé.

– Moi, c'est Iain, dit celui-ci en remplissant de nouveau le gobelet pour Dand. Bois. Pate nous apportera tantôt notre bouillie d'avoine et de l'eau pour nous laver. Un capitaine vient nous voir ce jour, il a dit.

– Un capitaine ? Pour quoi ?

– Pour nous acheter. C'est pour cette raison que nous sommes céans : nous sommes à vendre.

– À vendre ? répéta Dand, qui n'en croyait pas ses oreilles.

– Comme main-d'œuvre sous contrat, précisa Iain d'une voix sarcastique. Ils emploient ce tour de phrase. Un capitaine en route pour le Nouveau Monde : il nous achètera puis nous revendra pour travailler dans les plantations. Sur le billet, ce sera marqué cinq ans. Oui, pour sûr.

– Un billet ? Qu'est-ce donc ? demanda Dand.

Iain soupira devant son ignorance.

– Tu coches dessus, ou quelqu'un le fait à ta place. C'est marqué que tu acceptes de travailler cinq ou six ans pour payer ta traversée. Mais ils changeront continuellement la date, pour montrer qu'il te reste encore une année. Tu serviras peut-être dix ans avant d'être libre. Et t'ensauver, pas moyen ! Où irais-tu ? Vivre avec les sauvages ? Et qui nous demande si c'est à notre gré ou non ? Personne, nous sommes des esclaves.

Il eut un sourire joyeux.

– Mais avec un tantinet de chance et un bon maître, nous deviendrons propriétaires d'une plantation, à la longue ! Et pour le moins, il fera chaud. Adieu les fichues engelures !

Dand demeurait incrédule.

– Pé dit qu'ils le faisaient dans le temps. Ils ont entraîné son pé (mon grand-pé), son grand frère et sa sœur, et il ne les a jamais revus. Par vingtaines, par trentaines, ils les vendaient. Mais plus à présent. Les baillis… ils ne peuvent pas mettre fin au trafic ?

– C'est les baillis qui le mènent ! se moqua Iain. Je les ai vus de mes propres yeux prendre les picaillons pendant que les autres embarquaient un drôle ou une drôlesse. Pas imaginable ! Quand mon maître est mort, comme sa femme me déteste, elle a fait venir Pate, et me voici. Mais bon, dit-il avec un sourire, c'est pire à la guerre. Je n'ai pas à gagner ma croûte. Et Pate ne flanque pas des raclées par plaisir, comme Annie. Comment t'a-t-il capturé ?

– J'ai conduit des bêtes au marché. Et il y avait la foire.

Iain hocha la tête. Personne ne voulait repartir sans avoir vu la fête foraine.

– Un homme m'a payé un verre ou deux, et je me suis réveillé céans, conclut Dand.

– Une grosse brute rougeaude, des grandes mains grasses couvertes de poils noirs ?

Dand approuva de la tête.

– Pate. Ça t'apprendra, 'pas ? Tu as toujours tes picaillons ?

– Oui-da ; eux, il ne les a pas eus, répondit Dand, souriant presque. J'avais dépensé mes piécettes, et tout le reste est en sécurité dans la bourse de ma sœur Maggie. Tudieu, elle sera folle furieuse quand elle découvrira que j'ai disparu !

Cette pensée lui donna un petit espoir, et il s'exclama :

– Ils finiront devant le tribunal !

Dehors, il y eut du mouvement, un bruit de clef dans la serrure. Dans un grincement, la porte s'ouvrit à toute volée. Les garçons plissèrent les yeux, aveuglés par la lumière. Un grand homme trapu entra, un fouet à la main : l'homme qui avait payé la boisson.

– Bien le bonjour, Pate ! gazouilla Iain.

Sans répondre, Pate fit un signe du menton. Iain sortit de bonne grâce, mais Dand hésita jusqu'au moment où Pate, sous la menace du fouet, le chassa dans une cour étroite entourée de hauts murs. Même s'il s'était senti assez en forme pour lutter, Dand n'aurait jamais pu s'échapper.

Là, deux hommes, propres et bien vêtus, examinèrent les garçons avec la même expression que le paysan lorsqu'il avait inspecté la génisse. Sous ce regard fixe, indifférent, Dand perdit toute volonté de rébellion et resta muet pendant que les mains le palpaient, tâtaient ses muscles, qu'un pouce brutal lui ouvrait la bouche pour l'examen des dents.

– Oui, le grand drôle n'est pas mal, estima l'un des inconnus. Comment t'appelles-tu, fiston ? As-tu un métier ?

– Iain Boag, monsieur. J'ai travaillé quatre ans pour un tonnelier, monsieur, répondit promptement Iain.

– Bien, bien. Mais l'autre, hum... hésita l'homme.

Son compagnon, un gros bonhomme, extirpa une tabatière en argent d'une poche serrée et observa :

– Un bon drôle robuste, venu d'une ferme, capitaine Maxwell. Bâti pour des années de travail dans une plantation, des années.

Il prit une pincée de tabac et renifla vigoureusement.

– Oui, peut-être, monsieur. Mais il est petit, objecta le capitaine.

– Ah, il est encore jeune. Une douzaine d'années.

– J'en ai quasiment quinze ! protesta Dand, qui glapit de douleur lorsque le fouet de Pate cingla ses mollets nus.

– Non, laissez-le tranquille ! ordonna Maxwell, l'air content, contrairement au gros homme. Quatorze ans, 'pas ? Il ne grandira plus beaucoup.

Le capitaine fit trotter les garçons dans la cour comme des poneys.

– Savez-vous lire et écrire ?

Iain fit non de la tête, mais lorsque Dand répondit par l'affirmative, Maxwell sembla écœuré :

– Ah, c'est fâcheux. Certains paient un avocat, qui dispute et cause sans cesse des ennuis. Vous n'en avez pas d'autre, monsieur ?

– Pas à cette heure, mon capitaine, regretta le gros homme avec un haussement d'épaules. Ce n'est plus comme autrefois. Mais vous avez céans une bonne paire de drôles, et avantageuse, 'pas ? Vous êtes en avance, voyez-vous, monsieur. Ils n'ont pas leur meilleure mine.

Le capitaine eut un large sourire.

– Je suis venu tôt pour cette raison précise. Oui-da. Bon. Combien en demandez-vous, monsieur ?

– Pour vous, capitaine Maxwell, un habitué, ce sera dix livres le petiot, quinze livres le grand.

– Je n'en tirerai pas ce prix en Jamaïque, grogna le capitaine avec mépris. Deux et trois livres.

– Vous allez me ruiner, monsieur ! s'écria le gros bonhomme avec une grimace théâtrale.

– Ruiner un bailli ? Impossible ! répliqua Maxwell, riant de bon cœur.

Dand se sentit accablé. Iain avait bel et bien raison. C'étaient les magistrats qui organisaient les rapts.

Iain affichait un air guilleret. Le gros bonhomme eut un sourire tendre.

– Regardez-le, monsieur, qui grille de…

Il s'interrompit. Une voix rauque, assez lointaine, flotta au-dessus du mur :

– Dand ! Es-tu céans, Dandy ? Quelqu'un a-t-il vu un drôle égaré ? Dand Gordon ! Où es-tu ? Dand !

Maggie ! Dand respira un grand coup... mais il n'eut pas le temps de crier : l'énorme main de Pate se plaqua sur sa bouche et le ramena contre un gilet graisseux, l'empêchant de hurler, l'étouffant presque, tandis que ses pieds nus frappaient en vain les guêtres de cuir du colosse.

– Allons, sois sage !

Ils gardèrent tous le silence pendant que les appels frénétiques de Maggie retentissaient au long de la rue puis faiblissaient.

Avec un sourire doux, le gros homme fit un signe à Pate, qui lâcha Dand, suffoquant et sanglotant, alors que le bailli levait une main rassurante.

– Ne vous mettez pas en peine, capitaine Maxwell, la drôlesse n'y pourrait rien, même si elle retrouvait le drôle. Je dirais qu'il a été arrêté pour violence en état d'ivresse, ou autre. Personne ne peut s'opposer à un bailli. Mais ce sera plus simple si nous nous taisons, 'pas ? Elle croira sans doute qu'il s'est enrôlé dans l'armée. Bien... où en étions-nous ?

Dand frissonna de terreur et de désespoir. Reverrait-il Maggie un jour ?

Ils tombèrent finalement d'accord : cinq livres pour Dand, sept pour Iain.

– Ah, vous êtes impitoyable, monsieur !

Mais tandis qu'ils se serraient la main pour conclure le marché, le gros homme n'avait pas l'air si contrarié.

Dand se sentait vide. Il valait moins que sa génisse.

Ils lui coupèrent la ceinture de sa culotte, si bien que ses mains étaient occupées à la tenir.

– Vous n'essayerez pas de vous ensauver, hein ? lança Pate aux garçons en levant son fouet. Je suis sur vos talons !

– Rien à craindre, monsieur ! répondit Iain. Pas de moi !

Souriant jusqu'aux oreilles, il ouvrit la marche vers le portail et descendit gaiement la rue derrière le capitaine.

Dand chercha désespérément Maggie ou l'un de ses amis, mais dans toute la foule, il ne vit personne qu'il connaissait. S'il se jetait sous les naseaux de ce cheval attelé, il serait libre… Avant qu'il eût pu esquisser un geste, le fouet se noua autour de son cou.

– N'y pense pas, grogna Pate. Avance !

Arrivés sur le quai, les garçons, pressés par Pate, gravirent une passerelle au milieu d'une cohue de marins, descendirent une échelle et entrèrent dans un placard noir à moitié rempli de cordes. La porte claqua.

Des cris au loin. Des piétinements au-dessus d'eux. Des craquements. Le navire se mit à osciller doucement.

– Nous partons ! exulta Iain. Courage, mon drôle, pour le moins, tu ne verras plus jamais Pate !

Dans l'obscurité complète, des rats commencèrent à frémir et à couiner, tout comme dans l'étable à la maison. Dand laissa enfin couler ses larmes.

MAILLON 3

JULIET
Novembre 1794-janvier 1795, Liverpool

Tout d'abord, Juliet devait convaincre son frère, horrifié.

– Tu détruirais ta réputation ! Aucune femme respectable ne voudrait t'adresser la parole ! Et qui accepterait de t'épouser ?

Elle fit la moue.

– Qui m'épousera maintenant, avec le nez que j'ai, excepté un coureur de dot ? Mais je ne me marierai jamais. Tous les biens d'une femme mariée appartiennent à son époux. Je ne commettrai jamais une telle erreur !

– Ne jamais te marier ? Mais…

Il n'arrivait pas à le croire. Un mari qui prît soin d'elle et s'occupât entièrement de ses affaires, lui offrît un foyer et des enfants, un haut rang et la richesse, était à coup sûr le but de l'existence de toute femme !

– C'est contre nature ! Et inconvenant !

– Inconvenant ! C'est ce que disent les vieilles personnes pour empêcher les filles de prendre du bon temps. J'ai porté tes vêtements à maintes reprises, pour les combats de coqs par exemple, et ce n'était pas convenable non plus.

– Je n'aurais jamais dû me laisser fléchir ! Non !

– Nul n'a remarqué que je n'étais pas un garçon !

– Cette fois-ci, c'est différent : tu serais démasquée ! À bord d'un navire, les hommes vivent entassés les uns sur les autres, partagent les cabines…

– Le fils du propriétaire, qui est aussi le subrécargue[1] ? Bien sûr que tu auras ta cabine personnelle ! Je m'arrangerai.

– Il s'agit d'un négrier[2], Juliet ! Ce sera effroyable !

– Tu as vomi à ce combat de pugilistes[3], pas moi.

Même si son estomac frémissait au souvenir du sang et des dents sur l'herbe, l'expédition prochaine ne saurait être bien pire !

– Non ! Tu pourrais peut-être avoir le mal de mer, ou mourir ! reprit son frère.

– Toi également ! Mourir résoudrait les ennuis du mort, de toute façon.

Ses yeux pétillèrent de joie devant le visage épouvanté d'Anthony.

– Et le mal de mer dissimulerait les différences que les autres pourraient noter.

– Vas-tu m'écouter ? C'est non ! protesta faiblement son frère. Je le dirai à Papa !

1. Représentant de l'armateur, à bord du navire.
2. Navire conçu pour le transport des esclaves.
3. Boxeur.

– Si tu l'oses, je te tuerai ! Et je lui révélerai que tu m'as emmenée au combat des pugilistes !

La résistance d'Anthony s'effondra, et Juliet lui sourit.

– Nous réussirons, Tony ! Oui, nous en sommes capables ! À présent, réfléchissons. Tes frais de pension et de scolarité sont réglés pour cette année, n'est-ce pas ? Mais tu auras des dépenses, et moi aussi. Grand-Maman m'a dit de tout organiser seule : pour ce qui touche à l'argent, elle ne m'aidera pas. Voyons… J'ai une très vieille bague, hideuse, laissée par Arrière-Grand-Maman. Je ne la mettrai jamais, mais elle a un beau rubis. Tu peux la vendre.

– Et mademoiselle Lazenby ? Elle écrira en demandant pour quelle raison tu n'es pas arrivée.

– Très juste ! l'encouragea-t-elle, comme s'il commençait à participer activement au projet. Euh… J'utiliserai le papier à lettres de Papa, j'annoncerai que je suis malade et que je ne viendrai pas cette année, mais qu'elle doit garder la somme versée pour l'an prochain. Elle en sera satisfaite.

– Comment t'échapperas-tu ? Tu voyageras en chaise de poste[1], peut-être accompagnée par Papa lui-même…

– Il est beaucoup trop occupé. Je trouverai un moyen, fais-moi confiance !

---

1. Voiture à cheval, assurant le transport rapide des voyageurs et du courrier.

– Hors de question !

– Tu n'as pas le choix ! Il faudra que j'embarque à la dernière minute. Mais nous réussirons ! Tu devras te charger de tous les préparatifs extérieurs, je ne suis pas autorisée à sortir seule, les filles sont si peu libres de leurs mouvements ! Mais je pourrai me cacher chez Grand-Maman, elle voudra bien me rendre ce service. Puis, juste avant le départ, tu viendras discrètement lui faire tes adieux, ce qui n'aura rien d'étonnant de toute façon, et, au lieu de toi, c'est moi qui reviendrai sur le navire. Ils auront trop à faire pour s'en apercevoir.

– Mais si Papa le découvre ? Si tout notre plan se déroule mal ?

– Oh, Tony ! Cesse tes pleurnicheries de bébé ! Ils finiront par le savoir, après tout. Si, pour une raison ou pour une autre, nous ne pouvons pas échanger, notre situation ne sera pas plus mauvaise que maintenant. Et ils ne nous déshériteront pas ! Maman aura de nouveau ses vapeurs, ce qui pourrait nous aider, car, tu le sais, Papa s'en irrite à tel point qu'il fait exactement le contraire de ce qu'elle souhaite.

Anthony battit des paupières : il ne s'en était jamais rendu compte.

– Papa aura une crise de rage, comme d'habitude.

Il frissonna.

– Allons, courage ! exhorta Juliet. Seules nos oreilles en souffrent. Mais ils ne peuvent pas réellement nous déshériter, ni prendre des mesures trop sévères.

Elle l'espérait. Le mois précédent, Papa l'avait fait s'allonger sur une table, maintenir par les bonnes et corriger pour impertinence ; dans le cas présent, ce serait pire.

– Imagines-tu Maman informer ses amies les mégères d'un tel scandale ? Ou Papa, à la halle aux grains[1] ? Mais nous triompherons, tu deviendras évêque, et moi je dirigerai la compagnie et je te verserai une rente prodigieuse !

Ou, à tout le moins, elle aurait vécu une aventure mémorable…

En sœur dévouée, elle supervisa la confection et le pliage des vêtements de Tony pour la traversée.

– Des couleurs discrètes, qui n'attireront pas l'œil. Pas ce gilet émeraude et doré : il est bien trop voyant !

Chemises et cravates ? Une douzaine. Paires de bas de soie noire ? Deux douzaines. Elle pourrait les utiliser chaque mois, et les laver elle-même ; si quelqu'un remarquait une tache de sang, il croirait à une ampoule percée. Pour l'essentiel du linge de corps, elle choisit le lin, et non la laine, bien que sa nourrice prétendît que ce n'était pas sain. Toutes les tenues conviendraient assez bien, jusqu'aux bottes.

1. Marché aux grains.

Par chance, les dates aussi convenaient. Juliet devait commencer l'école au début du mois de janvier ; le *Kestrel* serait remis en état et chargé, prêt à prendre la mer, une semaine plus tard seulement.

– Qu'as-tu fait aujourd'hui ? Parle-moi en détail des officiers. Quel est le chemin pour parvenir à ta cabine ? Comment est rangée la cargaison ? demandait-elle tous les soirs à Anthony.

– Tu es plus terrible que l'Inquisition espagnole ! protestait-il.

– J'ai besoin de savoir ! Alors parle ! En outre, ajoutait-elle, moqueuse, Papa n'est-il pas heureux du soin que tu apportes à ton travail ?

C'était la fuite durant le trajet vers Bath qui constituait le principal souci de Juliet. En plus de John Coachman, une bonne et un valet de chambre l'escorteraient, selon les exigences de Maman. Comment Juliet pourrait-elle leur échapper sans que Papa fût aussitôt averti ? Elle se creusa en vain les méninges ; puis, *in extremis*, la chance lui sourit.

Immédiatement après les fêtes de Noël, pelotonnée dans un grand fauteuil près de la fenêtre de la bibliothèque, elle lisait le *Voyage aux sources du Nil*, le seul livre sur l'Afrique qu'elle eût pu trouver (les Nègres mangeaient-ils vraiment de la viande crue ?) lorsqu'une petite bonne chancelante entra avec un seau à charbon en cuivre. Sans remarquer Juliet, elle s'agenouilla sur le tapis de foyer pour préparer le feu et, à la grande surprise de la jeune fille, se mit à pleurer.

– Qu'y a-t-il ?

Contrairement à sa mère, Juliet prêtait attention aux bonnes.

– Tu es nouvelle, n'est-ce pas ?

Au premier mot, la fillette eut un sursaut de frayeur, renifla et frotta d'une main rougie son nez à vif.

– Polly, que j'm'appelle, mam'zelle, j'suis arrivée l'mois passé. Quatrième bonne à tout faire. C'est l'dos qui m'tourmente, voyez-vous, ces vilains seaux à charbon, et point de repos, jamais d'la vie, et les pots d'eau pour l'bain, trois étages à monter, et s'presser, s'presser pour qu'y refroidissent point, jamais d'la vie, et les escaliers à frotter, et la vaisselle jusque minuit sonné, et puis debout à quatre heures pour préparer le p'tit déjeuner des serviteurs à la demie.

Juliet battit des paupières. Elle n'avait pas mesuré combien une bonne travaillait dur pour ses deux shillings par semaine. Et le vivre et le couvert, naturellement.

– M'dame Goldsmiff, elle dit qu'y a point de repos pour les méchants, qu'elle dit, mais j'suis point méchante, jamais d'la vie, et les autres bonnes qui m'font la figue, et les m'sieurs noirs, et...

– Arrête de te lamenter, Polly ! Quel âge as-tu ? Neuf ans ? Bien, tu es assez grande pour savoir que tu as un engagement d'une année. Je te promets que d'ici là, tu seras beaucoup plus heureuse.

Mais la fillette continuait de se plaindre.

– Veux-tu retourner loger chez ta mère jusqu'à ce que ton dos aille mieux ? proposa Juliet.

– Nenni ! refusa Polly en lui lançant un regard de mépris souverain. Point d'place, voyez-vous, mam'zelle. Vingt-deux dans la cave, voyez-vous, avec les mistons et mon père, qu'a perdu les deux mains à l'armée, l'a des crochets mais c'est point pareil, et la tante Gussie et ses garçons, et l'onc'e Jimmy et sa dame et leurs minots, voyez-vous, et le locataire et les siens, mais y en a un qu'est juste un p'titoun…

Des crochets à la place des mains ? Un locataire dans une cave ? Sacrebleu ! se dit Juliet tout en s'efforçant de suivre le discours de la fillette.

– Et l'caniveau qui charrie du crottin d'cheval sur l'escalier quand y pleut, jamais point sec ni propre, jamais d'la vie, et les rats qui mangent les minots, voyez-vous ?

Juliet frémit lorsque la fillette repoussa sa coiffe pour montrer une moitié d'oreille.

– M'man m'a dit d'ficher l'camp.

Elle renifla et s'essuya de nouveau le nez en rassemblant son courage.

– J'réussirai, voyez-vous. J'monterai les échelons.

– Tu veux devenir cuisinière ? Ou femme de chambre ? Ou te marier ?

Maman se plaignait toujours que, sitôt leur formation de bonnes achevée, les maudites filles partaient épouser un beau et jeune valet de pied ou un commerçant de passage.

– Nenni ! Intendante comme m'dame Goldsmiff, voilà c'que j'serai, et y m'craindront tous, comme elle !

Juliet sourit en lisant une ambition féroce dans les yeux de la fillette.

– Je suis certaine que tu atteindras ton but ! Mais allumer le feu, c'est le travail des valets de pied. T'en ont-ils chargée ? Fainéants mollassons ! Madame Goldsmith serait furieuse ; lui en as-tu parlé ?

Polly eut le souffle coupé : parler à la redoutable intendante ? Jamais elle n'oserait !

– Comment pourrait-elle t'aider si elle ne sait rien ? lui reprocha Juliet. Tu… non, je vais aller l'informer, et elle informera le régisseur, qui leur tannera le cuir, à ces paresseux.

Une reconnaissance mêlée d'incertitude éclaira le visage de la fillette tandis que Juliet se levait d'un bond. Mais les doutes de la fillette n'étaient pas fondés ; non, l'intendante n'aurait pas du tout la même attitude selon qu'il s'agirait d'une petite bonne crasseuse ou de l'une des jeunes dames, c'était bien normal.

– Viens avec moi ! Ne t'inquiète pas, je lui défendrai de te gronder pour t'être montrée à la famille.

Neuf ans ! À peine sortie du berceau ! Mais la fillette devait apprendre à surmonter les difficultés.

Les valets de pied, Pompey et Samson, étaient les esclaves de sa mère, les petits laquais noirs offerts par Papa en cadeau de mariage. Ils avaient grandi, mais Maman les avait gardés plutôt que de les envoyer comme main-d'œuvre sur une plantation jamaïcaine, ce qui arrivait à de nombreux jeunes Noirs avant qu'ils ne prennent conscience qu'ils étaient officiellement libres en Grande-Bretagne et ne deviennent prétentieux. Ils narguaient tout le monde avec arrogance dans la splendeur de leur livrée bordeaux tressée d'or et de leur perruque poudrée. Une raclée leur eût fait du bien.

À la grande irritation de tous, ils exécutaient néanmoins leur tâche, boudeurs, et arpentaient la maison tels des nuages d'orage sombres et maussades, le visage guindé, hostile, impressionnants de correction. La peste les étouffe ! pensait Juliet. Elle avait bien l'intention de les dénoncer pour insolence manifeste !

Six jours avant son départ, Juliet avait presque renoncé à tout espoir de fuite et finissait, résignée, de remplir sa malle d'écolière. Or le laitier habituel, qui leur apportait le bon lait de ses vaches aussitôt après la traite, ne vint pas. La cuisinière envoya une bonne se fournir auprès d'une marchande de rue qui portait deux seaux sans couvercle accrochés à une palanche. Son lait était vieux et aigre, souillé par la crotte séchée des rues et crissant de terre, étendu d'eau tirée d'un puits sale, plein d'escargots écrasés pour lui donner un aspect mousseux et frais.

La fièvre typhoïde frappa la moitié de la maison, y compris les sœurs cadettes de Juliet et John Coachman.

Maman était dans tous ses états. Elle aspergeait l'infirmerie d'eau de lavande, dérangeait les enfants, gênait la nourrice, exigeait que Juliet restât pour aider, puis lui ordonnait de partir sur-le-champ avant de tomber malade elle-même. Finalement, monsieur Smethwick, exaspéré par l'agitation, loua une chaise de poste à deux chevaux.

– Dieu du ciel, ta mère pousserait un saint à l'ivrognerie ! Je dois m'occuper de trois navires à quai, et je n'ai pas de temps à perdre en futilités. Tu prendras l'une des bonnes et les Noirs et tu partiras demain, Juliet.

Le cœur de la jeune fille bondit soudain de joie. Maman était trop affolée pour prêter attention. Papa ne connaissait pas les bonnes. Juliet savait précisément laquelle elle voulait !

Dès six heures le lendemain matin, elle quittait Liverpool à vive allure par la route de Londres, enveloppée dans une épaisse cape de fourrure à capuchon, les pieds sur des briques chauffées au four et posées par terre dans la paille, une pierre brûlante dans son manchon. Assise devant elle, il y avait Polly, les mains jointes sur les genoux, la tête remplie de recommandations, tantôt pouffant, ravie, tantôt s'inquiétant de sa responsabilité. À l'arrière, Pompey et Samson s'accrochaient à la malle, frissonnants et glacés malgré leur lourd manteau et leur écharpe. Dans le vent mordant, ils maudissaient Juliet. À l'avant, le postillon en selle sur le cheval de gauche pressait l'attelage au petit galop sur la route raboteuse, couverte de boue.

Au tout premier relais de poste, Juliet frappa sur le toit pour indiquer aux valets de baisser le marchepied.

– Je vais boire une tasse de chocolat chaud et faire réchauffer les briques. Voici un shilling : achetez-vous à boire aussi. J'en ai pour une demi-heure.

Étant donné leur humeur, les valets profiteraient au mieux de sa permission stupide, apparemment naïve.

Polly protesta nerveusement :

– Mam'zelle, y s'ront saouls comme des grives ! Deux verres d'bière, nous v'là par terre, trois gouttes d'eau-de-vie et nous v'là cuits !

– Chut ! Oui, je sais !

C'était l'instant où tout pouvait encore échouer…

– Polly, puis-je compter sur toi ? Pour quelque chose de très, très important ?

– Oh, que oui, mam'zelle ! répondit la petite fille, perplexe mais catégorique. Tout c'que vous voudrez, mam'zelle !

– Merci.

Touchée par ce dévouement inattendu, Juliet faillit embrasser la fillette.

– D'ici un moment, je les appellerai, je les gronderai de s'être enivrés, j'expliquerai que j'ai croisé une amie et que nous continuons avec elle. Je leur ordonnerai de rentrer et de rembourser à Papa l'argent de la chaise de poste. M'obéiront-ils, à ton avis ?

Polly secoua la tête d'un air entendu.

– Nenni, y s'défileront pendant les trois jours, mam'zelle, et y gard'ront les sous. P't-être même qu'y rentreront jamais, ces Noirs. Y fanfaronnent comme quoi y se sauv'ront à Londres ; y disent qu'y a des Nègres là-bas qui les r'cevront, qui leur trouv'ront un gagne-pain.

Juliet hésita. Elle ne voulait pas faire perdre à son père deux serviteurs de prix... mais ils resteraient sans doute dans la maison qui les garantissait du besoin.

– De toute façon, Papa n'en saura rien, pas avant plusieurs jours.

Polly éclata de rire.

– Et c'qui leur arriv'ra quand y l'saura, ça leur f'ra du bien, à ces boit-sans-soif ! Et nous, m'dame ? Euh... mam'zelle ?

– Nous allons rentrer à Liverpool. Il y a une diligence qui passe dans une heure environ. Mais nous irons chez ma grand-mère, pas à la maison. Moi, je pars, mais tu pourras rester là-bas. Ne retourne pas à Broad Street ! Si Papa te découvre...

– M'découvrir ? Jamais, mam'zelle !

– Bien. Mais au cas où…

Au cas où Grand-Maman mourrait, mais Juliet ne pouvait pas le dire.

– Je vais t'écrire une lettre expliquant que tu as agi sous mes ordres, et une lettre de recommandation si tu veux chercher une nouvelle place.

L'expression de Polly était un mélange ridicule de joie et d'épouvante.

– Hé, mam'zelle… vot' fiancé vous enlève ?

– Quoi ? Oh ! Je ne peux rien dire.

Un aveu, et Polly se sentirait précieuse.

– Je n'puis point venir aussi, mam'zelle ? Vous aurez besoin d'une bonne !

– Non, je ne crois pas. Mais quand j'aurai ma propre maison, je te reprendrai, je te le promets, et tu seras intendante.

Alors que Polly ouvrait la bouche pour répliquer, Juliet avança l'argument décisif.

– Je te donnerai de l'argent, Polly, trois livres, et ma malle de vêtements, que tu pourras garder ou vendre.

Ses toilettes étaient bien trop grandes pour la fillette, évidemment, mais il était possible de les recouper ; par ailleurs, sur le marché aux puces, les tenues neuves, de qualité, rapporteraient une petite fortune.

– Toute la dentelle et compagnie ? Oooh !

Conquise par cette générosité surprenante, Polly déclara avec ferveur :

– Pouvez compter sur moi, mam'zelle ! Je n'dirai point un mot à vot'e papa, euh… j'me tairai, mam'zelle ! Et j'vous… euh, je vous souhaite beaucoup d'bonheur et d'réussite, mam'zelle !

Bonheur et réussite – Juliet l'espérait bien !

MAILLON 4

HASSAN
Décembre 1794

L e hadith[1] dont le début est : « Si tu vois une
– injustice… »

Les rangées de garçons assis en tailleur sur des
tapis dans la cour sablonneuse de la vieille madrasa[2]
avaient tous l'air désireux de répondre : c'était l'une
des paroles du Prophète que le professeur aimait le
plus.

– Hassan ?

Celui-ci se leva avec confiance.

– « Si tu vois une injustice, combats-la de tes
mains. Si cela ne t'est pas possible, lutte contre elle
avec ta langue. Si cela encore ne t'est pas possible,
exècre-la dans ton cœur. C'est ici le moindre acte de
foi. »

– Bien. Ne l'oublie jamais durant ton voyage.

– Non, maître, je ne l'oublierai pas !

Alors qu'il se rasseyait au premier rang, Hassan
soupira de joie en sentant dans son dos le regard

1. Recueil des actes et des paroles du prophète Mahomet (ou Muhammad),
qui complètent le Coran.
2. École coranique.

envieux de ses amis. Quelle chance il avait, de partir le lendemain pour une aventure aussi merveilleuse, avec la promesse d'un avenir radieux à son retour : ses études pour devenir lui-même un professeur respecté ! Allah et Muhammad, que la bénédiction et la paix soient sur le Prophète, lui souriaient !

Lorsque les leçons se terminèrent à midi, Hassan sortit fièrement retrouver son père, petit et digne dans sa djellaba[1] blanche et son chapeau rouge brodé. D'un pas tranquille, il le suivit à l'intérieur de la vaste mosquée sombre, aux nombreux petits minarets, pour la prière du milieu de journée ; puis, avec un plaisir ardent, impatient, vers un monde d'expériences nouvelles.

Tous les après-midi, Uzum avait emmené son fils aux centaines de réunions et de discussions nécessaires à la préparation du voyage vers l'est. Hassan avait pénétré dans les maisons de marchands et de scribes, de soldats, d'artisans et de bateliers, de croyants et de païens, d'hommes libres et d'esclaves ; dans des mosquées carrelées, des huttes au toit de chaume, des galeries fraîches et des entrepôts obscurs, odorants, tous réparés à de multiples endroits car, chaque année, les pluies hivernales endommageaient gravement leurs murs en briques de terre. Djenné n'était plus la cité glorieuse d'autrefois, du temps où elle rivalisait avec la grande

---

1. Robe longue à capuche portée par les hommes.

Tombouctou comme capitale commerciale et universitaire du vaste royaume songhaï*, mais elle demeurait importante, capable de répondre à tous les besoins.

Commerçant expérimenté et respecté, Uzum n'avait eu aucun mal à trouver quatre partenaires. Ils employaient à eux tous un certain nombre de gardes, dont beaucoup maîtrisaient (compétence précieuse) les langues des tribus dont ils traverseraient les territoires. Les Touaregs du désert, grands, voilés de bleu, leurs épaules largement dominées par la poignée de leur épée, ne seraient d'aucun secours sur la rivière. La plupart des gardes étaient donc des Haoussas*, de même qu'Hassan et sa famille, ou des Bambaras ; il y avait deux grands Fantis élégants du sud et deux Yorubas* de l'est. Quelques esclaves assuraient la cuisine et le service, parmi lesquels le meilleur ami d'Hassan, Dawud, domestique de son père, et un Ibo qui venait de très loin à l'est, à l'endroit où la Grande Rivière, disait-on, rejoignait la mer. Le groupe entier comptait presque quarante membres.

Les gardes avaient leurs propres armes. Uzum avait acheté quantité de munitions et, à l'intention d'Hassan, absolument ravi, un long mousquet fin, gravé et incrusté de nacre.

Pour acquérir des esclaves et de l'ivoire, pour payer les guides et les interprètes, pour offrir aux rois et aux chefs, Uzum prendrait des sacs de cauris, la monnaie habituelle le long de la rivière ; des bijoux faits d'ambre, de cuivre ou de verre ; des tissus de coton et de soie ; des coupes et des pots en cuivre ; des sacoches et des selles de cuir brodées, à pompons, et des coussins parfumés ; des pains de sel, aussi précieux que l'or, transportés à dos de chameau depuis les mines du désert ; des épées et des poignards incrustés ; un petit sac de pièces d'or et une longue-vue.

Le jour du départ, l'imam[1] vint dans la maison de Farouk conduire des prières spéciales pour leur réussite et leur protection. Ils commencèrent, comme toujours au début d'un voyage, par l'Ouverture, la première sourate[2] du Coran. « Au nom de Dieu, le Tout-Miséricordieux, le Compatissant… C'est Toi que nous adorons, c'est de Toi que nous implorons le secours ! Guide-nous sur la bonne voie… » D'ici leur retour, ils auraient répété maintes fois le Coran entier.

Le long cortège bruyant d'hommes, de chevaux, de chameaux, de mules et d'ânes infestés de puces finit par s'ébranler devant la grande mosquée en direction de la rivière. Le sourire aux lèvres, Uzum regarda la file joyeuse et dansante, qui criait, soufflait dans des trompettes, jouait du tambour, faisait retentir cloches et cymbales.

– S'ils pagaient avec la même énergie, nous serons rentrés dans un mois !

1. Chef de prière, chez les musulmans.
2. Chapitre du Coran.

Plus ou moins voilées, toutes les femmes étaient rassemblées sur le toit en terrasse de chez Farouk pour dire au revoir aux voyageurs. Elles se penchaient le long de la façade entre les piliers jaunes comme des cornes de vaches et lançaient de longs trilles plaintifs de douleur et de gloire. Hassan les salua en réponse. Sa grand-mère agitait la main au premier rang.

– Bridie Treworthy ! lui hurla-t-il, oubliant sa dignité.

Elle lui avait dit et répété le nom tous les soirs, ainsi que les rares mots d'anglais dont elle se souvenait. Hassan avait peine à croire qu'ils rencontreraient des hommes blancs, mais son père en était convaincu.

– Turo, Cornailles !

Ils tournèrent à l'angle d'un haut mur, et sa maison disparut.

Plus d'école, plus de Taranah, pendant des mois. Il était libre !

Contre les quais encombrés, les bateaux achetés pour le voyage attendaient, déjà chargés. Il y avait quatre pirogues, dont la plus petite mesurait douze mètres, composées chacune de deux énormes troncs creusés fixés bout à bout. Elles transportaient respectivement environ une tonne de marchandises, dix pagayeurs professionnels de la tribu des Bozos et une douzaine de marchands et de gardes. Au centre des embarcations, des arceaux soutenaient une tente de toile. Hassan était bien trop excité pour aller s'abriter : il s'installa à la proue en surplomb du bateau de tête, près de la vigie. Dawud se serra gaiement à côté de lui.

— Restez tranquilles, et ne tombez pas à l'eau, car les crocodiles vous dévoreraient pour leur petit déjeuner ! leur grogna la vigie, mais l'homme feignait seulement la brusquerie.

Les deux garçons échangèrent un large sourire.

Enfin, après d'autres prières, une fois le dernier message lancé, une fois l'ultime paquet supplémentaire jeté à bord, dans un vacarme de tambours et d'acclamations, de cloches, de trompettes et de tirs de mousquets, les pirogues s'éloignèrent du quai. Les amis d'Hassan et de Dawud crièrent des adieux stridents. Le maître de manœuvre se mit à battre du tambour avec régularité, les pagayeurs grognèrent, entamèrent un chant profond et prirent le rythme : les longues embarcations filèrent dans le courant.

La première partie du trajet était connue. Avec son père ou les hommes de son oncle, Hassan avait déjà transporté par bateau des céréales et des fruits, en provenance ou à destination de fermes isolées bâties sur les rives. Les ondulations et les remous de l'eau brune contre les flancs peints des pirogues, la brise légère causée par le déplacement rendaient la navigation presque rafraîchissante même lors des journées les plus chaudes. Mais à cette saison, dans le froid nuage de poussière que l'harmattan[1] apportait du Sahara, voguer réchauffait.

Sur des kilomètres, les champs irrigués s'étendaient depuis les berges, verdoyants après les pluies, parsemés de chadoufs[2] plongeant leurs godets de cuir dans les fossés. La peau noire des hommes qui les actionnaient brillait au soleil lorsqu'ils s'interrompaient pour regarder passer la flottille. Des chameaux vacillaient et des ânes avançaient à pas lourds, solennels, sous d'énormes charges, ou se reposaient avec leur propriétaire, à l'ombre d'arbres épineux et de palmiers. De temps en temps, un cavalier suivait la rivière au petit galop, agitant une main joyeuse.

Toutefois, les berges changèrent peu à peu, à mesure qu'ils s'éloignaient de la ville protégée pour pénétrer dans une zone moins peuplée. Le sable ensevelissait les champs et les huttes ; les buissons d'épines étaient plus proches de l'eau ; toute trace de vie humaine finit par disparaître dans un paysage minéral et dénudé, avec des crocodiles qui se doraient au soleil sur les bancs sablonneux. Ici, les huttes étaient construites loin de la rivière, à l'abri des inondations, hors de vue des assaillants.

La vigie, qui était assez âgée, donna une perche à Hassan et à Dawud pour qu'ils aident à détourner la pirogue des hauts-fonds ou des obstacles cachés.

---

1. Vent d'est, fréquent en Afrique occidentale.
2. Machine utilisée pour capter l'eau et irriguer les cultures.

– Vous avez de bons yeux, jeunes gens. Ce remous et ces rides indiquent un arbre submergé, qui pourrait trouer une pirogue. Ce changement de couleur de l'eau, ce tourbillon dans le courant révèlent un banc de sable. Il est là depuis six ans, mais les pluies auraient pu l'emporter, et un nouvel amas aurait pu se former n'importe où.

C'était vrai : à peine une heure plus tard, les pirogues s'échouèrent sur un banc de sable inattendu, et trois heures d'efforts éreintants furent nécessaires pour les alléger, les sortir des hauts-fonds, les recharger et continuer.

Après six jours de voyage sans nouvel incident plus fâcheux, juste avant la tombée brutale de la nuit, ils accostèrent un campement connu sur une petite île, à l'abri des attaques, au milieu d'un grand lac.

– Quelle distance avons-nous parcourue, Père ?

– Après-demain, nous atteindrons Kambara, le port de Tombouctou, répondit Uzum. Mais nous n'aurons alors effectué qu'un cinquième, voire un dixième, du trajet jusqu'à l'océan.

Hassan eut une exclamation stupéfaite tandis que son père riait.

– Si l'on tient compte des échouages et des accidents, des maladies, des arrêts pour se reposer et marchander, tu pourrais bien ne goûter l'eau salée que dans trois mois ! Mais ce qui est écrit est écrit.

L'installation du camp se déroulait maintenant sans encombre. Au bout de cinq heures de navigation à l'étroit dans la pirogue depuis la pause de midi, Hassan avait les jambes raidies de crampes, mais Dawud les détendit par des massages. Armés de leur perche, les deux garçons battirent les buissons voisins pour écarter toute menace de serpents et vérifièrent qu'il n'y avait pas de nids de crocodiles alentour.

– Rappelez-vous, cria Uzum, si vous voyez des hippopotames, laissez-les tranquilles ! Venez nous prévenir, et nous apporterons des torches pour les repousser vers l'eau.

Plusieurs feux furent bientôt allumés, le maïs et le ragoût de chèvre mis à cuire, avant même que les tentes ne fussent dressées. Dawud sourit à Hassan.

– Quel tapage ! Aucun hippopotame ne s'approchera !

Hassan lui rendit son sourire.

– *Inshallah*.

– Dieu est le plus grand ! Dieu est le plus grand !

Pendant le voyage, les cinq prières quotidiennes étaient combinées en deux séances, l'une précédant le départ, l'autre dans la soirée. À présent, l'homme qui les conduirait lançait son appel.

Dawud regarda autour de lui.

– Les tapis de prière sont-ils restés dans les pirogues ?

– Je vais t'aider, proposa Hassan.

Les garçons étalèrent les tapis sur la berge avant de courir se laver dans la rivière avec leurs compagnons, afin de se purifier. Les hommes d'équipage, en majorité païens, restèrent près de leurs propres feux.

–Il n'y a d'autre divinité que Dieu ! appela le muezzin[1].

Secouant ses mains pour qu'elles sèchent, Hassan s'installa sur son tapis entre son père et Dawud, et se tourna vers le nord-est, en direction de La Mecque. Ensemble, ils firent les gestes prescrits, s'agenouillèrent pour poser le front contre le sol... lorsque, soudain, Dawud hurla en saisissant son mollet.

–Un scorpion !

Dans la lumière rouge du couchant, son visage noir était pâle d'horreur et d'effroi.

–Père ! Dawud... souffla Hassan.

Mais déjà son père l'écartait, soulevait le blessé à bras-le-corps et se précipitait vers le feu le plus proche.

–Un tison, vite ! lança-t-il au cuisinier.

Avec son couteau, Uzum fit trois coupures si profondes que l'os apparut. Il planta son arme dans le sable, attrapa d'une main le pied de Dawud, de l'autre la branche enflammée que lui tendait le

---

1. Religieux qui appelle à la prière, cinq fois par jour, dans le monde musulman.

cuisinier, et plongea l'extrémité brûlante dans les entailles.

– Un autre tison ! Et un autre encore !

Dawud hurlait et se tordait de douleur, mais les hommes accourus à l'aide le maintinrent immobile pendant qu'Uzum cautérisait complètement les blessures.

Hassan écrasa le scorpion. L'animal avait dû se trouver emprisonné sous le tapis et piquer au moment où il se libérait. Pourquoi n'avait-il pas respecté leurs prières, ne s'était-il pas contenté de fuir ?

Enfin, Uzum relâcha un peu son effort.

– Nous allons appliquer un cataplasme d'élodées[1], et le bander immédiatement. Merci, Ali et Mohammed. Nous ne pouvons pas faire plus. Tout est entre les mains de Dieu.

Hassan avait déjà trouvé les bandes de coton que son père avait emportées comme pansements. Certains marchands finissaient leurs prières sans prêter attention. Comment pouvaient-ils se montrer aussi indifférents ? Avec colère, Hassan pataugea dans l'eau, au mépris des serpents et des crocodiles, et attrapa une poignée d'élodées. Uzum approuva d'un signe de tête.

– Bravo, mon petit ! Un bon tampon sur les coupures ; très bien.

– Vais-je mourir, monsieur ? sanglota Dawud.

1. Petite plante d'eau douce.

– Mourir ? Allah est Tout-Miséricordieux et Compatissant. De la fièvre, une jambe douloureuse quelques jours, oui. Mais mourir ? Sottises !

Uzum tapota doucement l'épaule du garçon.

– Reste tranquille à présent, mon fils viendra bientôt te soigner, entendu ?

Mais, en dépit de sa voix réconfortante, le regard qu'il tourna vers Hassan ne contenait qu'un faible espoir.

– Viens, mon fils. Terminons nos prières et ajoutons-en une pour Dawud.

Hassan pria très fort, mais Dawud mourut le lendemain avant midi, en murmurant :

– Il n'y a d'autre divinité que Dieu.

Comme il avait été l'ami de Dawud, Hassan dirigea les prières de l'enterrement.

– Ô Allah, donne-lui une demeure meilleure que sa demeure d'ici-bas, une famille meilleure que la sienne, un compagnon meilleur que le sien…

Il connaissait Dawud depuis toujours, il avait grandi, lutté et joué avec lui, été plus proche de lui que de ses meilleurs camarades d'école. Dawud n'avait pas demandé à être du voyage. Hassan le pleura. Son père également.

L'expédition commençait mal.

MAILLON 5

DAND
Décembre 1794, Écosse

A près des heures passées dans l'obscurité gla-
ciale du placard, Dand et Iain durent grimper
sur le pont par des échelles oscillantes : ils en furent
éblouis. Au-dessus d'eux, des voiles brunâtres sales
déployaient leurs carrés et leurs triangles dans l'après-
midi gris, et les marins, dirigés à grands cris, traînaient
les tonneaux et manœuvraient les cordages.

Depuis la dunette surélevée, haute de trois
marches, le capitaine Maxwell les considéra d'un œil
approbateur.

– Bien, bien. Toi, dit-il à Iain, tu travailleras avec
le charpentier. Quant à toi... Dand, 'pas ? As-tu déjà
navigué ?

– Non, monsieur, répondit Dand en secouant la
tête.

Pour son estomac nauséeux, c'en fut trop. Le
garçon se précipita vers le bord du bateau... contre
le vent, malheureusement. Le pont fut tout écla-
boussé.

– La fille du canonnier* va te donner une danse,
vaurien !

Douze coups de corde à nœuds garantirent qu'il se souviendrait de vomir sous le vent la prochaine fois.

Dand était petit, et il ne possédait aucune des compétences nécessaires à un marin.

– T'apprendre à manœuvrer les cordages serait une perte de temps, déclara Maxwell. Dans trois mois, je te revendrai. Tu seras garçon de cabine.

Dand, qui écartait sa culotte des zébrures sur son postérieur, se sentit revigoré. Un travail facile, 'pas ?

Il avait raison, par certains aspects. Il devait nettoyer la grande cabine du capitaine, quatre mètres de long sur trois mètres de large, apporter ses repas à Maxwell, tenir toujours prêts des vêtements secs et du café chaud pour le moment où son maître rentrait du service de veille, transi et mouillé. Lui-même vivait assez au sec, grâce au poêle à charbon suspendu et à la toile de sol peinte, alors que le reste de l'équipage se recroquevillait sur le gaillard d'avant humide. Pour compléter la bouillie d'avoine ou les pois cassés habituels, le fromage plein d'asticots ou les nerfs à moitié bouillis baptisés bœuf salé, il pouvait finir en cachette les assiettes du capitaine. Il travaillait moins et mangeait aussi bien que chez lui.

Mais la fille du canonnier lui donnait une danse à la moindre erreur, à la moindre lenteur, à la moindre maladresse. Ou sans raison aucune.

Le pire, c'étaient les soirées. Après le dîner, Dand se pelotonnait silencieusement dans son coin pendant que Maxwell s'installait à son bureau avec une cafetière, ses plumes d'oie et des livres de grec.

– C'est l'heure de mon exercice intellectuel, hein, mon garçon ? Ah ! Homère. Le plus grand de tous. Et l'*Odyssée* : une histoire de marin, 'pas ?

Le capitaine effectuait une nouvelle traduction de l'épopée grecque sans utiliser la lettre « p » : cela s'appelait un lipogramme, dit-il fièrement à Dand. Mais la tâche était difficile ; tant de mots contenaient la lettre détestée ! Quand trop de « p » apparaissaient, la frustration tordait le visage de Maxwell. Alors, si Dand attirait son attention :

– Je vais t'apprendre à rester tranquille ! s'emportait le capitaine (ou à tenir le café chaud, ou à baisser les yeux, ou tout ce qui lui passait par la tête).

Et Maxwell attrapait la corde à nœuds suspendue au crochet près de la porte.

Dand serrait les dents et endurait les coups. Un exercice intellectuel ? Même son père n'était pas aussi brutal. Il apprit que le dernier garçon de cabine avait succombé au cours des trois semaines d'immobilisation dans les calmes équatoriaux.

Il apprit également à ne pas siffler sur le pont, ainsi qu'une centaine d'autres superstitions. Quand une tempête se déchaînait, sous prétexte qu'il en était la cause, il recevait un nouveau châtiment.

Il n'était pas le seul, bien sûr. Tous les marins travaillaient sous la menace de la corde ou du poing. Un pas trop lent, un bougonnement trop haut, voire une mine maussade pouvaient valoir une correction sévère.

Iain se montrait philosophe.

– Ils peuvent toujours s'ensauver. Mais ils sont vêtus et nourris, ils ne sont en peine de rien, sauf de la couleur du ciel et de l'humeur du capitaine, or il existe bien pire que Maxwell. Il y a des mauvais jours, oui-da, mais autre part aussi, 'pas ? Et ils ont les ports étrangers, les femmes, et puis le commerce, histoire de gagner quelques picaillons, 'pas ? Et ils peuvent rêver d'un tantinet de chance, un sauvetage ou une piraterie qui leur permettrait d'acheter une ferme ou de marier la veuve d'un aubergiste, et de vivre comme des seigneurs. Pas une vie de misère, hein ?

Cap au nord puis à l'ouest, ils voguèrent au gré des tempêtes et des vagues en furie. Pendant une semaine, Dand eut un mal de mer épouvantable, mais il n'échappa ni au travail ni aux volées de coups pour autant. Ils finirent par jeter l'ancre dans le chenal de Tongue, sur la côte nord de l'Écosse.

L'étendue plate du rivage abritait un campement de presque deux cents personnes, maigres, exténuées, de tous âges (des bébés aux vieillards chenus de cinquante ans), blotties dans des huttes branlantes aux murs d'ardoises locales grossièrement pilées, couvertes de gazon ou de plaids posés sur un enchevêtrement de bois échoué.

– Des gens brisés. Des émigrants pour les Amériques. C'est le charpentier qui m'a expliqué.

Iain regardait la foule en haillons délaisser péniblement les minuscules feux d'algues pour s'approcher du rivage dans un silence sinistre. Certains souriaient, d'autres pleuraient.

– Des disetteux. Chassés de leurs terres, vois-tu, pour que les troupeaux de moutons pâturent.

– Oui-da, répondit Dand.

C'était partout pareil. Afin d'améliorer les sols et d'augmenter les loyers, beaucoup de propriétaires expulsaient les locataires affamés et brûlaient leurs maisons derrière eux, parfois même au-dessus de leurs têtes.

– Les moutons rapportent plus, 'pas ? Notre ferme, c'est ainsi que Pé l'a obtenue, apprit-il à Iain. Elle nourrissait cinq maisonnées jadis. Des engourdis haillonneux des Highlands qui ne savaient pas un mot d'anglais.

Mais Dand éprouva soudain une pitié inattendue. Qu'étaient devenus les gens que son père avait délogés ? Certains avaient essayé de se musser[1], lui avait raconté Pé en riant, mais on les avait débusqués avec des chiens puis traînés à bord des navires, chaînes aux pieds. Quelques-uns s'étaient-ils enfuis jusqu'aux manufactures des villes du sud ? Ou la faim les avait-elle emportés ? Avaient-ils tous été paresseux et ignorants ?

1. Se cacher.

–Capitaine Maxwell ? demanda un homme en habit clérical et en col blanc, moins famélique que les autres, qui flottait dans une coquille de noix contre le flanc du navire. Vous deviez arriver au mois d'août ! Les gens ont épuisé la farine d'avoine réservée à la traversée. Quelle est la raison de ce retard ?

–La volonté de Dieu, mon révérend ! répondit Maxwell, et il se redressa, impressionnant. Un navire ne peut pas quitter le port si le seigneur n'envoie pas de vent favorable. Je déplore ce contretemps, mais nous voici. Vous pouvez embarquer sur l'heure.

Il eut un sourire de requin.

–En prévision des besoins, mon révérend, j'ai toujours des sacs d'avoine à vendre à mes passagers.

Dand grimaça. Il connaissait bien cette denrée. Humide et moisie, plus d'asticots et de cailloux que de farine, plus de seigle que d'avoine, pourtant Maxwell la céderait au prix fort. Une excellente affaire pour lui.

La cale de la *Daisy* mesurait à peine deux mètres de haut, vingt-quatre de long et sept de large en son centre. La lumière venait de l'écoutille au-dessus et de deux petites lanternes à chandelle. Il y avait contre les bords trois estrades superposées, inférieures à deux mètres carrés, divisées chacune en deux couchettes par une étroite planche dressée. L'espace disponible pour la tête et les épaules était tout juste long comme le bras. Les marins jetèrent les caisses et les ballots par l'écoutille : les émigrants les trieraient eux-mêmes et les empileraient au milieu de la cale, où ils serviraient de sièges et de lits supplémentaires.

Dand fut chargé d'indiquer les places lorsque les gens arrivaient au bas de l'échelle.

– Une famille par couchette.

Ils dormiraient à tour de rôle. Mais, ne parlant que le gaélique, tous le regardaient d'un air ébahi, troublés et perdus.

– Tudieu, vous ne me comprenez donc pas, godichons que vous êtes ?

Les trois vaches des émigrants, qui nageaient à la remorque de la chaloupe, furent hissées à bord par des cordages, la tête et les pattes ballantes, meuglant désespérément, puis parquées à un bout de la cale avec quelques brassées d'herbe comme fourrage. Elles se calmèrent plus vite que les gens, mais il y eut moins de tapage que Dand ne le prévoyait. Les femmes ne se chamaillèrent pas. Elles tendirent plaids et châles, robes et jupons en guise de rideaux pour créer un semblant d'intimité, ou réclamèrent plus de place, mais d'un ton las. Même les pleurs des enfants étaient faibles. Vaincus par le désespoir, beaucoup se laissèrent simplement tomber sur les planches nues.

À une vitesse inattendue, poussée par le second et un bon vent, la *Daisy* regagna le large. Agrippés à la rambarde, les émigrants regardaient en arrière, pleuraient, gémissaient, sans prêter attention aux prières de réconfort, remplies d'espoir, du pasteur.

Dand ricana.

– Tudieu, s'ils ne sont pas lugubres ! murmura-t-il à Iain. Ils sont chagrins de quitter leur maison, mais, pour le moins, ils seront leurs propres maîtres. Pas comme nous !

Il haussa imprudemment les épaules, grimaça et descendit en courant : le capitaine demanderait bientôt son café.

Ce fut leur dernière journée de vent propice. Contre les tempêtes d'ouest, la *Daisy* se mit à louvoyer vers le nord et le sud, progressant avec lenteur jusqu'au moment où la toile d'une voile usée se déchirait, une vergue[1] craquait ou une corde effilochée cassait ; le temps de réparer, le navire repartait vers l'est ; et l'histoire ne cessait de se répéter. Allumer le feu de la cuisine étant trop dangereux, ils consommaient tous les aliments crus : la farine d'avoine, les pois cassés, même la viande salée. La soif les torturait tous.

Lorsque le huitième jour arriva, deux bébés et un vieillard étaient morts de froid et d'épuisement.

Au bout de deux semaines, pendant les obsèques d'une femme, sa fille se jeta par-dessus bord avec son bébé ; le cri et le bruit de sa chute furent à demi engloutis par les hurlements de la tempête.

---

1. Pièce de bois placée en travers d'un mât pour soutenir une voile.

Incapable de supporter le vacarme continuel, le mugissement du vent dans les cordes, les craquements et les grincements du navire, le roulis et le tangage permanents, le mélange d'eau salée, de vomi, d'urine et de crasse qui montait jusqu'aux chevilles dans l'enfer de cette cale sombre et infestée de rats, la faim et le froid humide, la puanteur et les pleurs, le mal de mer et le désespoir d'avoir perdu tout ce qu'elle connaissait, la jeune femme n'avait plus trouvé le courage de continuer.

Ainsi ballottés, cinq hommes, onze femmes, cinq enfants et trois marins eurent des os fracturés ou des articulations déboîtées. Une voile s'était disloquée ; alors qu'il essayait de la remplacer et se démenait sur le bout de vergue contre les toiles raides transformées en ailes démoniaques, un marin fut emporté et disparut aussitôt dans les embruns.

Une voie d'eau se déclara dans le navire. Au lieu d'une heure ou deux par jour, la pompe cliqueta sans discontinuer : tous les hommes, émigrants inclus, s'éreintèrent à actionner le levier, ligotés à l'appareil pour résister aux vagues vertes, plus hautes que le pont. Un homme fut balayé, s'empêtra dans les cordes destinées à empêcher l'équipage de passer par-dessus bord et se noya sous les yeux de tous.

Le pasteur vint supplier Maxwell de rebrousser chemin. Furieux, le capitaine gronda :

– Je suis payé pour vous mener jusqu'à Boston, monsieur ! Voudriez-vous que je manque à ma

parole ? Retournez dans la cale ! Monsieur Robb !
Fermez l'écoutille ! Le maître de ce vaisseau, c'est
moi, non les passagers !

L'humeur du capitaine empira, mais il devait
passer tellement d'heures sur le pont qu'il était
fourbu ; Dand recevait donc moins de coups. Avec
une pitié mêlée de dégoût, le garçon essayait d'aider
les exilés : il leur descendait des seaux d'eau, vidait
le tonneau débordant des latrines, leur assurait que
oui, ils seraient bientôt en Amérique, bientôt, très
bientôt.

Mais les repères sur la carte dans la cabine mon-
traient que le navire n'avançait pas.

Puis trois personnes moururent en une seule
journée. Emportées par la fièvre des navires : le
typhus. La maladie meurtrière.

Assis à son bureau ce soir-là, le capitaine
Maxwell examina la carte d'un air mauvais. Derrière
lui, Dand se tenait immobile, crispé.

– Oh, la barbe !

Maxwell se mit debout et s'arrêta près de la
porte pour poser un regard menaçant sur Dand :

– Tu ne parleras plus aux passagers !

Sur ces mots, il sortit.

– Tout le monde sur le pont !

Un piétinement las, des claquements sourds et
des cris retentirent alors que les fouets contrai-
gnaient les hommes épuisés à reprendre le travail.
Un lourd grincement indiqua qu'ils maniaient le

gouvernail et réglaient la voilure. Pendant quelques minutes, un roulis violent secoua la *Daisy* tandis qu'elle tournait sur les vagues, puis une houle plus lente, moins frénétique, le remplaça. Dand lui-même sentit que le navire voguait plus aisément.

Mais lorsqu'il regarda le compas fixé dans le plafond de la cabine au-dessus du lit du capitaine, il fut écœuré.

Durant les quatre jours qui suivirent le changement de cap, les passagers ne furent pas admis sur le pont, excepté pour actionner la pompe. Se sachant surveillé par le capitaine, Dand n'osait pas leur parler. À quoi bon, de toute manière ? La moitié d'entre eux étaient malades. Malgré l'apaisement des intempéries, cinq autres succombèrent.

Enfin, le cri tant attendu résonna en haut du mât :
– Terre en vue !

Des hurlements joyeux, soulagés, fusèrent de la cale.

– L'Amérique ! L'Amérique !

La côte à l'horizon était déchiquetée, mais accueillante sous le lourd ciel gris ; entre les rochers escarpés, des langues de sable blanc s'enfonçaient vers les prés verdoyants et les bois. Pendant que les émigrants emballaient leurs possessions trempées et chantaient des psaumes de joie, le capitaine ordonna de hisser par-dessus bord la chaloupe placée derrière le grand mât. Les émigrants furent débarqués dans une précipitation incongrue, portés si nécessaire jusqu'en haut de l'échelle et descendus dans la chaloupe, bousculés lorsqu'ils tombaient à genoux pour embrasser le sable de leur nouveau pays.

Le pasteur cria depuis la plage :

– Que Dieu vous bénisse, capitaine ! Nous vous remercions tous…

– Remerciez le Seigneur, mon révérend !

Des hommes apparaissaient au loin à la lisière des bois.

– Déployez la voilure, monsieur Robb. Vous hisserez la chaloupe plus tard. Levez l'ancre.

La *Daisy* s'écarta en hâte du rivage.

– Ah, très bien, gloussa Iain, qui se frotta le nez et sourit à Dand, debout près de lui contre la rambarde, l'air sombre. L'Amérique, hein ? Que Dieu leur vienne en aide. À nous, la prochaine fois. La Jamaïque, 'pas ?

– Oui-da. Après les réparations dans un lieu nommé Barnstaple.

La voix de Dand était emplie de dégoût, et il se détourna. Voir Iain accepter avec insouciance, approuver même sans aucune pitié, le méfait du capitaine, l'irritait profondément.

Bien que payé pour les transporter jusqu'à Boston, Maxwell avait en effet déposé les émigrants en Irlande ; puisse son âme de traître finir en enfer ! Pour le moins, ils connaîtraient la langue. Mais au milieu des papistes, ils auraient grand besoin que Dieu leur vienne en aide.

MAILLON 6

GBODI
Fin janvier 1795, le village de Loko

Avec fierté, Gbodi effleura son nouveau collier de perles, fabriqué spécialement pour les célébrations qui auraient lieu ce soir-là. Le sien était le plus beau! Aucune de ses amies n'avait quatre perles de verre et tout un rang de cauris venus d'une terre très, très lointaine, où l'eau coulait toute l'année, pas seulement à la saison des pluies.

À l'autre bout de la vallée où elle avait l'habitude de faire paître les chèvres de sa mère, elle et ses amies sautaient sur place, jetant des regards impatients vers son demi-frère Omu, en équilibre instable à la fourche d'une haute branche.

– Réveille-toi, bousier! cria-t-elle d'une voix stridente. Les vois-tu venir?

– Ne m'appelle pas bousier, espèce de guenon! Pas encore… Si! Les voici qui arrivent! Et il n'en manque pas un!

Omu dégringola de l'arbre, glapit en se piquant à une épine, et gambada derrière ses camarades sur le chemin, au milieu des immenses herbes à éléphant.

Une année sur deux, après les premières grosses chutes de pluie, pendant que les femmes s'occupaient des plantations, les aînés des garçons séjournaient dans la brousse durant deux lunes pour l'initiation et les épreuves qui faisaient d'eux des hommes. Omu, aujourd'hui âgé de douze ans, partirait avec le prochain groupe. Aucun enfant, aucune femme ne savait ce qui se passait, car il s'agissait de redoutables cérémonies magiques que nul homme ne voulait révéler. Parfois, un garçon mourait, mais pas cette année : le bébé dieu de Fola devait être satisfait.

Le sorcier ouvrait la marche, caressant sa barbe fine, l'air aussi aimable et aussi souriant que de coutume, effrayant néanmoins. Derrière lui venaient les hommes d'expérience (parmi lesquels des visiteurs et des sages d'autres villages) qui avaient initié les plus jeunes, et enfin les nouveaux hommes eux-mêmes.

Gbodi contempla, intimidée, son demi-frère Akin, le fils de la première épouse de son père. Il n'était plus un garçon pétulant vêtu d'un tablier flottant ; il marchait désormais d'un pas fier, homme parmi les hommes, une lance à la main, les blessures de l'initiation masculine rouges, à vif, sur son torse, son visage et ses bras. Le pagne bleu et blanc neuf drapé autour de ses hanches lui descendait presque jusqu'aux chevilles. Même ses yeux avaient changé : ils étaient plus froids, plus distants, moins rieurs qu'auparavant.

Puis il jeta un coup d'œil à Gbodi, et elle se rendit compte qu'il s'agissait surtout d'une apparence. Les blessures étaient douloureuses, un sentiment de joie et de triomphe emplissait Akin, mais un homme ne devait montrer ni tourment ni allégresse. Elle applaudit avec les autres enfants, et ils escortèrent le groupe jusqu'au village dans des sauts, des danses et des cabrioles.

Ce fut une grande fête. Ce soir-là, toutes les femmes apportèrent près de l'énorme feu des bols d'ignames et d'arachides, de maïs et de patates douces, une chèvre, un porc ou un poulet, en l'honneur des nouveaux hommes. Les plus beaux pagnes, les plus beaux tabliers et ornements de perles furent exhibés. On dansa : les femmes d'abord, les hommes ensuite, dans les cliquetis mélodieux de leurs bracelets de chevilles en cuivre et en laiton, puis tous ensemble, en chantant, alignés face à face, dans un déploiement de talent et d'énergie. Les jeunes plaisantaient au sujet des futurs époux et épouses. Sur le côté, Gbodi, Omu et leurs amis copiaient les danseurs et apprenaient, se précipitaient parmi leurs aînés pour quémander des friandises, ivres d'excitation autant que de bière de maïs. Les visages brillaient, sombres, les peaux huilées luisaient de sueur, les yeux et les bouches rieuses étincelaient, blancs et rouges…

Derrière les huttes, un chien attaché à l'écart de la fête aboya. Et aboya encore.

Les inconnus, des étrangers à bandeaux blancs, jaillirent des ténèbres en brandissant des gourdins. Trébuchants, les hommes du village se levèrent pour se battre, mais ils n'avaient pas leurs lances avec eux, et les guerriers les repoussèrent sur le terrain de danse dégagé. Les femmes et les enfants fuirent se cacher en hurlant à l'intérieur des huttes, sous les lits, derrière les cadres de séchage des peaux et les jarres d'eau. Certains évitèrent ou brisèrent le cercle des assaillants pour s'échapper. Un envahisseur attrapa une branche dans le feu et fit le tour des habitations en bordure du village, dont il enflamma le chaume. En quelques instants, un anneau de lumière éclaira tous les fugitifs.

Gbodi vit Akin surgir d'une hutte et poignarder un homme qui frappait le chef. Une détonation retentit dans le noir, et il y eut un éclair vif. Akin hurla, lâcha sa lance et tomba contre le mur de la hutte, les mains plaquées sur le ventre. Du sang coulait entre ses doigts.

Désespérée, Gbodi regarda autour d'elle : les bandeaux blancs étaient partout.

– Ici ! hoqueta Akin à ses genoux. Cache-toi sous moi. Ils penseront peut-être que tu es morte aussi.

– Tu n'es pas mort ! répliqua Gbodi, qui se glissait déjà sous le corps de son frère.

– Pas encore...

Akin hoqueta de nouveau et se pencha pour dissimuler sa sœur.

Les adultes et les enfants les plus âgés, tous ceux qui auraient été assez grands pour défaire un nœud et libérer leurs compagnons, eurent les mains attachées dans le dos ou, s'ils résistaient, les coudes. Ils durent s'asseoir sur le terrain de danse, meurtris et ensanglantés, les chevilles liées. Seuls les nouveau-nés et les nourrissons ne furent pas ligotés. Des sentinelles armées de lances et de triques les surveillèrent tandis que d'autres, gais et efficaces, fouillaient les huttes, en tiraient les habitants qui s'y étaient réfugiés, les dépouillaient de leur couteau s'ils en avaient un, et les ajoutaient à la foule gémissante. Le moindre objet de valeur fut extorqué : quelques sacs de sel, de perles et de cauris, des tissus, des lances et des couteaux, des tapis de peau… maigre butin. L'air railleur, un homme lança un brandon sur le toit de la hutte de sorcellerie.

Gbodi crut un moment être restée inaperçue, mais deux ennemis tirèrent Akin sur le côté. Il hoqueta de douleur ; le premier homme examina la blessure puis le transperça ; le second entraîna Gbodi vers sa mère, sa petite sœur, une de ses belles-mères, un oncle et la moitié du village. Les autres s'étaient sauvés – ou avaient péri.

Ils regardèrent, impuissants, leurs ravisseurs prendre du bon temps autour d'eux, boire la bière de leur fête, manger les mets de leur fête, violenter les femmes. Enfin, las et repus, les assaillants postèrent des gardes, firent un feu avec les tambours des messages et le chaume des huttes, et s'endormirent. Quiconque pleurait ou gémissait était réduit au silence à coups de pied.

La nuit fut longue, terrible. Peut-être que le dieu était en colère, après tout…

Gbodi ne s'avouerait pas vaincue ! Rejetant son sentiment de faiblesse stérile, elle lutta au point que ses poignets saignèrent. Ses liens étaient en cuir, non pas en corde : le sang les ramollit, les rendit souples, et, comme ils devenaient glissants, elle parvint à dégager l'une de ses mains. Dès qu'elle retrouva l'usage de ses doigts enflés, elle s'attaqua aux liens qui lui emprisonnaient les chevilles, avec précaution, pour ne pas attirer l'attention des sentinelles.

Toute la nuit, Omu, couché près d'elle, trop serré pour bouger, la regarda, silencieux et immobile.

Juste avant l'aube, le dernier nœud céda.

Gbodi remua ses muscles pleins de crampes, prête à fuir, mais hésita. Pouvait-elle aider Omu ?

– Vas-y ! souffla-t-il. Saisis ta chance ! Sauve-toi !

Oui. Prudente, Gbodi regarda autour d'elle. Personne ne surveillait. Vite ou lentement ? Vite !

Elle gonfla ses poumons et bondit sur ses pieds, courant déjà. Longer la hutte voisine, un garde sur sa route, dévier brusquement… elle trébucha sur le corps d'Akin et tomba de tout son long. Avant qu'elle eût pu faire un geste, elle était prisonnière. Elle avait peut-être eu cinq secondes de liberté.

Le meneur des guerriers, réveillé tôt avec un mal de tête, fulmina contre elle dans une langue étrangère. Ses paroles étaient incompréhensibles, mais tous comprirent ce que signifiait la lance qu'il souleva, menaçante.

Derrière lui, un appel strident les fit tous sursauter et se retourner.

– Cours, Gbodi !

Durant la nuit, quelqu'un avait réussi à se glisser suffisamment près pour jeter un couteau aux captifs. La mère de Gbodi faisait partie de ceux qui avaient tranché leurs liens et attendu sans bouger pour permettre à d'autres de se libérer. Maintenant, alors qu'une vingtaine de villageois couraient se réfugier dans la forêt, Monifa saisissait un grand pilon et frappait le meneur, qu'elle projeta dans les cendres du feu.

Gbodi se trémoussa mais ne put se dégager de la poigne qui la retenait, et un guerrier enfonça une lance dans le flanc de Monifa. Celle-ci s'effondra en hurlant, eut un soubresaut et s'immobilisa.

– Maman ? Maman !

Maman ne pouvait pas être morte. Non ! Pas si vite ! Gbodi se figea, abasourdie. Le meneur frictionna ses brûlures et réprimanda les sentinelles. Le roi serait mécontent : bien trop d'esclaves précieux s'étaient déjà enfuis. Il n'avait pas l'intention d'en perdre encore. Il épargna donc Gbodi, se contenta de la fouetter avec une verge en cuir d'hippopotame, la ligota de nouveau et la repoussa dans la foule.

Les ravisseurs délièrent les chevilles des prisonniers. Ils leur passèrent une solide corde autour du cou, à une longueur de bras les uns des autres, quatre cordées de sept ou huit personnes chacune. Ils s'emparèrent même des vieillards et des invalides. Ils permirent aux mères de garder leur bébé dans les bras, mais écartèrent les jeunes enfants trop lourds à porter sans peine et trop petits pour suivre le rythme. Ne prêtant aucune attention aux cris des femmes, les étrangers obligèrent celles-ci à poser sur leur tête les ballots contenant les biens du village, et firent avancer tous les captifs en une longue file pesante, irrégulière, avec un garde armé entre deux cordées. Un homme enflamma le chaume des huttes restantes.

La dernière vision que Gbodi eut de son village fut sa petite sœur, qui n'avait que deux ans, les regardant s'éloigner, immobile, le pouce dans la bouche, tandis que les huttes flambaient autour d'elle.

Toute la journée, ils cheminèrent en trébuchant sur des pistes où Gbodi ne s'était jamais aventurée, fouettés dès qu'ils ralentissaient. À midi, ils parvinrent à un village déserté, incendié. Deux femmes furent chargées de puiser l'eau pour leurs ravisseurs. Les prisonniers eurent droit aussi à une gorgée, mais au bout de quelques minutes seulement, ils durent reprendre leur marche.

À la nuit tombante, n'ayant rien avalé hormis cette piètre gorgée d'eau, Gbodi souffrait de vertiges, défaillait, totalement désorientée. Elle avait l'impression d'être dans une bulle et s'en réjouissait. Le monde extérieur était irréel. Le monde extérieur signifiait douleur et humiliation, peur et impuissance. Là-bas, sa mère était morte, ainsi que son grand-père. La moitié des villageois gémissaient autour d'elle, s'effondraient, trop épuisés pour bouger, leurs blessures à vif, lancinantes, infestées de mouches comme les siennes. Mais dans sa bulle, elle était à l'abri. Rien ne pouvait l'atteindre, pas vraiment, pas ici.

Les autres femmes, tantes et amies de Gbodi, remarquèrent l'apathie de la fillette et, au bout de plusieurs jours, commencèrent à s'interroger. Elle ne semblait éprouver ni souffrance ni fatigue. Était-elle dans une extase fétichiste ? Parlait-elle aux dieux ? Ou était-elle simplement malade ? Absorbées par leurs propres soucis au sujet de leur propre famille, elles l'évitèrent. Seul son frère Omu eut assez de vigueur et de bonté pour s'occuper d'elle. À chaque halte, dès qu'ils avaient les mains libres, il allait la retrouver, la contraignait à manger la bouillie de maïs, les ignames rôties ou les bananes que leur distribuaient les ravisseurs. Il portait à ses lèvres une feuille remplie d'eau et la persuadait de boire.

Maintenus dans la faiblesse et la disette, les villageois préparèrent des projets d'évasion, mais les gardes connaissaient leur métier. Ils coupèrent des branches fourchues et utilisèrent des tiges de métal chauffées au rouge pour en percer les extrémités. Puis, à l'aide des tiges, ils fixèrent les fourches autour du cou des hommes les plus forts, les plus vigoureux, et les relièrent entre elles afin que la rigidité et la douleur empêchent les hommes de se rapprocher, car le moindre mouvement soumettait leurs compagnons à une secousse brutale. Dès lors, toute agitation cessa.

Jour après jour, ils cheminèrent de l'aube au crépuscule, perdus dans les immenses herbes à éléphant, leur peau brune ternie par le désespoir autant que par la poussière. Après la première marche rapide, le soir venu, les soldats leur libéraient les mains pour leur permettre de soigner leurs blessures, mais les élancements continuaient dans leurs entailles et leurs meurtrissures. Ils avaient mal aux jambes et au dos. Les cloques éclataient sur leurs pieds et leur cou, la crasse couvrait leurs plaies suppurantes, les taons qu'ils ne pouvaient chasser les piquaient à loisir. Ils s'arrêtèrent une demi-heure pour l'accouchement d'une femme, puis il fallut repartir, ses deux compagnes les plus proches aidant la jeune mère à avancer. Les prisonniers incapables de suivre étaient abandonnés à la famine ou aux hyènes. Ils restèrent deux jours au même endroit, ligotés, sous bonne garde, pendant que les guerriers lançaient une nouvelle attaque. Dans les villages les plus puissants, les ravisseurs vendaient parfois l'un des esclaves comme un simple chien, une simple chèvre, ou échangeaient deux malades contre un captif bien portant plus en mesure de se déplacer.

Après d'innombrables journées de trajet, ils arrivèrent dans une ville dont les maisons hautes avaient des angles et des murs droits effrayants, et un toit plat au lieu d'une couverture de chaume. Les habitants portaient des tuniques allant des aisselles aux chevilles, ou des toges composées d'étroites bandes de tissu cousues ensemble, ou encore des robes à larges manches, aux motifs bleus et blancs, et des tissus vifs noués autour de la tête comme d'énormes fleurs. L'air soigné, heureux et riche, ils n'accordaient pas un seul regard aux files d'esclaves à moitié nus qui passaient sous la conduite des gardes.

Deux longues huttes de chaume bordaient la vaste rue du marché. Les hommes prirent des fers à marquer, qu'ils placèrent dans un brasero rempli de charbons ardents. Dans des cris assourdissants, ils maintinrent successivement tous les prisonniers et leur imprimèrent une lettre arabe à l'arrière du bras gauche. Puis ils défirent leurs liens et les jetèrent dans les huttes, les hommes d'un côté, les femmes et les enfants de l'autre, libres de pleurer, de se réconforter mutuellement ou de s'effondrer, désespérés.

Gbodi s'adossa lourdement au mur d'ardoises. Oh, quel luxe (même à l'intérieur de sa bulle, elle le sentait) de pouvoir s'asseoir quand elle en avait envie ! Elle n'avait pas crié ; la brûlure sur son bras était extérieure, lointaine.

Omu s'installa près d'elle, caressant son propre bras. Des douzaines de femmes et d'enfants étaient assis çà et là, tristes, sans curiosité.

– Qu'ont-ils donc ? se demanda Omu. Sont-ils malades ?

Gbodi ne prit même pas la peine de hausser les épaules en réponse.

– Ce ne sont pas des Nupes, ni des Mossis* comme nous, continua Omu. Peut-être des Fulanis ou des Yorubas. Ces grands garçons avec les cicatrices sur le visage sont des Ashantis. Extrêmement féroces, d'après l'oncle Mboge. Va savoir s'ils ne sont pas venus ici à la recherche d'esclaves, avant d'être capturés à leur tour ; ils ne l'auraient pas volé !

Omu regarda sa petite sœur, privée de toute réaction, et se frotta le menton, irrité. Mais elle n'y pouvait rien…

– Par chance, je suis là pour veiller sur toi. Si j'avais été un homme, ils m'auraient envoyé dans l'autre hutte ; que serais-tu donc devenue ?

Gbodi ne répondit pas. Il renonça.

– Hé, que se passe-t-il ?

La porte s'ouvrit pour laisser entrer de vieilles femmes chargées de paniers si étroitement tressés qu'ils étaient étanches ; elles vidèrent l'eau et la nourriture qu'ils contenaient dans deux troncs creusés rappelant de petites pirogues.

– Viens, je meurs de faim ! cria Omu.

Il se leva en toute hâte, mais fut repoussé sans ménagements.

Les jeunes Ashantis s'avancèrent, la mine fanfaronne. Avec arrogance, ils prirent ce qu'ils désiraient dans les troncs : ils se servirent jusqu'à satiété dans la bouillie de maïs grise, s'aspergèrent la tête d'eau après avoir bu. Alors seulement, ils s'écartèrent ; les autres purent enfin s'approcher des troncs et se disputer leurs restes.

Omu parvint à obtenir quelques poignées pour lui et Gbodi, ainsi qu'une rasade d'eau dans une calebasse fendue. Mais certains enfants, parmi les plus jeunes et les plus faibles, sans mère pour s'occuper d'eux, repartirent le ventre vide.

– Pourquoi ne pas nous liguer contre eux ? marmonna Omu, amer.

– Nous avons essayé. Les gardes nous ont battus, grommela une femme. Et ces deux garçons aussi. Les Ashantis sont de grands guerriers. Mieux vaut ne pas leur chercher noise.

Des journées vides s'écoulèrent lentement. D'autres prisonniers arrivèrent. Les jours de marché, quand les acheteurs venaient chercher des victimes à sacrifier aux dieux ou des femmes pour travailler aux champs, les négociants de la ville apportaient de l'huile, des vêtements et même des bijoux étincelants dont ils paraient les captifs, mais seulement pour la durée de la vente.

À l'abri dans sa bulle, Gbodi se moquait de tout. C'était à peine si elle remarquait le départ des esclaves achetés, leurs appels aux amis et à la famille qu'ils laissaient derrière eux. Puis, un matin, elle s'éveilla, s'étira. Elle se sentait… mieux. Reposée, rétablie. De nouveau en lien avec le monde.

Elle se dressa sur son séant, regarda autour d'elle, comprit où elle était et se mit soudain à sangloter désespérément.

Omu lui prit les épaules, la calma.

– Salutations, petite sœur ! murmura-t-il. Tu as enfin retrouvé ton esprit.

Il haussa tristement les épaules.

– Il était peut-être mieux là où il était.

MAILLON 7

JULIET
Janvier 1795, le Kestrel

Le jour du départ, Juliet se lava les cheveux pour les défriser, les tira en arrière comme Anthony et les noua sur sa nuque avec un ruban noir soigné ; puis elle enserra sa poitrine dans un calicot raide, revêtit un caleçon et une chemise.

– Bien, bien ! l'encouragea sa grand-mère. Tu fais un gars splendide ! Jusqu'ici, tout va pour le mieux. Mais à présent que l'heure sonne, as-tu l'audace de continuer ?

– Oui ! affirma Juliet en serrant les dents. Tu auras beau me harceler, Grand-Maman, je ne perdrai pas mon sang-froid !

– Et que feras-tu si tu es démasquée ?

C'était, naturellement, l'éventualité à laquelle il fallait parer.

– Tout dépendra de la réaction de Papa. Mais je choisirais de m'enfuir travestie en garçon, comme ta cousine, plutôt que de vivre ici dans le déshonneur !

Juliet eut un rire nerveux. Elle ne pensait pas que les choses se passeraient aussi mal. Elle espérait que non !

– Regarde, c'est Tony qui arrive.

– Dis-lui de ne pas entrer. Vous m'avez lassée, toi et ton agitation.

Le visage de madame Smethwick s'adoucit un peu.

– Allons, pars, ma fille. Qu'attends-tu donc ?

Juliet hésita, puis elle s'agenouilla près du fauteuil pour enlacer la vieille dame.

– Merci, Grand-Maman.

– File, petite nature ! Tu me maudiras peut-être avant de revoir l'Angleterre. N'empêche que je te souhaite bonne chance. Va-t'en, donzelle à la manque !

Juliet l'embrassa et se précipita hors de la pièce.

Elle n'entendit pas sa grand-mère murmurer :

– Reviens entière, ma bichette !

À la fois radieuse et terrorisée, Juliet ouvrit la porte au moment précis où Tony gravissait la dernière marche de l'escalier extérieur et tendait la main vers le loquet en cuivre. Elle l'introduisit dans le couloir.

– Déshabille-toi !

Polly, sortant de la cuisine pour voir qui arrivait, gloussa lorsque Juliet tira sur la ceinture de son frère.

– Déguerpis, friponne délurée ! lui lança Juliet.

Mais, tout en chassant la fillette, elle gloussa elle-même d'un rire aussi nerveux que moqueur.

Le rouge aux joues, Tony revêtit le manteau, la culotte et le gilet qu'il avait laissés dans un sac et regarda sa sœur, prenant soudain conscience que ce n'était plus un simple projet, mais une réalité.

– Es-tu vraiment sûre ?… Je ne devrais pas… Tu ne devrais pas…

– Tony ! Tu n'oserais pas me trahir !

Ajustant le tricorne sur sa tête, Juliet le fusilla du regard au point qu'il baissa les yeux.

– Bonne chance dans tes études.

– Bonne chance avec les marins… et les sauvages.

La voix de Tony demeurait incertaine, assez amère.

– Courage, Tony ! Pense à ton avenir d'évêque ! Et merci. Au revoir !

Avant qu'il eût répliqué, Juliet l'étreignit sans prêter attention à son sursaut de surprise, ouvrit la porte et se glissa dans l'escalier. Quel benêt ! Il n'était pas de taille à diriger la compagnie, lui qu'elle avait pu si aisément contraindre à cette folle aventure. Et jamais il ne provoquerait un scandale en public. Elle partait ! Elle allait faire ses preuves, nul doute à ce sujet !

Dehors, personne ne s'écarta devant elle, contrairement au temps où elle était une fille. Un instant surprise, elle essuya jurons et bousculades, car elle gênait le passage des marins, des porteurs avec leur palanche ou leur brouette, des chevaux impassibles ou fringants qui tiraient des charrettes et des traîneaux entre les montagnes de tonneaux, de caisses et de balles le long du quai. Elle se sentait si à l'aise pour marcher et respirer, sans ses jupons traînants et son corset étroitement lacé ! Elle se retourna, comme l'aurait fait Tony, et lança un signe de la main. À la fenêtre de sa grand-mère, une main frêle s'agita en réponse.

– Ôte-toi du chemin, lambin aux yeux de taupe !

– Retiens ta langue de vipère, suppôt de Satan, ou je te fais avaler tes fichus boyaux en friture !

Le porteur ne cilla même pas, mais Juliet eut un petit rire satisfait. Dieu bénisse Grand-Maman !

Les navires rangés trois par trois, flanc contre flanc, formaient une masse compacte. Amarré à l'extérieur, le *Kestrel* était prêt à lever l'ancre. Juliet, la bouche asséchée par la nervosité, suivit une douzaine de brebis et de chèvres laitières sur les passerelles qui surplombaient les rambardes des deux premiers navires. Lorsqu'une chèvre se libéra d'un bond et rebroussa chemin au milieu des marins furieux, Juliet lui coupa prestement la route et la fit repartir dans l'autre sens, riant d'excitation.

– Merci, mon ami ! cria un homme.

Habitués à Anthony, pris par les tâches de dernière minute ou occupés à faire descendre au troupeau une échelle presque verticale menant à l'enclos sous le pont, les marins ne s'attardèrent pas sur la silhouette emmitouflée dans l'épais manteau et le chapeau hivernal.

Sacrebleu, elle avait réussi !

Disparaître aux regards, atteindre la cabine. La porte sous le plancher arrière, avait indiqué Tony (l'ouverture n'arrivait qu'à mi-corps, s'étonnat-elle). Trois marches raides, baisser la tête sous les barrots, tourner à gauche, la deuxième porte.

Une seule porte. La peste soit de ce bon à rien…

– Encore perdu, monfieur Fmethwick ?

À ce ton désagréablement supérieur, Juliet fit volte-face et se redressa sans précaution. Dans un choc brutal, son front heurta un barrot bas.

– Attenfion, monfieur !

À moitié assommée, vacillante, presque aveugle, Juliet se dit que l'accident contribuerait à masquer toute différence avec Tony.

– Ce… ce n'est rien.

Elle serra sa tête entre ses mains, étala le sang ruisselant sur son visage et laissa sa voix trembler avec un parfait naturel.

Le petit homme ratatiné qui l'avait surprise soupira, dédaigneux :

– Ifi, f'est la cabine du capitaine, monfieur Fmethwick. Je vais vous montrer la vôtre. Encore une fois. Fe ferait prudent de vous allonger un peu.

Il la reconduisit jusqu'aux marches, tourna à droite (la peste soit de Tony !) et ouvrit une porte.

Par bonheur, en tant que fils du propriétaire et subrécargue, Tony avait sa cabine personnelle. Juliet n'aurait eu aucune chance s'il lui avait fallu faire chambre commune. Mais, sacrebleu, il devait y avoir erreur : la pièce était à peine plus grande que son armoire à la maison. Pourtant, non : la malle-cabine de Tony était enfoncée sous une couchette exiguë. Pas de hublot, seule la lumière filtrant par la porte du couloir, et une petite lanterne, éteinte, contre une cloison.

Remerciant le marin, Juliet s'écroula, pelotonnée sur la courtepointe rouge de Tony. Puis des pas retentirent au-dessus de sa tête. Comment rester en bas, docile, alors que l'aventure commençait tout juste ? Le sang s'était plus ou moins arrêté de couler ; elle s'essuya la figure et remonta sur le pont.

Le subrécargue n'avait pas à se soucier de l'exécution des manœuvres. Juliet pouvait donc demeurer en retrait dans un coin et tenter d'y voir clair dans cette agitation. Elle connaissait le capitaine Owens, la quarantaine, mince et soigné ; le colosse rougeaud en veste bleue devait être le second, monsieur Cartwright ; le jeune maigrelet qui se voulait raffiné, avait des furoncles sur le cou et lançait des ordres assourdissants devait être le lieutenant, Hunt.

Le *Kestrel* mesurait environ trente mètres de longueur et avait deux mâts entre lesquels étaient coincées deux chaloupes, emboîtées l'une dans l'autre. Des rouleaux de cordes, des balles et des paquets jonchaient le pont. Au-dessus, des voiles brunes volumineuses étaient repliées contre les espars[1] obliques. Un long espar, rattaché d'un côté

1. Longue pièce de bois qui fait partie du gréement.

au mât arrière, à hauteur de tête, était maintenu de l'autre par une énorme poulie et oscillait doucement juste au-dessus de l'immense roue de gouvernail. La grande voile de corne ou aurique s'abaisserait jusqu'à lui depuis un espar légèrement plus court, haut placé. Un réseau compliqué de cordages et de poulies s'entrecroisait entre les mâts, les espars et les bastingages. Juliet connaissait certains termes, grâce à Grand-Maman ; néanmoins, l'enchevêtrement de cordes la laissait perplexe. Comment quelqu'un pouvait-il s'y retrouver dans ce labyrinthe ?

Le long de chaque bastingage s'alignaient six petits canons, avec des boulets gros comme le poing rangés près d'eux. En prévision des pirates, ou des corsaires, ou des Français... Oh, sacrebleu, pourvu que...

Juliet se crispa lorsque son père arriva sur le quai pour assister au départ du navire. Tony avait-il avoué, Papa venait-il la chercher ? Non : il ne montait pas à bord. Leurs yeux se rencontrèrent. Juliet ôta son chapeau, le mit poliment contre sa poitrine et s'inclina avec froideur, à la manière de Tony. Papa allait-il la reconnaître ? Non, semblait-il : très raide, monsieur Smethwick s'inclina en réponse. Juliet sentit son estomac se tordre, sans savoir si elle était déçue qu'il ne reconnût pas sa propre fille ou si elle jubilait de parvenir à s'échapper.

– La grand-voile supérieure et le foc.

La voix du capitaine était calme. Sans aucun autre ordre, aucun des cris ou de la confusion que prévoyait Juliet, les marins escaladèrent les échelles de corde pour déployer une petite voile carrée, haut sur le mât principal, et hisser une voile triangulaire à la proue.

– Larguez les amarres.

Les hommes sautèrent du quai sur le navire, dénouant les cordages.

Monsieur Smethwick se découvrit pour saluer le vaisseau tandis que les marins lançaient des vivats et de grands signes de la main. Juliet hésita. Papa était convaincu de bien faire. Et elle ne le reverrait peut-être pas avant un an… peut-être jamais… Elle agita son tricorne. Un sourire éclaira le sombre visage paternel, accompagné d'un geste du bras ; des larmes picotèrent les yeux de Juliet, mais elle se sentit réconfortée. Elle avait montré sa détermination et son talent à son père lui-même !

Avec élégance, le *Kestrel* se dirigea vers la haute mer : il se faufila délicatement au milieu de la foule des navires, barges et canots de toutes tailles qui mouillaient ou voguaient. Près du gouvernail, le capitaine indiquait d'un simple mot tranquille chaque changement de cap, alors que Cartwright et Hunt hurlaient à l'équipage de prendre le vent et aux bateaux plus petits de livrer passage.

– Établissez la voile de corne, monsieur Cartwright. Nous avons de la place maintenant.

Une immense voile carrée fut amenée jusqu'à l'espar de la poupe et tendue d'un côté. Lorsque la houle marine se mit à bercer le pont sous ses pieds, Juliet triompha en silence. Elle partait ! Elle avait réussi !

– Votre tête va mieux, monfieur Fmethwick ?

Sacrebleu, c'était elle... Et elle reconnaissait le défaut de prononciation.

– Oui, merci, monsieur.

Où était-il donc ?

– Ne m'appelez pas monfieur, monfieur Fmethwick. Feulement Bert.

Le vieil homme ridé se balançait dans le gréement au-dessus d'elle, souriant de toutes ses gencives.

– Je ne fuis qu'un garfon.

Un garçon, vraiment ? Avec son crâne dégarni et sa bouche édentée, il ressemblait à un octogénaire, certes toujours vif, mais ratatiné !

– Vous... euh... tu navigues depuis longtemps, Bert ?

– Finq ans, monfieur. Depuis l'âge de huit ans.

– Huit ans ?

Sacrebleu, il n'en avait que treize – trois ans de moins qu'elle !

– N'était-ce pas jeune ?

– Fi, monfieur, mais je deviendrai novife l'année prochaine, et gabier[1] avant mes feize ans, fûr et fertain !

---

1. Matelot chargé de la manœuvre.

– Bravo ! Le capitaine Owens doit savoir qu'il peut compter sur toi, Bert.

Ce dernier approuva, rayonnant.

– Un grand bonhomme, le capitaine ! Il est contre l'usage du fouet, monfieur Fmethwick, prodigieux, non ? Fur un négrier ? Il nous mignote, voyez ? F'est un facré (il jeta un regard coupable vers le capitaine) bon médefin. Il a fuivi les enf... les enfeign... morbleu ! les cours de l'univerfité, voyez ? J'aurais toujours mes dents f'il m'avait foigné.

Il sourit à Juliet.

– Je les ai perdues il y a deux ans, fur la *Good Venture*. Le fcorbut.

– Le fcor... Le scorbut ? Qu'est-ce ?

– Fa f'attrape pendant les voyages au long cours. Des furoncles partout, vous devenez faible, vos genfives pourriffent et vos dents tombent. Le capitaine verfe du jus de fitron dans le rhum. Beurk !

Il fit une grimace de dégoût.

– Fa gâche le rhum, mais fa arrête le fcorbut. Et nous fommes bien nourris, et nous dormons dans des hamacs au lieu de coucher fur le pont.

Bert souligna ses propos d'un signe de tête :

– Il n'a pas besoin de mettre la Flotte baltique à contribufion !

– Mais... pourquoi quiconque aurait-il besoin d'engager des Danois ?

– Des Danois ? Hi hi, pas des Fcandinaves ! rit le garçon. *La Flotte baltique* est une taverne, monfieur ! Les capitaines de Liverpool font fouvent obligés d'acheter leur équipage à des recruteurs, des raviffeurs, voyez, qui mettent des fomnifères dans l'eau-de-vie des gars, ou les affomment et les tranfportent à bord. Les capitaines de Liverpool paient moins bien que feux de Londres et de Briftol, voyez ? Mais pas le capitaine Owenf. Je gagne trois shillings par femaine, et il ne nous dupe jamais. Alors fon équipage lui est fidèle, même f'il ne fupporte pas les jurons. Très pieux, voyez ?

Juliet hocha la tête : son père disait toujours qu'un capitaine qui ne priait pas était promis à l'infortune.

Derrière elle, une voix cassante demanda :

– Garçon ? Que fabriques-tu, sapristi ?

– Monsieur Cartwright…

La voix tranquille du capitaine Owens fit rougir plus encore le gros visage franc de son second.

– Le maître d'équipage m'a ordonné de brider fes cordages flottants, monfieur ! pépia Bert.

– Il serait temps. Ce navire ressemble à une blanchisserie française ! Mets-toi au travail et cesse de lambiner !

Tandis que Bert nouait avec habileté un petit filin autour des extrémités de corde qui ballaient fâcheusement, Cartwright posa un regard mauvais sur Juliet.

– Vous vous êtes cogné le front, monsieur Smethwick ? Et pas de maman pour vous bander ?

Un peu d'humilité, monsieur, gardez la tête basse à bord d'un navire !

– Oui, monsieur.

C'était au tour de Juliet de rougir. Le second était-il toujours de si méchante humeur ? Ou Tony s'était-il attiré l'hostilité générale ? Elle entendit un claquement de langue au-dessus d'elle, et leva la tête : Bert lui lança un clin d'œil.

Soudain plus gaie, Juliet se retourna vers la poupe et aperçut un petit bateau rapide filant derrière le *Kestrel*. Perché dans le gréement, Bert suivit son regard.

– Enfer et damnation ! Monfieur ! Monfieur ! Cotre de la Marine, monfieur, hanche de bâbord !

– Merci, mon garçon.

Une détonation soudaine fit sursauter Juliet.

– Un tir ! Sommes-nous la cible ? Pourquoi ? siffla-t-elle.

– F'est le naufrage affuré ! Fauvez-vous à la nage !

L'affolement envahit le visage de Bert – un affolement simulé, comprit Juliet, qui se sentit soulagée, mais irritée aussi : quel taquin !

– Il nous ordonne de mettre en panne. Saluez, monsieur Cartwright, et obtempérez, dit le capitaine Owens d'un air sombre. Retenez une journée de rhum aux vigies pour inattention, monsieur Hunt, et deux au garçon pour juron et bouffonnerie.

Bert, occupé à nouer sa ficelle, se rembrunit.

L'avant du *Kestrel* tourna contre le vent. Ses ponts furent soudain déserts, hormis une poignée d'hommes qui donnaient du mou aux cordages afin que les voiles pendent, inutiles, tandis que le petit navire de la Marine s'approchait, lançait un grappin et s'immobilisait bord à bord dans une secousse.

Bert avait disparu.

Le capitaine Owens tapota l'épaule de Juliet.

–Restez silencieux et n'intervenez pas, monsieur Smethwick.

Son regard était froid et réprobateur.

–La fortune de votre père ne joue aucun rôle ici.

Tony avait bel et bien irrité tout le monde ! Nerveuse, Juliet se glissa auprès du lieutenant et murmura :

–Auriez-vous l'amabilité de m'expliquer, monsieur Hunt ?

–Satanés racoleurs ! grogna Hunt à l'instant où un enseigne[1], pas même âgé de vingt ans comme lui, franchissait le bastingage d'un bond alerte.

–La Marine royale manque toujours de bras, monsieur Smethwick, à cause de ces satanées guerres françaises. Elle a donc toute liberté d'impressionner les hommes, de recruter de force dans les rues. Et sur les navires marchands. Si les racoleurs décidaient de vous emmener, monsieur…

1. Officier de marine.

Il haussa les épaules, puis eut un sourire satisfait.

– Mais c'est peu probable, monsieur, je vous l'assure, vu qui vous êtes !

L'enseigne aligna pour l'inspection les membres de l'équipage restés visibles pendant que ses hommes à l'air brutal fouillaient sous le pont.

– Les marins ne veulent-ils pas servir leur pays ? chuchota Juliet. Ont-ils peur de combattre ?

– Ah ! Tout irait bien pour eux s'il s'agissait seulement de filer une raclée à ces mangeurs de grenouilles[1]. Ils seraient enthousiastes, monsieur, que je sois maudit si je me trompe ! Vous avez déjà vogué sur un navire de la Marine, monsieur ? Ils traitent les gars comme des chiens. Et même pire, que Dieu me maudisse. Le capitaine Owens dirige son navire avec méthode, mais certains capitaines de vaisseaux sont…

Il secoua la tête.

– De satanés enragés, monsieur. Ils infligent deux, trois douzaines de coups de fouet pour une goutte de goudron minuscule sur le pont, une tache sur les cuivres, un geste trop lent ou n'importe quelle fichue raison. Ils affament les hommes, les acculent à la mort, les inspectent à toute heure du jour et de la nuit ; qui pourrait s'opposer à eux ? De satanés petits dieux à galons dorés. Il leur faut de

1. Expression anglaise pour désigner les Français.

satanés soldats à bord pour imposer l'ordre ! Nos hommes peuvent déguerpir dans le premier port venu s'ils ne sont pas heureux. Ils perdent leur salaire, bien sûr, mais après ? Les équipages de la Marine, eux, posent rarement le pied sur le sol anglais en temps de guerre. Ils sont confinés à bord sous surveillance ou enfermés dans de satanés pontons comme des détenus.

Il tira un mouchoir pas très propre, lorgna Juliet pour vérifier qu'elle remarquait bien la bordure de dentelle et se moucha bruyamment.

– Les déserteurs subissent la tournée de la flotte.

– Pardon ? La tournée de la flotte ? demanda Juliet, perplexe.

– Après la cour martiale, ils font le tour du port en canot et reçoivent une centaine de coups de fouet devant chaque bateau amarré. Il peut y en avoir cinquante. C'est pire que la satanée potence. Ils finissent estropiés. La plupart meurent, bien sûr. Pas étonnant, hein ? dit-il, feignant de compatir à l'effroi de Juliet.

Cette dernière voyait, surprise, les hommes de la Marine rire et plaisanter, échanger des discours et des insultes joyeuses avec quelques matelots du *Kestrel* par-dessus les bastingages : comment était-ce possible, avec une vie pareille ?

– Alors nos hommes se cachent.

Elle aurait voulu faire de même.

– Comme des satanés lapins. Certains sont d'anciens de la Marine. Le col-bleu les délogera, que Dieu le maudisse, il connaît son affaire, et s'il ne met pas la main sur eux, il en choisira d'autres.

Sous le pont, du bois vola en éclats et un cri de triomphe retentit. Hunt haussa les épaules.

– En voilà un de pris.

– Le capitaine Owens ne peut-il pas l'en empêcher ? Refuser catégoriquement ?

– Un véritable esprit belliqueux, monsieur Smethwick ! gloussa Hunt, admiratif. Empêcher un membre de la Marine royale d'accomplir son devoir ? Satanée trahison, monsieur ! Vous seriez pendu, que je sois maudit si je me trompe ! Le capitaine Owens achète des lettres de protection à cette satanée Amirauté, mais ça ne marche pas toujours. Alors, il engage quelques mauvais matelots (des hommes qui n'ont pas le pied marin) qu'il peut sacrifier gaiement si besoin est.

Durant vingt minutes, les officiers du *Kestrel* écumèrent de rage tandis que l'enseigne et ses subalternes fouillaient. Trois hommes furent délogés, quatre offerts, et trois autres simplement choisis. L'un se débattit en criant jusqu'à ce que les racoleurs l'étourdissent d'un coup de trique avant de le hisser par-dessus le bastingage. Un homme assez âgé sanglotait ; les autres quittèrent le navire avec résignation, l'un d'eux allant jusqu'à plaisanter. Une femme chargée de ballots de linge se précipita, les jeta sur le pont du cotre et grimpa à leur suite, l'air renfrogné.

– La femme de McKay. Il est voilier de son état, voilà pourquoi ils l'emmènent. Satané mauvais sort : la seule femme à bord. Qui va s'occuper des jeunes maintenant ?

Juliet demeura bouche bée. Elle n'avait pas imaginé qu'il y aurait une femme sur le navire, capable de percer son secret. Elle plaignait madame McKay, mais elle était heureuse de la voir partir. Une pensée mesquine, malveillante, honteuse.

L'enseigne dressa l'échelle contre la dunette. Juliet se figea. Venait-il la chercher ?

Il s'arrêta devant le groupe hostile et souleva son chapeau à cornes élimé.

– Mes regrets, messieurs, mais les exigences du devoir…

Il braqua les yeux sur Juliet avec un mépris affiché.

– Monsieur Smethwick ?

Le courage de Juliet mollit.

– La semaine dernière, monsieur, nous avons ouvert un tonneau de bœuf fourni par votre père, destiné aux hommes qui se battent pour lui, monsieur, qui risquent leur peau et ruinent leur santé afin qu'il puisse vivre et commercer librement sous l'autorité britannique, non sous la tyrannie française. Le tonneau, monsieur, contenait des têtes de chevaux. Lorsque vous lui écrirez, veuillez lui présenter nos respects et notre espoir que ses profits sont satisfaisants.

Sans attendre la réponse (Juliet n'aurait pu en donner aucune, de toute façon), il se détourna, écœuré.

L'enseigne avait à peine quitté le pont que le capitaine ordonnait :

– Déployez la voilure, monsieur Cartwright. Cap à l'est quart sud et un degré est. Évitons de nouveaux rapaces.

– Oui, monsieur.

Heureux de repartir, les marins grimpaient déjà dans le réseau du gréement lorsque le second lança ses ordres. Monsieur Hunt se dirigea vers le mât dont il avait la charge.

Les jambes vacillant soudain par contrecoup, Juliet regarda les immenses étendues de toile que les hommes affalaient ou hissaient et orientaient selon le bon angle. Elle avait la nausée.

Son père agissait-il vraiment ainsi ? Vendait-il des têtes de chevaux en lieu et place de bon bœuf salé ? Il ne devait pas savoir… ou bien si ?

Il en était capable, s'il avait du profit à en tirer.

– Voiles établies et parées, monsieur, annonça le second.

– Trente-deux minutes, monsieur Cartwright. Nous pouvons être plus rapides.

Cartwright indiqua du menton le cotre de la Marine, qui abordait un nouveau navire quittant le port.

– Mieux vaut ne pas leur montrer que nous avons plus d'hommes qu'ils ne l'ont cru, monsieur.

– Très juste, monsieur Cartwright. Nous n'en avons perdu que dix ; c'est moins que je ne le craignais. Les autres peuvent sortir à présent.

Juliet sursauta. Car, à ces paroles, un panneau s'ouvrit près de ses genoux et, de ce qui ressemblait à un bloc de bois compact trop petit pour contenir une paire de bottes, Bert se dégagea. Souriant, il se massa le cou, referma le battant d'un coup de poing, toucha son front croûteux en signe de respect et dégringola l'échelle menant au pont principal.

Le capitaine Owens souriait.

– Ingénieux, le marin britannique, n'est-ce pas, monsieur Smethwick ?

Il posa un regard compatissant sur le visage bouleversé de Juliet.

– Vous n'êtes pas responsable des actions de votre père, jeune homme. Mais il vaut mieux que vous en soyez informé, afin que vous puissiez, si tel est votre désir, les amender lorsque l'occasion se présentera.

– Oui, monsieur, approuva Juliet avec reconnaissance. Je le ferai. Je vous le jure !

– Que vous juriez ainsi, monsieur Smethwick, ne me déplaît nullement.

Avec un petit sourire, le capitaine retourna surveiller les voiles.

MAILLON 8

HASSAN ET GBODI
Février 1795

Tombouctou n'était plus que l'ombre lasse de sa splendeur passée, lorsque, deux siècles auparavant, sa richesse, ses artistes et ses lettrés faisaient d'elle la rivale de Venise. Les guerres avaient détruit son cœur. Les bibliothèques et les palais étaient en ruine, leurs murs de terre jaune se désagrégeaient et le sable envahissait leurs sols de mosaïques et de marbre. Elle demeurait un centre de commerce pour le sel en provenance des mines du désert au sud, mais ses écoles et ses jardins avaient disparu, et la vie y était chère. Uzum engagea de nouveaux pagayeurs pour le trajet jusqu'à Gao, et ils partirent le plus tôt possible.

Trois jours après, un esclave mourut dans d'affreuses souffrances, empoisonné par une flèche tirée d'un arbre en surplomb. Les gardes répliquèrent par des tirs de mousquet, au hasard dans les feuilles, pendant que tous se mettaient à pagayer avec vigueur.

Le lendemain, la plus grosse pirogue, et aussi la plus vieille, heurta un tronc d'arbre immergé : elle se brisa en deux. Personne ne se noya, la plupart des marchandises furent sauvées, mais quatre sacs de sel fondirent et une caisse de verroterie sombra dans la vase, malgré les efforts acharnés d'Hassan et des autres bons nageurs.

– Réduits à trois pirogues, nous n'aurons pas de place pour les esclaves, se plaignit le jeune homme.

Il avait rejoint son père sous la tente du bateau central – non qu'il eût peur des flèches empoisonnées, naturellement.

– Nous devrons échanger des marchandises pour acheter les esclaves, ne l'oublie pas, et nous pourrons nous procurer une autre pirogue. Seul Allah le Miséricordieux connaît l'heure de la mort de chacun, mais peut-être que la moitié d'entre nous mourra d'ici la fin de notre périple. N'y avais-tu pas songé ? demanda Uzum devant la stupeur d'Hassan. Les récompenses seront fortes au retour. Et personne ne croit que l'heure d'entrer au paradis sonnera pour lui au cours de ce voyage !

Le lendemain, Bozo, qui dirigeait les gardes, se cassa la jambe. En échange d'un sac de sel, Uzum convainquit le chef du village voisin de s'occuper du blessé, mais il avoua à son fils :

– Le mousquet de Bozo est autant une tentation qu'une protection. Le chef le tuera peut-être pour s'emparer de son arme. Allah le Tout-Miséricordieux sait que je ne puis pas faire plus. Bozo est entre Ses mains désormais.

Puis le cuisinier servit du poisson pourri masqué par des épices, et ils attrapèrent tous la dysenterie. Pris de vomissements violents, urinant du sang, tordu par la douleur, Hassan grogna :

– Que mille démons infligent à ce chien de cuisinier mille souffrances mille fois plus atroces ! Allah me pardonne ces imprécations !

Ils durent s'arrêter six jours et jeûner, en attendant que leur corps eût peu à peu éliminé la maladie. Quatre hommes moururent et plusieurs désertèrent, y compris, évidemment, le cuisinier. Il fallut se séparer de neuf autres, trop faibles et abattus. Par bonheur, un commerçant qui voyageait vers le nord voulut bien se charger d'eux, prendre Bozo au passage et les reconduire tous à Tombouctou, où un bateau pourrait les ramener chez eux.

Les pagayeurs déclarèrent que l'expédition était maudite, et exigèrent qu'Uzum sacrifiât l'un des esclaves pour rompre le maléfice. Il refusa et la plupart s'enfuirent.

– Devons-nous renoncer ? s'interrogea-t-il.

Mais Hassan le pressa :

– Tu te déconsidérerais ! Tous mes amis... tous nos amis se moqueraient de nous !

Il se força à se lever.

– Regarde, je suis guéri ! Je peux t'aider ! Tu dois continuer ! Nous le devons !

– Il est vrai que Dieu aime la persévérance.

Uzum se sentait découragé, mais l'entrain et la détermination de son fils le réconfortaient. Ne voulant pas le décevoir, il déclara :

– *Ya Allah*, j'ai survécu à de pires désastres. Nous allons continuer.

Hassan eut pour mission de négocier avec le chef local l'engagement de nouveaux pagayeurs.

– Deux sacs de sel chacun ? C'est trop. Un seul. Très bien, trois sacs pour deux.

Le chef garderait sans doute le troisième sac, ce serait sa part.

– Quant à la coutume, ce sera, pour votre adjoint, une marmite en cuivre aussi brillante que le soleil ! Et pour nous, ce sera une chèvre et dix poulets.

Uzum acquiesça. S'acquitter de la coutume, sous forme de « cadeaux », était plus poli que payer.

Juste avant d'arriver à Gao, ils déballèrent leurs plus belles robes, longues et blanches, aux motifs éclatants imprimés et brodés sur la poitrine et les manches, et leurs calottes brodées.

– Nous devons faire bon effet, expliqua Uzum à Hassan. Nous devons montrer que nous sommes des personnages importants, dignes de respect.

À la proue de la première pirogue, la vigie annonça leur arrivée par un roulement de tambour, leur ouvrant un passage jusqu'à la plage parmi une multitude de bateaux de pêche. Le messager du chef vint à leur rencontre sur un fougueux cheval noir à la selle de cuir ciselée, ornée de pompons. Dans son manteau rouge aux boutons de cuivre, le cavalier était tout aussi magnifique.

– C'est un costume d'homme blanc ! chuchota Uzum à Hassan.

Les maisons d'ici étaient pareilles à la demeure de Farouk, mais plus petites et de couleur jaune, non pas crème. D'épais contreforts soutenaient les murs, les angles étaient surmontés de tours pointues, rappelant des cornes de vaches, en briques blanches ou vermillon ; des courbes et des motifs étaient sculptés et peints autour des portes noires décorées. En revanche, les rues étaient pires que celles de Djenné : outre les habituels égouts nauséabonds à ciel ouvert, pleins de canards et de chiens morts, il y avait des trous si gros que l'on pouvait s'y noyer, trous dont les habitants extrayaient la terre pendant la saison des pluies afin de bâtir et de réparer les maisons.

Hassan savait que de nombreuses tribus effectuaient à Gao le commerce des esclaves. Quand les rois de la région guerroyaient, les vainqueurs venaient vendre ici leurs prisonniers. Les autres esclaves étaient des emprunteurs mis à prix pour rembourser leurs dettes, des enfants en surnombre vendus par leur famille lors d'une mauvaise année, des fous, des estropiés, des criminels ou des villageois bannis pour telle ou telle raison ; parfois, simplement, des gens de villages reculés, que leur propre chef attaquait dans le but d'entraîner son armée et de se payer des produits de luxe.

Une assemblée de femmes sortit les accueillir dans la vaste cour devant le palais. Chassant les enfants moqueurs, les chiens et les ânes, elles proposèrent de l'eau fraîche et de la bière, des noix de kola amères qui grisaient ceux qui les mâchaient, et de l'huile suave pour apaiser la peau. Bien sûr, Hassan avait vu des femmes dévoilées à Djenné : sa propre famille, des esclaves ou des païennes sur le marché, des femmes touaregs qui, à l'inverse de leurs maris, ne portaient pas le voile. Mais au milieu de toutes ces femmes rieuses, lançant des remarques libres et osées à son propos, faisant des signes de tête et le caressant des yeux, il se sentait choqué. Avec une certaine gêne, il s'écarta de deux jolies filles qui l'effleuraient de leurs épaules odorantes.

– Amicales, n'est-ce pas ? sourit Uzum. Le chef du lieu est un vieil homme. Ses épouses s'ennuient, elles se réjouissent d'avoir de la visite.

Il pouffa devant la mine horrifiée de son fils.

– Elles sont toutes ses épouses ?

Il y en avait au moins cent !

– Ou ses esclaves, ses concubines, ses filles. Je ne vais pas poser la question ! Le roi d'Oyo, plus au sud, a six cents épouses, le pauvre homme. Il est païen, évidemment. Son aîné doit se tuer sur la tombe paternelle pour empêcher tous les fils de se disputer le titre de prince héritier ; je me demande comment ils choisissent le roi ensuite. Apaise-toi, mon garçon !

Soudain, dans un concert de cors et de tambours, la lourde porte s'ouvrit. L'assemblée se jeta face contre terre. Deux épouses âgées aidèrent le chef à sortir, boitillant. Très vieux en effet, il portait des robes de coton aux broderies épaisses et une barbe blanche hirsute. Il s'effondra dans son fauteuil sculpté, garni d'un coussin, avec un grognement soulagé, et posa ses pieds nus sur un tabouret couvert de perles. Un esclave l'abrita sous une large ombrelle rouge. On apporta des tabourets : les invités s'assirent au premier rang, ses conseillers s'installèrent en demi-cercle derrière lui.

Le messager traduisit les salutations respectueuses d'Uzum, la réponse du chef et deux heures de conversation polie : les difficultés à voguer sur la rivière, les bateaux comparés aux chameaux, aux mules et aux femmes pour le transport des marchandises (car les chevaux étaient, bien sûr, réservés aux cavaliers), le nouveau cheval du chef, la chasse, le temps qu'il faisait, et d'autres sujets légers pour détendre les visiteurs. Sur le côté, des musiciens jouaient une musique discrète mêlant flûte, konting[1], kora[2] et petits tambours. Hassan gardait résolument les yeux baissés. Ces jeunes femmes lui

1. Sorte de luth à trois cordes.
2. Sorte de harpe.

souriaient de nouveau. Une honte. Il devait arrêter de rougir !

Enfin, le chef demanda :

– Quelle raison essentielle vous amène, mes amis ?

D'un geste, Uzum indiqua aux esclaves d'apporter les cadeaux : un coffre sculpté en bois de santal délicieusement parfumé, cinq rouleaux de soie brillante fabriquée dans le nord et une bourse remplie de pièces d'argent. Un long discours de bienvenue s'ensuivit. Manifestement, le vieil homme recommandait à ses conseillers de bien traiter ces généreux marchands. Hassan vit son père tressaillir : il avait trop offert, et leurs hôtes allaient augmenter les prix pour profiter de sa richesse !

Ce soir-là, il y eut un festin en l'honneur des arrivants. Pour la première fois de sa vie, Hassan but de la bière de maïs, sans s'apercevoir combien cet alcool était fort : il fallut le transporter au lit.

Le lendemain, alors qu'ils marchaient de la maison où ils étaient logés jusqu'aux huttes des esclaves, il eut du mal à ouvrir les yeux. Son père se moqua de lui sans pitié :

– À l'avenir, contente-toi des noix de kola !

– Tu semblais apprécier la boisson, malgré les dires du Prophète, que la bénédiction et la paix soient sur Lui, répliqua Hassan.

– Je devais être poli. Apprends, mon fils, que c'est ici le monde réel des hommes, pas ton école.

Assurément, il s'y passe beaucoup de choses que les imams désapprouvent !

Uzum sourit à son grand fils et pria le garde d'ouvrir l'une des huttes.

–Viens avec moi. Il est temps de travailler un peu, après ton voyage à fainéanter !

Hassan s'était souvent rendu sur le marché en plein air de Djenné, un endroit poussiéreux, mais le toit bas et les murs en bambou de cette construction-ci le suffoquèrent presque. Sans prêter attention à la puanteur, Uzum promena son regard à la ronde. Quatre-vingts hommes environ, allongés ou accroupis, retenus par de longues chaînes convergeant vers le centre de la hutte, l'observaient d'un air prudent.

–Il me faut deux douzaines d'hommes en tout, et une douzaine de femmes et de jeunes, mais nous pouvons en acheter d'autres plus au sud. Voyons d'abord ce grand gars.

Il fit un signe, et l'esclave se mit debout péniblement.

Les autres négociants opéraient leur propre choix. Tour à tour, les hommes de la hutte furent examinés : leurs dents et leurs yeux, leurs pieds et leurs mains, la moindre partie de leur peau. Les blessures anciennes furent scrutées et tâtées, pour vérifier qu'elles étaient entièrement cicatrisées. Quel métier exerçaient-ils ? Forgeron, tisserand, paysan, cavalier, musicien ? Le parler n'importait pas : quelle que fût leur tribu, les esclaves devraient de toute façon apprendre la langue de leur futur propriétaire.

Quatre heures durant, fasciné, Hassan écouta son père détailler les qualités et les défauts les moins visibles.

– On les a lavés et bien habillés pour nous. Ne regarde pas les vêtements et les perles, cherche les plaies sous l'huile et la couleur. Fuis tous ceux qui présentent des signes de maladie, qui sont privés de l'usage d'un membre. Celui-ci est fou, ceux-ci sont trop vieux. Non, pas celui qui tousse, ni le Fulani boiteux, regarde cette vieille balafre sur sa figure et les stries sous ses pieds. Il est esclave depuis des années, et un mauvais esclave, pour avoir reçu des corrections si sévères. Marque ce Wolof aux yeux vifs. Il est jeune et intelligent, sinon il ne serait pas replet, pas ici ! Il coûtera cher, mais il vaudra son prix.

Du pouce, Uzum retroussa la lèvre du suivant.

– Regarde, des dents gâtées. Peu importe quand ils sont destinés aux mines de sel, où ils ne tiennent pas plus de deux ans ; mais les hommes blancs voudront mieux. Ce grand Yoruba semble las, mais je pense que c'est seulement le désespoir. Ses mains calleuses prouvent qu'il est bon travailleur. Marque-le, lui aussi. L'entaille sur la langue de ce Zarma est toute fraîche, elle date peut-être du moment de notre arrivée ; elle dissimule un ulcère, vois-tu ? Celui-ci vaut mieux : il est maigre, mais nerveux et solide...

Deux hommes portaient de lourds colliers de bois qui frottaient les plaies sur leurs épaules. D'autres étaient entravés par des blocs de bois. Uzum avertit ses associés :

– Des Ashantis, capturés quand ils sont venus piller la région. Très féroces et difficiles à maîtriser. Les hommes blancs les prisent, dit-on, mais je ne veux pas prendre de risque alors que l'effectif de nos propres gardes est si réduit.

Lorsqu'ils partirent prier puis s'abriter de la chaleur de midi, Uzum et ses associés avaient mis leur marque de peinture sur cinquante-trois hommes. Pendant plusieurs jours, ils allaient marchander, avec une politesse acharnée, jusqu'à ce que la moitié peut-être leur appartînt.

Malgré la chaleur, Hassan était incapable de se reposer.

– Père, puis-je essayer ? Seul ?

Uzum ôta sa calotte, se gratta copieusement le crâne et s'effondra sur son lit de corde et de toile.

– *Ya Allah*, voilà qui est mieux !

Il bâilla et ajouta :

– Très bien. Va me choisir quelques jeunes dans l'autre hutte et, lorsqu'il fera plus frais, je viendrai apprécier ton jugement.

Hassan descendit la rue d'un pas fier et demanda au garde d'ouvrir la seconde remise. En entrant, il faillit tomber sur un garçonnet et une fillette qui, accroupis derrière la porte, jouaient à l'awalé[1] dans des trous creusés dans le sable. Irrité, il écarta les petits cailloux d'un coup de pied.

Une trentaine d'enfants et une quinzaine de femmes étaient assis çà et là. Hassan pointa le doigt vers un grand garçon robuste et lui fit signe d'approcher.

– Toi, viens ici !

Il n'avait ni l'expérience nécessaire pour reconnaître un jeune Ashanti, ni l'autorité naturelle de son père. Le garçon ne bougea pas.

Hassan fronça les sourcils devant cette résistance, puis il refit le signe d'approcher, avec brusquerie.

Le garçon ricana et tourna dédaigneusement le dos.

Les mains et la mâchoire d'Hassan se mirent à trembler de frustration. Il ne s'était jamais senti aussi désarmé. Depuis toujours, il était traité avec considération, lui le benjamin, le préféré, gâté et écouté par sa mère et ses sœurs comme n'importe quel garçon, estimé et respecté par ses amis et ses professeurs ; seule Taranah le grondait vertement. La moquerie suscita chez lui une impression de faiblesse, de médiocrité ridicule, ce qui le consterna d'abord, puis le rendit furieux.

Menacé par la baguette en cuir d'hippopotame du garde, le garçon se leva, mais ce n'était pas pareil.

---

1. Jeu africain qui consiste à déplacer des pions sur une grille de douze cases.

L'enfant qui jouait à l'awalé un moment plus tôt souriait jusqu'aux oreilles. Une fille ! Comment osait-elle ? Avec colère, Hassan s'empara de la verge. Il frappa la fillette, qui plaqua ses mains sur sa poitrine en hurlant, mais elle jouait la comédie : il était bien connu que les sauvages n'étaient pas sensibles à la douleur comme les gens civilisés. Hassan s'apprêtait à frapper de nouveau lorsque quelqu'un lui arracha la baguette et le bouscula lui-même avec une telle rudesse qu'il s'étala de tout son long.

Il y eut une exclamation générale de surprise... et de satisfaction. La fillette semblait très agitée.

– Omu ! reprocha-t-elle, anxieuse, dans sa propre langue. Omu !

Hassan se releva lentement, frémissant de rage, et épousseta son habit. Il n'était pas blessé, sinon dans sa précieuse dignité. Son père serait déshonoré à cause de lui.

Son agresseur lâcha la baguette et le dévisagea d'un air de défi.

Hassan la ramassa et s'avança vers le garçonnet qui avait osé le malmener.

– Je vais te flageller ! gronda-t-il. Te flageller jusqu'au sang !

DAND
Février-mars 1795

À Barnstaple, Iain travaillait sans relâche, heureux, avec le charpentier et les ouvriers du petit chantier naval. Jamais il ne songeait à se sauver. Dand y pensait constamment.

Mais le capitaine Maxwell n'était pas sot. Avant leur entrée dans le port, il avait enroulé une chaîne longue comme le bras autour des chevilles de Dand. Sans le gêner dans son travail, celle-ci lui interdisait de s'enfuir, ainsi bruyant et ralenti. Personne ne lui prêtait attention : les criminels étaient d'ordinaire enchaînés, les apprentis et les écoliers fugueurs ou indisciplinés étaient souvent entravés, le temps d'apprendre les bonnes manières. Dand s'en réjouissait même car, de façon étrange, Maxwell le battait moins quand il était enchaîné. Cependant, apercevoir le paysage verdoyant derrière les bastingages et ne pas pouvoir s'échapper l'exaspérait.

Maxwell trimait autant que les autres, douze heures par jour à suer en dépit du froid. Malgré tout, il trouvait le temps de sortir. Chaque soir, dès que la lumière devenait trop faible, il se lavait les mains et le visage, mettait son manteau et descendait à terre ; il revenait joyeusement ivre – du moins au début. Au bout de quelques jours, il rentra pareillement ivre, mais d'humeur maussade.

Un soir, alors qu'il partait, il pointa le menton vers Dand.

– Viens avec moi, mon drôle.

Surpris et content, Dand descendit la passerelle en claquant des talons. C'était bien la miséricorde divine qui avait empêché Maxwell de rouler dans les eaux du port. Une promenade à terre pour le raccompagner ensuite, quelle belle aubaine !

La taverne où ils entrèrent résonnait d'un tumulte de voix avinées, transpercé par des jappements et des couinements pointus, grêles. Des figures rougeaudes et joviales emplissaient de longues tables polies par des décennies de bière renversée, disposées autour d'une fosse clôturée qui mesurait environ quatre mètres de diamètre. Manifestement, les hommes et les filles publiques de la ville venaient ici pour les combats de chiens, de coqs, les combats de blaireau et de chiens ou, comme ce soir-là, les chasses aux rats : ils pariaient sur leurs bull-terriers occupés à massacrer les gros rongeurs bruns déversés dans la fosse.

Dand se réjouit : les chasses aux rats l'amusaient beaucoup.

– Lâche-le, l'est mort ! Attaque, Fury !

La foule hurlait, sautait d'excitation. On acclamait deux petits chiens qui lançaient des coups de dents et grondaient, indifférents aux mauvaises morsures des rats, qu'ils secouaient pour leur briser le dos, et lâchaient aussitôt pour fondre sur le suivant. Faussement inquiètes, les femmes criaient et s'accrochaient à leur compagnon tandis que les rongeurs agiles faisaient des bonds désespérés contre les parois de la fosse et retombaient au milieu de la sciure et des terriers pris de frénésie.

– Huit pour Fury, annonça le maître de la fosse. Quatorze pour Minerva... quinze... et le dernier pour Fury. Minerva, appartenant à sir Michael, l'emporte quinze à neuf. Première victime pour Minerva au bout de neuf secondes, victoire en deux minutes seize secondes. Une petite chienne championne, monsieur ! J'espère que sa morsure à l'œil guérira vite. Payez, Albert ! Videz vos verres, messieurs !

Les propriétaires tirèrent de la fosse leurs chiens frétillants et un garçon y sauta pour enlever les cadavres. Pendant ce temps, le vieux dépositaire des paris distribuait les sommes reçues, sans jamais se tromper sur la cote, un shilling ou autre, tandis que les serveurs circulaient avec leurs plateaux de bières.

Maxwell se fraya un chemin dans la cohue et vint parler au maître de la fosse, qui fronça les sourcils. Mais sur l'insistance du capitaine, il finit par hocher la tête et agiter une cloche pour attirer l'attention de la foule bruyante.

– Une nouveauté pour vous, messieurs. Ce soir, le capitaine Maxwell ici présent espère réparer sa malchance de la semaine. Il offre comme enjeu non pas un cheval ou un chien, mais cet esclave, Dandy, âgé d'environ quatorze ans, bien portant et de bonne volonté, garçon de cabine ou domestique, qui vaut trente-cinq livres. Il parie cet enjeu que le chien suivant, le chiot sans expérience de Parson Carruther, Dasher, mettra moins de quatre minutes à tuer douze rats. Ceux qui souhaitent miser peuvent examiner le garçon.

Dand sentit son cœur bondir et se serrer, consterné. Esclave, pas même apprenti sous contrat ! Objet d'un pari ! Non ! Que pouvait-il faire ? Leur dire qu'il était libre ? Mais qui le croirait ? Fuir ou se battre ? Il n'avait aucune chance. Implorer ? Ça, non, jamais ! Cet homme en habit de religieux n'allait-il pas protester ? Non, l'individu se penchait dans un éclat de rire. Deux hommes s'approchaient pour lui tâter les muscles et vérifier l'état de ses dents. Le diable emporte Maxwell ! Peut-être qu'un nouveau maître serait plus aimable. Mais tout changement effraie quand on est sans défense. Et il ne reverrait jamais Iain… après avoir perdu sa famille, et le reste… Le diable les emporte tous !

Six fois Maxwell gagna son pari.

Pour terminer, ce ne fut pas un chien mais un homme qui livra bataille. Yan avait été soldat, boxeur si célèbre que son colonel avait organisé un combat entre lui et un champion de la marine. Les deux hommes avaient cogné comme des brutes durant soixante reprises de quatre heures au total, jusqu'au moment où Yan, estropié, roué de coups, avait perdu connaissance. On l'avait laissé là où il était tombé : son colonel l'avait fouetté pour avoir perdu, et son sergent l'avait gentiment « oublié ». Maintenant, Yan était un colosse simple d'esprit et boiteux, qui survivait en mendiant et en fouillant dans les ordures, et obtenait de temps à autre un verre et un shilling en luttant contre les rats avec ses seules dents, les mains attachées dans le dos. Sa barbe broussailleuse protégeait sa mâchoire mal ressoudée ; de toute façon, après deux rasades de gin, il se moquait des morsures. Il se démena, rugit, mordit et tua le dernier rat en moins de temps que nécessaire pour le capitaine, souriant et crachant du sang sous les acclamations.

Maxwell lança une claque sur l'épaule de Dand.

— Eh bien, mon drôle, tu m'as porté chance. Grâce à toi, j'ai gagné deux cents livres !

Dand se sentit curieusement fier de valoir autant.

— À présent, je peux payer !

Libéré de ses soucis financiers, il était redevenu jovial et serein : il jeta une piécette à Dand.

Une pièce d'argent ? Quatre pence ? Oh, c'était mieux qu'une peignée. Le serveur, qui regardait avec pitié la chaîne de Dand, lui apporta pour un penny des restes de la cuisine et un grand litre de bière. Dans un contentement graisseux, Dand s'accroupit près du feu, mangea et s'assoupit dans la chaleur pendant que Maxwell faisait ribote avec ses amis.

Réveillé à coups de pied, Dand aida volontiers le capitaine à regagner le navire.

– Porte-bonheur... tu es un drôle porte-bonheur ! ne cessait de répéter Maxwell. Tu sais qui c'était ? Ceux à qui je causais ? Ils étaient deux.

– Oui-da, monsieur, j'ai remarqué.

Dand redressa encore une fois son maître.

Maxwell était trop heureux pour noter la sécheresse de ton de Dand.

– Deux... deux hommes. Un juge et un gentilhomme campagnard (un grand propriétaire, mon drôle). Ils ont une cargaison. Elle vient d'un navire qui a fait naufrage. Alors ils m'ont demandé si je voulais m'en charger. Bon sang, dix ans que je ne suis pas allé quérir du bétail noir. Douze. Ils aiment les gars qui ont le goût du risque, m'ont-ils dit : parce que j'ai risqué de te perdre, mon drôle ! Partant, ils fourniront les marchandises, je fournirai le navire, et nous diviserons le bénéfice en deux parts égales. L'année prochaine, je voguerai avec ma propre cargaison. Et je deviendrai riche ! Riche ! Les esclaves... voilà où est l'argent... L'argent ? L'or ! Tu m'as porté bonheur. Riche...

Dand soutint Maxwell le long de la passerelle et jusqu'au bas de l'échelle, puis le mit au lit. Des esclaves ? Ah, ça ne pouvait pas être pire que ces Highlanders crasseux et affamés.

Pendant deux semaines encore, ils travaillèrent dur. Une fois les réparations terminées, ils entassèrent dans la cale des tissus de Guinée bleus ou à carreaux et des vêtements, des mousquets et de la poudre à canon, du rhum, des perles de verre et des cauris, ainsi que des articles de fantaisie : vieilles armures, miroirs, trompettes et cymbales, chaussures, chapeaux et bérets, assiettes en porcelaine, outils, objets en étain et en cuivre, tout ce dont les Africains pourraient s'engouer.

Le matin où ils reprirent la mer, les recruteurs amenèrent six hommes complètement ivres ; jetés dans le placard à cordes, ils en furent tirés le lendemain, éblouis et nauséeux, pour être mis au travail. L'un d'eux s'insurgea en hurlant :

– Vous ne pouvez pas traiter un gentilhomme ainsi !

Maxwell, qui avait lui-même la nausée, ordonna que le rebelle fût ligoté et suspendu sous le beaupré, où il se balança, trempé, transi, pendant douze heures. Il était à moitié mort lorsqu'on le hissa de nouveau à bord. Il n'y eut plus de révolte.

Alors qu'ils faisaient route vers le sud, ils rattrapèrent, dans le golfe de Gascogne houleux, un navire très lent, au mât abîmé.

– Pavillon britannique, annonça Maxwell. Nous allons lui proposer de l'aide. C'est notre devoir de chrétiens. Monsieur Robb, que les hommes se tiennent prêts à charger les canons en un clin d'œil : c'est peut-être un mangeur de grenouilles qui nous tend un piège. Ou un pirate. Terribles, les pirates, Dand mon drôle ! Mais la piraterie paie, oui-da, elle paie bien. Et c'est plus facile que le commerce des esclaves. N'importe quel navire peut subir une attaque... ou en lancer une...

Il eut un sourire rusé.

Le capitaine de la *Vixen* refusa leur offre avec un accent marqué du Devon prouvant qu'il n'était pas français :

– Aimable à vous, monsieur, mais nous rallierons Gibraltar sans assistance pour les réparations.

Les fusiliers marins vêtus de rouge paradaient ostensiblement sur le pont, prêts à repousser un assaut.

Avec un soupir de regret, Maxwell fit un geste d'apaisement à Robb, lui indiqua de déferler de nouvelles voiles, puis agita son chapeau en signe d'adieu. Dand faillit rire. Le gredin ne l'avait pas volé ! Mais peut-être que... La *Vixen* était à moins de cent mètres derrière eux, elle naviguait lentement... S'il glissait en cachette le long de la poupe et laissait la *Daisy* s'éloigner, il pourrait facilement nager jusqu'à...

Pouah ! Quelle pestilence s'échappait de l'autre navire ! Dand fronça le nez. Il connaissait bien cette puanteur : il avait respiré pendant six semaines l'odeur presque aussi nauséabonde des émigrants.

Il sursauta lorsque Maxwell lui tapota la tête avec la trompette.

– N'y compte pas, mon drôle.

Le capitaine sourit, non sans gentillesse.

– Tu ne l'atteindrais jamais : il y a des poissons tigres dans ces eaux. Des requins. Et même à supposer que tu réussisses, tu n'aurais rien de mieux. Tu ne sentiras une infection pareille que lorsque nous aurons notre cargaison d'esclaves. Ce navire-là transporte des prisonniers, mon drôle. Filouter un shilling ou une cuillère ne leur a pas valu la pendaison, mais une condamnation à dix ans de travaux forcés à Sydney. C'est en Australie. Un trou perdu au fin fond de la création.

– La ville ou le pays, monsieur ? demanda monsieur Robb.

Maxwell lança un rire aigre.

– Les deux.

– Y êtes-vous déjà allé ?

– Une fois, grimaça Maxwell. Je n'ai jamais vu une crasse et une brutalité pareilles, jamais. Pas même dans les mines de charbon. Un enfer puant, misérable, dirigé par les soldats à grand renfort de rhum et de fouet ; contrairement aux bons chrétiens, ils infligent les coups non par douzaines, mais par centaines ! Les prisonniers (ceux qui arrivent jusque là-bas) sont vendus comme forçats aux colons libres et ils ont défense de rentrer chez eux même s'ils survivent, ce qui est rare.

Revenant à son sujet, il pointa un doigt sur Dand.

– Si tu montais à bord, tu partagerais leur sort. Maintenant range-moi cette trompette, Dandy, mon drôle, et estime-toi heureux d'être céans !

Frissonnant, le garçon se hâta d'obéir. Si Maxwell lui-même condamnait la cruauté de l'Australie, Dand était content d'avoir été arrêté dans son projet !

Poussés par un alizé favorable, ils dépassèrent en douceur le Portugal et le Maroc, à bonne distance des côtes.

– Beaucoup de navires sombrent dans ces parages tous les ans, observa Maxwell. Les brumes et le sable contenu dans l'eau dissimulent les récifs et les hauts-fonds. Nous allons rester bien au large, et commander aux vigies de guetter les pirates et les galères de Salé, à moins que tu ne grilles d'être esclave chez les Maures, hein, Dand ? gloussa-t-il devant la mine horrifiée du garçon. Sans oublier les Portugais qui vont loin à l'est, jusqu'au golfe de Bénin ou à l'Angola. Ils supportent mieux la chaleur que les hommes blancs. Ils ont de grandes manufactures là-bas, des baraquements avec des milliers d'esclaves qu'ils emmènent ensuite au Brésil, et ils n'hésitent pas à éperonner un navire en route. Comme s'il n'y avait pas assez de bois d'ébène[1] pour nous tous !

1. Expression qui désigne les esclaves.

L'air devint tiède, puis soudain brûlant. Le capitaine, parmi les quelques-uns à garder leur chemise, offrit, au bout de trois jours, «un gobelet de rhum à qui décollera de lui le plus grand lambeau de peau»! Dand s'était encore plus dévêtu que le reste de l'équipage; jamais exposée jusqu'alors, sa peau avait viré au cramoisi et s'était gonflée de cloques grises. Avec l'aide d'Iain pour le dos, il pela son corps des coudes aux genoux en passant par le cou et, triomphant, étala sur le pont une enveloppe déchiquetée, toute trouée, mais sans conteste d'un seul tenant. Ils partagèrent la récompense : elle valait bien la douleur des brûlures !

Maxwell fut ravi lorsque, six semaines seulement après avoir quitté Barnstaple, ils aperçurent deux petites collines au loin sur la côte. Un curieux parfum leur arrivait, chaud et musqué, plein de feuilles pourrissantes, de fumée et d'épices.

– Le cap Vert. Ah, respire-moi ça, Dand, mon petiot ! s'exclama-t-il en aspirant des bouffées voluptueuses. L'arôme de l'Afrique ! Je suis venu céans pour la première fois il y a vingt ans, avec mon père. Dieu du ciel, c'est bon d'être de retour !

– Les noirauds gîtent-ils dans des maisons, comme les gens, ou tissent-ils des nids dans les arbres ? s'interrogea Dand ce soir-là.

Assis avec Iain, il cousait une culotte neuve, confectionnée dans la toile d'une vieille voile.

– Marchent-ils sur deux pieds ou à quatre pattes comme des bêtes jusqu'à tant qu'on les dresse ? Ont-ils des sabots ? Je sais qu'ils ne portent pas de culotte, mais que mettent-ils le dimanche pour aller à l'église ? Parlent-ils une vraie langue ou grognent-ils seulement ? Descendrons-nous à terre, crois-tu ?

– À terre ? grimaça Iain. C'est bon pour les fêlés. Il y a les serpents, les scorpions et les bestioles rampantes qui te pondent leurs œufs sous la peau, et les asticots te mangent tout cru. Et le mauvais air te donne la malaria ou la dengue[1]. Et les sauvages te dévorent s'ils t'attrapent. Reste en lieu sûr, nigaud. Nous en aurons plus qu'assez des Noirs puants quand la cargaison sera céans.

– Gourde d'andouille ! rit Dand.

Il contemplait le rivage au loin sous les dernières lueurs d'un énorme soleil écarlate. Le monde contenait des merveilles !

– Tudieu, je meurs d'impatience ! s'écria-t-il.

Pendant des jours, ils voguèrent le long de l'immense côte.

– Pas de fumées, c'est étrange, constata Maxwell. Vous verrez souvent les sauvages signaler ainsi aux navires qu'ils ont des esclaves à vendre. Eh bien, nous allons entrer dans les terres et voir ce qu'a Betsy Heard à Bereira. Son père, qui était originaire de Liverpool, a établi un comptoir là-bas et marié une Noire. Il a envoyé sa fille étudier en Angleterre, mais elle est revenue en Afrique et elle

1. Sorte de grippe.

lui a succédé lorsqu'il s'est retiré des affaires. Maintenant, cette mulâtresse est la reine de la rivière. Elle a des Noirs de qualité, des Mandenkas qui viennent de l'amont, élégants et habiles, supérieurs aux Efiks et aux Fantis.

Tandis qu'ils s'engageaient dans l'embouchure de la rivière, Dand observa le rivage, les arbres insolites qui poussaient directement dans la mer, les ondulations de la forêt verte, les longues pirogues étroites qui fendaient l'écume pour se précipiter à la rencontre du navire, les constructions basses groupées au-dessus de la ligne de marée haute. Il était impatient de découvrir cette Betsy : quelle moitié de son corps serait blanche ?

Mais il ne descendit pas à terre. Maxwell lui dit :

– Betsy viendra peut-être baguenauder céans. Déballe un gâteau du placard, sors du fromage, trois bouteilles de bordeaux et les beaux verres – bien astiqués, Dandy ! Et si tu grignotes le gâteau, je t'écorche vif !

Dand, maussade, était occupé à retirer des raisins secs d'un gros cake du capitaine, conservé dans du papier paraffiné à l'intérieur du casier sous le plancher de la cabine, lorsqu'il entendit des rires sur le pont. Des gloussements. Des voix de femmes ! Il se précipita pour voir.

Envahi de gens au teint très foncé, le pont débordait de couleurs et de rires. Les femmes étaient drapées dans des tissus éclatants, certaines scandaleusement nues au-dessus de la ceinture ; les hommes portaient des culottes usées ou des pagnes, parfois même rien, comme les enfants. Ils offraient à l'équipage des fruits et des noix étranges, une bière blanche mousseuse, des oiseaux étincelants à la voix rauque et de petits bébés poilus, des chapeaux de paille, de l'ivoire sculpté et des coquillages. Tout le monde était heureux ; alors même qu'il disputait des garçons montés dans le gréement, monsieur Robb riait, enlaçant deux femmes à demi-nues, dont la bouche rouge et les paumes roses contrastaient avec la peau sombre.

– Jamais rien eu de tel à Aberdeen, 'pas ?

Dans un coin près de la coquerie, Iain agita la main et ôta d'un énorme bouquet un épi tacheté de brun.

– Tout ça contre un seul clou rouillé ! Tiens, goûte, c'est sucré et moelleux, comme ma gentille brunette !

Il câlina la fillette rieuse accrochée à son cou.

– Non, mange l'intérieur, pas l'enveloppe, nigaud !

Dand mordilla, prudent. Un goût de moisi douceâtre, une drôle de texture spongieuse ; mais après trois mois en mer, c'était délicieux. Que pouvait-il voler pour en acheter à son tour ?

Pendant une heure, il flâna, émerveillé, parmi la foule joyeuse, dévisageant les femmes, jouant avec les bébés. Un marin lui dit qu'on les appelait « singes » ; ils devaient perdre leurs poils en grandissant, car un bébé plus gros, attaché dans le dos d'une femme, présentait une peau normalement lisse, quoique très foncée, bien sûr. Dand gratta un petit garçon pour voir si la couleur partait, à tel point que l'enfant glapit et s'échappa. Ces gens avaient une odeur différente des marins et des Highlanders. Et ils riaient sans cesse – autre différence.

Puis, par hasard, il jeta un coup d'œil par-dessus le bastingage. Une pirogue approchait, avec un coléreux bien connu à son bord.

–Monsieur Robb ! Voici le capitaine, dans une ire de toute beauté !

Maxwell grimpa l'échelle de corde, bouillonnant de rage.

–Des estropiés et des séniles ! Quatre-vingt-dix-huit navires au cours du dernier mois : il n'y a plus un Nègre sur toute la côte !

Il promena un regard furieux autour de lui : ces Noirs étaient des marchands libres, mais ne pouvait-il pas en capturer quelques-uns, quitte à s'attirer la réprobation des autres capitaines ? Non. Méfiants, les adultes s'esquivaient déjà, les enfants plongeaient au milieu de la foule des pirogues.

–Hissez la misaine et la grand-voile, et levez l'ancre, monsieur Robb ! Il y a cinq cents manufactures le long de la côte, Cape Coast, Apollonia, Cape Mount, le cap des Trois-Pointes, Montserrado, Whyda, Calabar, Bonny… un millier ! Et deux fois plus de chefs qui ont des esclaves à vendre. J'aurai ma cargaison, dussé-je aller jusqu'à Madagascar !

MAILLON 10

GBODI ET HASSAN
Février-mars 1795

Hassan se sentait exalté et triomphant. Il avait maintenu l'autorité et la dignité de son père, tout comme les siennes. Voilà qui leur apprendrait, à ces sauvages ! Désormais, ils ne faisaient qu'un bond quand il leur signifiait d'approcher, même le garçon qui l'avait traité avec mépris au début : très satisfaisant. Très.

Pourtant, il y avait une lueur dans leurs yeux… De la peur, et de la rancune.

Ils n'y pouvaient rien ! Il était le maître !

Gbodi le maudissait en silence. Omu avait seulement essayé de la protéger alors qu'elle n'avait rien fait. Elle s'agenouilla près de lui, l'éventa avec une feuille de palmier et foudroya le bourreau du regard.

Venue de nulle part, la voix de son professeur résonna dans la tête d'Hassan. « Si tu vois une injustice… » Et la nécessité de se montrer bienveillant envers les esclaves…

Absurde. Ce n'était pas une injustice. Les sauvages ne devaient jamais rester impunis après une insolence, encore moins après un coup. Pas dans le monde réel.

Lorsque Uzum et le reste du groupe arrivèrent plus tard dans l'après-midi, Hassan avait sélectionné trois garçons et une fille.

– De bons choix! le complimenta Uzum pour trois d'entre eux, mais il écarta un des garçons. Non, pas celui-ci. C'est un Ashanti.

Hassan se mordit la lèvre. Si ce garçon ne l'avait pas contrarié… Il jeta un coup d'œil sur le garçonnet qu'il avait fouetté, blotti dans un coin… Peut-être qu'il avait eu tort d'être aussi violent… Mais tout obéit à la volonté d'Allah.

Comme ses associés, Uzum ignora le blessé. N'importe quel individu assez farouche pour mériter une correction aussi sévère, qui requérait maintenant des soins, était un mauvais achat.

Néanmoins, l'un des hommes, Ali, appela la fillette agenouillée auprès du garçonnet.

Gbodi dut s'avancer, le cœur battant. Des doigts rudes lui ouvrirent la bouche, l'obligèrent à se pencher, lui palpèrent et lui tâtèrent tout le corps. Des yeux froids examinèrent ses propres yeux sans voir en elle un être humain, puis se portèrent froidement sur ses oreilles, son cou, la meurtrissure en travers de sa poitrine.

– Qu'a-t-elle eu ici?

Le garde modéra l'incident.

– Elle a été impertinente; le jeune maître lui a donné une leçon!

Ali approuva de la tête sans en demander plus, et Hassan éprouva un certain soulagement.

Tremblante d'humiliation et de peur, Gbodi sentit un pouce enduit de rouge lui marquer le front. Une empreinte de sacrifice ! Elle l'effaça. Aussitôt, la baguette en cuir d'hippopotame lui cingla les cuisses. Glapissant, elle souffrit que le pouce lui imprimât une nouvelle marque, et cette fois-ci n'y toucha pas.

Renvoyée à sa place, elle s'accroupit de nouveau près d'Omu.

– Ils vont m'acheter, je le sais ! Que ferai-je sans toi ? Je vais mourir. Je sais que je vais mourir. Ils me dévoreront ! Cette femme là-bas…

– Elle essayait seulement de t'effrayer. Ils ne te mangeront pas, tu es trop maigre, grogna Omu pour la rassurer et la réconforter. Ils ne veulent pas te dévorer, mais te faire travailler.

Il l'espérait. Il avait lui aussi entendu les rumeurs. Qui connaissait les coutumes des étrangers ? Il passa la langue sur ses lèvres.

– J'ai soif !

Ali vit la fillette apporter à son compagnon une calebasse d'eau. Serviable et zélée, se dit-il ; sa valeur augmenta légèrement.

– À présent, écoute, demanda Omu.

Il bougea sans précaution et tressaillit. Ah, il se sentait si vieux !

– Te rappelles-tu le vieil oncle Mboge ? Il a été emmené comme esclave quand il était très jeune, puis, au bout de quelques années, il est parvenu à s'échapper et à rentrer chez lui. «Apprends vite et comporte-toi bien, ne discute pas, garde le sourire même quand tu vas mal, efforce-toi de plaire, alors les maîtres seront bienveillants envers toi », disait-il. Nous pouvons au moins prier pour cela.

– Nos dieux seront-ils avec nous, si loin de notre village ?

– Bien sûr ! affirma Omu.

Il espérait paraître plus convaincu qu'il ne l'était au fond de lui.

– Et nous pouvons résister ! Apprends le plus possible, et sers-t'en pour les combattre.

Gbodi hocha la tête avec vigueur.

– Le bourreau, ce garçon qui a ordonné de te frapper : je ne lui pardonnerai jamais, déclara-t-elle.

– Combats-les tous, par tous les moyens. Et fais comme Mboge, tente de t'échapper. Même si tu meurs dans la tentative, tout ce qui leur nuira en vaut la peine !

Pendant les jours qui suivirent eut lieu le marchandage. Hassan admira la manière dont son père faisait baisser encore et encore le prix demandé.

– Je suis navré de ne pas pouvoir céder dix pots de cuivre et deux épées contre cet homme. Allah apaise cette pauvre âme, quel dommage que le guérisseur n'ait pas pu lui redresser complètement le bras ! Qu'a-t-il fait pour mériter un tel châtiment, être jeté douze fois contre la cloison ? Par bonheur, il y a de nombreux autres marchés en aval. Je pourrai offrir deux pots et un sac de sel, pas davantage, hélas. Je puis ajouter cette bouteille de parfum, par respect pour vous… Ce garçon, en échange de la selle rouge ? *Ya Allah*, la bonne plaisanterie ! Admirez ce travail : la beauté du cuir, la richesse de la broderie, et respirez ces huiles parfumées ! J'attends d'elle seule trois femmes en bonne santé. Bien, pour vous faire plaisir, j'accepterai peut-être deux femmes et une fillette… ou trois jeunes gens…

Il se montrait d'abord poli et calme, puis de plus en plus enthousiaste, jusqu'à ce que le marché fût conclu à un prix moitié plus bas environ que l'offre de départ. En public, il secouait la tête avec tristesse, se lamentait :

– Vous êtes si habile, si expert : je ne suis pas de taille ! À ce prix, j'y perds certainement, mon maître sera furieux contre moi, mais que puis-je faire ? Entre vos mains, je suis aussi malléable que l'argile dans laquelle Allah modela Adam !

Mais en privé le soir, se délassant sur son lit, il se réjouissait :

– D'après ce que j'ai entendu, les hommes blancs m'en donneront une somme dix fois supérieure. Ce qui couvrira tous les frais et laissera un beau bénéfice.

– L'oncle Farouk sera content.

Hassan ouvrit les volets pour rafraîchir un peu la pièce avant l'arrivée des moustiques, et versa une coupe d'eau à son père. Celui-ci hocha la tête, pensif.

– Oui. Je m'interroge... devrais-je m'établir à mon compte ?

Hassan bondit.

– Oui, Père ! Je t'en prie ! Tu as une influence suffisante : tu deviendrais riche en travaillant pour toi, pas pour lui !

Seuls les païens et les prisonniers de guerre pouvaient être réduits à la servitude. Du fait qu'ils étaient des croyants, Hassan et son père avaient la condition d'hommes libres, même si, en réalité, cela ne changeait pas grand-chose à la façon dont ils étaient traités. Sa grand-mère, elle, demeurait esclave. Selon le Coran, une jeune esclave qui donnait un enfant à son maître devait être affranchie, ainsi que son bébé ; naturellement, la grand-mère d'Hassan n'avait pas pu rentrer dans son pays, bien trop éloigné, outre que Farouk ne lâchait jamais ce dont il s'était emparé. En riant, Uzum avait souvent dit à son fils : « Farouk ressemble beaucoup à mon père, qui parvenait à tirer de trois noyaux de dattes une motte de beurre grosse comme ta tête, ce misérable vieux bouc ! »

Le respect dû à l'enfant d'une esclave et celui dû à un riche marchand étaient néanmoins très différents. Uzum observa le visage plein d'attente d'Hassan, mais il continua d'hésiter :

RICHMOND HILL PUBLIC LIBRARY
OAK RIDGES BRANCH NOW OPEN
MONDAYS 1:00 P.M. – 8:00 P.M.

patron's name:ASMANI, MITRA (MS)

  title:Les enfants du négrier
 author:Hendry, Frances Mary.
item id:32971007056793
    due:12/14/2010,23:59

  title:Les misérables
 author:Hugo, Victor, 1802-1885.
item id:32971007055357
    due:12/14/2010,23:59

  title:Les misérables
 author:Hugo, Victor, 1802-1885.
item id:32971007057353
    due:12/14/2010,23:59

        CHECK OUT RECEIPT
    www.rhpl.richmondhill.on.ca

– Cela en vaudrait-il la peine ? Tout le bénéfice me reviendrait, mais le nom de Farouk a du crédit d'ici jusqu'à Alger. Travailler pour lui est assurément une sécurité, et sa simple réputation me permet de me fournir dans une centaine de villes. Les gens m'accorderaient-ils une telle confiance si j'étais seul ? Il y a des avantages et des inconvénients. Je dois y réfléchir.

– Oh, fais-le, Père ! Moi, je deviendrai imam, et riche qui plus est !

L'espoir fit battre douloureusement le cœur d'Hassan. Louange et gloire à Allah le Compatissant, l'Indulgent ! Dans le même temps, il sourit à son père.

– Je peux t'aider. Laisse-moi commander la nouvelle pirogue, Père, demanda-t-il, pressant. Je sais m'y prendre.

– Grâce à ta vaste expérience ? rit Uzum, qui médita cependant. Ah, pourquoi pas ? Tant que tu restes derrière moi. Oui, je crois que nous allons agir ainsi.

« Nous. » Hassan jubila sous le compliment. Il était promu au rang d'associé !

Quatre jours plus tard, le marchandage se termina. Gbodi ne le savait pas, mais elle avait coûté un rouleau de soie rayée avec un défaut en son centre et six colliers de cauris. Les négociants remballèrent les articles restants et quelques dents d'éléphants et d'hippopotames, puis ils sortirent leurs fers à marquer pendant que les gardes allumaient le brasero près de la porte de la hutte. Les esclaves furent conduits à l'extérieur, les mains attachées devant eux à une même corde, et marqués une deuxième fois du signe de leur nouveau propriétaire. Voyant Hassan tressaillir au son des hurlements, Uzum le raisonna :

– La douleur est passagère, mon fils. Le signe indique qu'ils sont notre propriété et permet de les reconnaître s'ils se sauvent. En outre, porter notre signe leur donne le sentiment d'appartenir à notre groupe, à la famille.

Gbodi aurait pu lui répliquer que c'étaient des sottises, mais elle sanglotait amèrement. La brûlure cuisait. Pourtant, la séparation d'avec Omu lui causait une douleur bien pire. Seuls trois hommes et une femme de son village faisaient partie du convoi. Le monde qu'elle connaissait avait disparu. Comme les autres, elle pleurait et gémissait.

– Faites-les avancer ! Jusqu'à la rivière ! cria Uzum.

– Résiste ! hurla Omu derrière le mur de bambou de la hutte.

Au-dessus des lamentations, Gbodi entendit la voix de son frère. Son désespoir augmenta encore.

Elle était arrivée à Gao par l'arrière-pays : lorsqu'elle découvrit la rivière, le large flot marron lui coupa le souffle. L'eau coulait bel et bien sur les terres ! Mais quand il fallut descendre la berge vers un tronc creusé flottant, elle hurla et se débattit jusqu'à ce qu'un des gardes l'assomme à demi, la relève et la lâche dans l'embarcation, lui infligeant une entaille au mollet.

Gémissante, elle se retrouva pressée contre le dos d'un homme, bloquée par les genoux d'un autre pelotonné derrière elle, tandis qu'ils oscillaient et tanguaient affreusement près de l'eau. Le jeune bourreau ordonna aux gardes d'entasser encore et encore des prisonniers ; un homme plus âgé finit par l'arrêter. Quelques-uns furent transférés dans une autre pirogue, mais Gbodi n'avait toujours pas la place de bouger.

Le bourreau monta à bord avec d'autres inconnus, dont certains portaient des lances plates qu'ils plongèrent dans l'eau ; les habitants de la ville écartèrent la pirogue de la berge et, à la grande terreur de Gbodi, l'embarcation s'éloigna de la terre ferme. Dans un cri d'effroi strident, elle se leva, titubante, les prisonniers attachés avec elle l'imitèrent, la pirogue chavira et ils tombèrent tous à l'eau.

Par bonheur, la rivière n'était pas profonde. Toussant, crachant, tirant Gbodi et les femmes, les hommes barbotèrent en direction du rivage, où les gens de la ville, riant aux larmes, se roulaient par terre et se tapaient sur les cuisses.

Hassan, lui, ne riait pas en pataugeant vers la berge. Il n'avait pas fait assez attention à Gbodi pour la reconnaître, mais cette nouvelle atteinte à son autorité le rendait furieux.

Bien vite, malgré l'hilarité, la pirogue fut remise à flot et les marchandises restantes repêchées. Les prisonniers reçurent une correction et embarquèrent pour la deuxième fois. Vaincus et endoloris, ils se recroquevillèrent, immobiles, alors que la pirogue repartait.

Lorsque le soir arriva, ils avaient les muscles raides de crampes. Gbodi ne pouvait pas se tenir debout, encore moins marcher, mais les coups de pied la forcèrent à se traîner avec les autres jusqu'à un enclos.

Lentement, jour après jour, la rivière s'élargit, et il fut bientôt impossible de voir les deux berges en même temps. À de nombreux endroits, les racines et les troncs hérissés des palétuviers, couverts de feuilles et de lianes, formaient des allées sombres dans l'eau elle-même, contrairement aux arbustes rabougris dont Gbodi avait l'habitude. Des oiseaux étranges cacardaient et criaillaient dans les branches. Une multitude de roseaux encombraient le moindre haut-fond vaseux, au point que les voyageurs devaient souvent marcher derrière les pirogues : des heures durant, les longues files d'esclaves et de gardes trébuchaient, trempés, entre les immenses tiges bruissantes. Leurs pieds, amollis et coupés par les racines, soulevaient une odeur de pourriture suffocante. Des sangsues s'accrochaient à leurs jambes telles d'énormes limaces noires. Les algues flottantes cachaient des crocodiles qui se glissaient, pleins d'espoir, parmi elles. Une fillette à l'agonie, mordue par un serpent, fut jetée par-dessus bord : les pirogues n'avaient pas eu le temps de s'éloigner que les reptiles la happaient déjà.

Enfin, les îles parsemant la rivière devinrent si nombreuses et la divisèrent en tant de bras, le courant ralentit tellement qu'ils ne réussirent plus à distinguer le bon chemin. Les guides exigèrent un salaire supérieur ; mécontent mais peu surpris, Uzum dut céder.

Jour après jour, ils continuèrent leur route. Les marchands d'esclaves étaient les bienvenus dans la plupart des villes bordant le Niger. L'une des îles abritait même un vaste marché dont les négociants se glorifièrent de vendre onze mille esclaves par an. Les captifs originaires de la région étaient peu chers, car ils risquaient de s'échapper ; mais ceux qui venaient d'ailleurs rapportaient des sommes considérables. Deux compagnons d'Uzum tirèrent un beau bénéfice de leurs prisonniers, achetèrent des esclaves moins coûteux et prirent le chemin du retour. Ali, en revanche, décida de poursuivre avec Uzum et deux pirogues afin de voir la mer.

Des têtes chevalines gigantesques, à moitié immergées, les observaient depuis les mares où les hippopotames se vautraient pendant les heures de chaleur accablante. À force de la mâchonner, un prisonnier rompit sa corde et plongea par-dessus bord ; il fut atteint par le mousquet d'un garde, puis coupé en deux par un hippopotame que le tir avait dérangé et rendu furieux, peut-être blessé. Gbodi resta impassible, mais Hassan eut peur lorsque le colosse s'élança vers la pirogue, ses dents massives encore ensanglantées. Les gardes firent tous feu. L'animal mugit, s'enfonça dans l'eau et s'éloigna.

– *Ya Allah*, quel dommage ! cria Uzum dans le silence inquiet. Pas de tranches d'hippopotame rôties ce soir !

Tous éclatèrent de rire, Hassan le premier, pour cacher leur soulagement. Chacun des gardes se vanta d'être l'auteur du tir qui avait effrayé le monstre, et les esclaves apprirent que tenter de fuir était dangereux pour de multiples raisons.

Durant la journée, d'énormes mouches bleues les enveloppaient tous, buvaient leur sueur, leur obstruaient les yeux, la bouche, les narines, mordaient, piquaient. Les dards venimeux causaient des plaies et des enflures terribles aux esclaves presque nus. Durant la nuit, des essaims de moustiques les assaillaient. Beaucoup d'hommes tombèrent malades, en proie aux tremblements et aux fièvres de la malaria. Plusieurs esclaves succombèrent et Hassan en fut irrité.

Ali choisit Gbodi, la plus petite et la moins dangereuse de ses esclaves, pour venir, libérée de ses liens, s'agenouiller derrière lui dans la pirogue et pendant les repas, l'éventer et chasser les insectes.

Il faut sourire, avait dit Omu. Sourire, leur obéir, leur plaire, et résister… Gbodi sourit. Elle éventa de bon gré, fit manifestement de son mieux pour comprendre et apprendre, se chargea volontiers des courses, se montra docile et serviable jusqu'à passer inaperçue.

Elle ne pouvait ni chanter, ni danser, ni battre le tambour pour invoquer ses dieux, mais pendant les prières des marchands un soir, elle trouva un caméléon : le messager divin.

Ses yeux mobiles indépendants, ses changements de couleur la terrifièrent, mais elle s'obligea à le prendre dans sa main avec respect. Elle resta saine et sauve : les dieux étaient contents d'elle. Puis elle enduisit le petit reptile de sang sacrificiel obtenu grâce à une épine et lui chuchota :

– Transporte mes paroles ! Yemaya Okute, déesse de la rivière, grande combattante, maudis-les ! Maudis-les ! Que leurs ventres pourrissent ! Qu'ils gonflent et éclatent ! Voue-les à la mort ! Aide-moi à les combattre !

Puis elle lâcha le caméléon dans le feu.

Soudain, ses dieux lui envoyèrent une idée. Elle ramassa une poignée d'excréments, ajouta du pus tiré de ses piqûres de moustiques et versa la mixture dans la marmite des marchands, puis elle remua pour cacher ce qu'elle faisait. Tous les soirs, elle répéta son geste.

Quatre jours plus tard, Ali et quatre gardes tombèrent malades et trépassèrent.

Sous son masque tranquille, un violent sentiment de triomphe enflammait le cœur de Gbodi. Ses dieux étaient avec elle.

Il y eut vingt-cinq autres malades ; six esclaves périrent. Dommage, mais cela en valait la peine. Bientôt le tour du bourreau...

MAILLON 11

JULIET
Février-mars 1795

J uliet contempla avec satisfaction l'éclat de l'eau et du ciel, l'activité intense qu'elle commençait à comprendre, les visages qu'elle commençait à connaître. Elle avait réussi! Malgré une douzaine de frayeurs et de catastrophes évitées de justesse, malgré les rats, le froid, l'humidité, les craquements et les grincements incessants du navire, la nourriture qui aurait dégoûté la petite Polly elle-même, elle s'en tirait bien. Beaucoup mieux que Tony à sa place!

Pendant une quinzaine de jours, ne sachant pas comment les hommes se comportaient entre eux, elle s'était laissé abuser par la flatterie et le charme lourdaud de Hunt. Puis elle avait surpris Bert et un autre garçon en train de jouer une petite comédie. Bert s'était incliné très bas, avait agité les mains dans une imitation parfaite des gestes extravagants de Hunt, puis avait déclaré d'un ton scandaleusement mielleux:

– Cher monfieur Fmethwick, auriez-vous l'obligeanfe de me donner votre avis fur fe tabac? Même fi vous êtes accoutumé à une autre qualité!

Son camarade avait grimacé un petit sourire modeste, singeant de façon écœurante Juliet elle-même.

– Monsieur Hunt, je ne suis pas expert, j'en ai peur !

– Fottises, mon cher monfieur ! Fi je puis me permettre ! Votre goût naturel vaut bien mieux que felui de fes prétendus efp… eftp… bon fang ! – ecf-perts ; vous êtes un connaiffeur ! Dans toutes les fpéfialités, que je fois maudit fi je me trompe ! Votre papa me donnera un navire, n'est-fe pas, fi je vous lèche affez les bottes ?

Devenue écarlate, Juliet s'était éclipsée avant qu'ils l'eussent aperçue, et avait traité les courbettes du lieutenant avec plus de froideur. Une semaine plus tard, alors qu'elle esquivait une nouvelle recherche de faveur, elle remarqua un clin d'œil de Bert à ses compagnons. Avait-il organisé la petite comédie spécialement pour qu'elle la vît ? Diable d'insolent ! Mais après une minute de colère, Juliet comprit qu'il lui avait ainsi donné un conseil qu'il n'aurait pu se permettre ouvertement. Et il semblait à mille lieues de soupçonner qu'elle était une fille. Personne ne s'en doutait. Elle avait vraiment réussi ! Grand-Maman serait fière d'elle !

Aujourd'hui, elle se tenait en manches de chemise près du bastingage. Le calicot qui lui bandait la poitrine était étonnamment frais dans la chaleur agréable. Dans un coin ensoleillé, Bert trayait les chèvres. À cinquante mètres de là seulement, sur le sable de Grande Canarie, une douzaine de marins profitaient d'un feu inhabituel : un chaudron de vinaigre chauffait, destiné à ébouillanter les tonneaux qu'ils rempliraient à un ruisseau limpide. Les vapeurs amenées par le vent firent éternuer Juliet.

Derrière elle, le rire du capitaine Owens retentit.

– Âcre en effet, monsieur Smethwick ! Mais il nous faut soixante-dix mille litres d'eau pure au moins, environ soixante-dix tonnes. Vous rappelez-vous le *Zong* ?

– Comme il se doit, répondit Juliet en remuant les épaules avec dégoût. Cent trente-six Noirs souffrants jetés par-dessus bord afin de réclamer l'assurance. Le capitaine aurait dû être jugé pour meurtre, pas pour tromperie, et certainement pas acquitté. Les juges ont eu tort, à mon avis, de déclarer qu'il était aussi peu condamnable que s'il avait abattu des chevaux malades.

– Je suis d'accord, monsieur. Un gâchis épouvantable.

Ce n'était pas exactement ce que Juliet sous-entendait, mais personne n'interrompait le capitaine.

– Inutile et causé surtout par le manque d'eau. Dans la chaleur africaine, monsieur, l'eau verdit et croupit en quelques jours. Il faut récurer les tonneaux et les remplir le plus tard possible, afin d'augmenter les chances de prime.

– De prime ? Puis-je vous demander, monsieur ?…

– La plupart des navires perdent un quart de leur cargaison au cours du voyage, voire la moitié. Mais si les pertes se limitent à trois individus sur cent, le gouvernement attribue au médecin du navire une récompense de cent livres. En six traversées, je l'ai obtenue quatre fois, s'enorgueillit Owens avec raison. Une eau et une nourriture saines sont vitales. Et du jus de citron pour l'équipage.

Pour une fois, Juliet put faire preuve de compétence.

– Afin de prévenir le scorbut, monsieur.

– Précisément.

Owens eut l'air surpris.

– On le recommande depuis peu.

Rends hommage à qui le mérite…

– C'est Bert qui m'en a parlé, monsieur. Il est d'un grand secours.

– Bien, bien. Il est votre père à bord, hein ?

Owens sourit devant la mine perplexe de Juliet.

– Il aide le nouveau venu, le non-initié, lui donne des repères.

– Euh… oui, monsieur.

Elle était heureuse que le capitaine les considérât, le garçon et elle, d'un œil aussi favorable.

– Auriez-vous l'amabilité de me conseiller aussi, monsieur ? Des « manilles » figurent sur mes listes. J'ai cru deviner qu'il s'agissait d'anneaux.

– Les manilles sont des tiges de métal en forme de U, à extrémité arrondie; il en existe de toutes les tailles, depuis les bagues jusqu'aux bracelets.

Owens ébaucha un sourire.

– Les grosses en fer correspondent à nos pièces d'une livre, puis viennent les manilles en cuivre ou en laiton; il y a enfin les cauris, l'équivalent de nos pence.

– Les cauris? Vous parlez des coquillages, monsieur? Vraiment?

– Oui. Assez légers, solides et impossibles à imiter: la monnaie idéale. Nous en avons vingt caisses, ainsi que d'autres marchandises, de quoi acheter jusqu'à trois cent cinquante esclaves.

Juliet ne voyait pas comment une telle foule pourrait trouver place à bord, encore moins rester en bonne santé, mais le capitaine devait connaître son métier.

– Nous recherchons aussi de l'ivoire et de l'or, de la cire d'abeille et des épices, n'est-ce pas, monsieur?

– Ainsi que des teintures et du bois de feuillu, compléta Owens. Votre attitude s'est infiniment améliorée depuis notre départ, monsieur Smethwick. Vous êtes désireux d'apprendre, plus attentif, plus compétent.

Juliet se mordit la lèvre avec modestie.

– Sur l'insistance de ma sœur, monsieur.

Avec beaucoup d'humour, elle ajouta:

– Juliet a le sens pratique, elle est intelligente et efficace. Une fille exceptionnelle.

– Ah oui ? demanda Owens, approbateur. J'espère la rencontrer lorsque nous rentrerons.

– Elle sera enchantée de faire votre connaissance, monsieur.

Encouragée par ses bonnes dispositions, elle décida d'aborder un sujet qui la préoccupait depuis quelque temps.

– Monsieur, je crois que les non-conformistes* sont nombreux à condamner la servitude comme un procédé inhumain et dégradant, et pour l'esclave et pour le maître. Ma mère a plusieurs amis abolitionnistes. Le mouvement se répand, même à Liverpool, depuis que le Premier ministre Pitt s'est déclaré en sa faveur, ce qu'il a cessé de faire dès le moment où les révolutionnaires français ont aboli l'esclavage. Personne ne désire être associé à eux ! Mais certains prétendent que le baptême chrétien pour sauver les âmes des Africains justifie…

– Un facteur négligeable, monsieur. Cependant, même sur une plantation, un milieu chrétien, plutôt que la sauvagerie et les guerres de leurs jungles d'origine, ne peut qu'être bénéfique aux Noirs.

Les lèvres d'Owens se crispèrent dans une moue dédaigneuse.

– Des sceptiques tels que les jacobins, les athées et les déistes (dont Pitt fait partie, je le crains, tout comme cet idiot de Wilberforce*) dénoncent en effet l'esclavage. Certains non-conformistes font de même ; les quakers* n'ont pas d'esclaves, le prédicateur méthodiste* Wesley incitait ses partisans à libérer les leurs, mais peu lui ont obéi : les méthodistes et les baptistes* possèdent des milliers de Noirs. Mais quelle doit être l'attitude de vrais chrétiens ? Ni le Christ lui-même, ni aucun des premiers auteurs chrétiens n'ont jamais condamné la servitude. Beaucoup préconisent de traiter les esclaves avec humanité, c'est indéniable. Mais dans son célèbre ouvrage, *La Cité de Dieu*, saint Augustin, l'un des premiers Pères de l'Église, affirme catégoriquement que la servitude est un châtiment céleste infligé aux pécheurs et que, aux yeux de Dieu, le commerce* des esclaves ne constitue pas un crime.

Il médita, le regard braqué sur le rivage.

– Les Noirs capturés comme esclaves paraissent malchanceux, mais ils pourraient bien mourir de maladie, périr à la guerre ou être sacrifiés à leurs dieux païens s'ils n'étaient pas emmenés loin d'Afrique. La cruauté et l'injustice de la servitude vous déplaisent, comme à tout homme de bien ; mais vous êtes prédisposé à la sensiblerie. Vous êtes riche et, pardonnez-moi, gâté. Ma mère est morte de faim dans notre ferme à Glamorgan quand j'avais six ans.

Bouleversée, Juliet resta sans voix.

– La vie est cruelle et injuste pour les Blancs comme pour les Noirs, constata le capitaine.

Afin de cacher son émotion, sembla-t-il, Owens lança un coup d'œil furieux à la chaloupe qui rapportait les tonneaux pleins.

—Monsieur Cartwright, je n'ai nulle envie de rester ici jusqu'à l'année prochaine ! cria-t-il avant de se retourner vers Juliet pour continuer son exposé. Vous devez aussi prendre en compte la raison purement pratique. Sans l'esclavage, les plantations du Nouveau Monde et le commerce du sucre, du riz, du tabac et aujourd'hui du coton, dont la Grande-Bretagne tire une énorme partie de sa richesse, disparaîtraient tout simplement. La moitié des petits manufacturiers d'Angleterre, qui fournissent les marchandises destinées aux négriers, seraient ruinés. Le combat contre les Français cesserait, faute d'impôts. Donc, même si les abolitionnistes parvenaient à convaincre le Parlement d'interdire l'esclavage, le commerce négrier perdurerait nécessairement. Non, non. L'homme n'est pas près de transformer des terres incultes en champs fertiles sans recourir aux esclaves !

Il hocha la tête avec gravité.

—En outre, continua-t-il, tant que la traite* est légale, le gouvernement peut la contrôler, atténuer sa rudesse, au moyen de la prime par exemple, ou de lois réglementant le nombre d'esclaves selon la taille des navires. Les gens convenables (j'en suis) prennent soin de leurs Noirs et tirent un bénéfice honnête d'un commerce vital et respectable, quoique déplaisant. Je fais preuve de tout le respect et de toute la considération compatibles avec la sécurité. Et avec le profit, bien sûr. Il y a des navires mille fois pires que le mien. Ils sont nombreux, je crois. Ils sont même les plus nombreux. Néanmoins, déclarer ce commerce hors-la-loi ne pourrait qu'en détériorer les conditions. Seuls des gredins le mèneraient, transporteraient des cargaisons clandestines, entasseraient autant d'âmes que possible, au mépris de leur humanité.

– Des âmes, monsieur ? Leur humanité, monsieur ? Les Nègres, monsieur ?

Monsieur Hunt, tout juste à portée de voix sur le pont principal en contrebas, supervisait les hommes hissant à bord les tonneaux pleins et les replaçant dans la cale. Il leva les yeux en signe de protestation.

– Des demi-bêtes, maudits soient-ils, des bêtes aux trois quarts !

– Ce sont des êtres humains, monsieur, le blâma le capitaine.

– Les humains ne vivent pas comme des porcs, monsieur ! rétorqua Hunt, aucunement intimidé. Une peau semblable au cuir, insensible à la douleur. Nus comme des vers, aussi impudiques que des animaux, hommes et femmes…

– N'est-ce pas en raison de la chaleur, monsieur ? hasarda Juliet. Samson et Pompey n'étaient pas des animaux…

– Je dois vous contredire, monsieur ! À regret ! répliqua Hunt avec un sourire affecté. Les moricauds sont des brutes stupides, méchantes et indignes de confiance ! Même ces sata... euh... les abolitionnistes refusent de les fréquenter ! Que Dieu les aide, ils veulent bien nourrir les chats errants, mais pas les caresser, et qui pourrait le leur reprocher ? Sata... euh... cannibales ! Lâches, en plus, que je sois maudit si je me trompe ! Un homme blanc préférerait mourir plutôt que devenir esclave !

Juliet remarqua une ironie désabusée sur le visage du capitaine.

– Vous n'êtes pas d'accord, monsieur ?

– Avec l'idée selon laquelle tous les esclaves sont lâches et idiots ? Loin s'en faut. Vous connaissez Bob Bigtooth, notre truchement ?

Juliet hocha la tête : Bob était l'un des douze marins noirs.

– Il joue le rôle d'interprète entre nous et les nouveaux esclaves, qui peuvent venir de vingt tribus parlant chacune sa propre langue. Bob en connaît au moins onze ; pas vraiment un signe de stupidité, monsieur Hunt, non ? De surcroît, les janissaires musulmans comptèrent parmi les plus féroces combattants jamais connus. À leur apogée, aucune armée européenne ne leur résistait, or c'étaient des esclaves, noirs et blancs, livrant bataille côte à côte. Au surplus, on estime qu'il y a en Afrique du Nord plus de dix mille esclaves blancs.

Hunt rougit et le capitaine ajouta d'un air sombre :

—Il y a dix ans, j'ai été capturé par des pirates de Salé, et moi-même asservi pendant trois années jusqu'au versement de ma rançon. Une expérience exécrable, physiquement et mentalement. La faim, le vol, l'humiliation, les coups. Aucun esclave sur mon navire ne souffre comme j'ai souffert, s'il se conduit bien.

Il regarda de travers l'officier ahuri.

—Monsieur Hunt, dois-je faire apporter les hamacs, afin que vos hommes somnolent plus à leur aise ?

Écarlate, Hunt se détourna pour accélérer le travail.

Juliet soupira, satisfaite. Une tâche rude et désagréable, mais nécessaire, accomplie avec toute la bonté possible : précisément la manière dont elle envisageait ce commerce. Et Owens ne semblait porter aucune haine à ses anciens ravisseurs. C'était un homme rationnel, un bon chrétien. Les abolitionnistes avaient toujours paru froids et sinistres à la jeune fille, dépourvus de toute bienveillance ou d'humanité véritable : pas étonnant que son père eût refusé de les accueillir chez lui. Oui, ils avaient tort.

Pendant qu'elle y pensait...

—Monsieur, dans mes listes, j'ai trouvé des caisses marquées « Ferronnerie esclaves ». Que ? ..

—Des chaînes, des entraves de toutes sortes. Allez vérifier, voir par vous-même.

– Oui, monsieur.

Elle ne devait pas se bercer de l'illusion que la traite était une douce affaire : il fallait regarder la réalité en face, même si celle-ci était déplaisante.

Sur le pont le plus bas du *Kestrel*, qui avait une hauteur de plafond d'un mètre et voisinait la quille, étaient entassées des provisions pour six mois : haricots secs, riz, farine, chandelles, biscuits de marin durs comme de la pierre, fromages, tonneaux de bœuf salé, de rhum, de bière et d'eau. Au-dessus, la cale principale, où l'on ne pouvait se redresser qu'entre les barrots (comme le savait Juliet), abritait les enclos des animaux et les articles destinés à la vente, dont les piles compactes, accumulées, ne laissaient que d'étroits passages.

– Par ifi, monfieur.

Bert s'était attribué le rôle de guide ; il prit l'une des lanternes qu'il avait remplies d'huile ce matin-là et Juliet se faufila derrière lui dans le labyrinthe, se baissant spontanément désormais sous les barrots coincés entre les cloisons provisoires qui maintenaient l'ensemble.

– Un vrai conduit de cheminée, fe magasin, hum ?

– Plutôt un four ! haleta Juliet.

Elle s'épongea le front de la main, se glissa entre des balles de vêtements et ajouta :

– Comment le saurais-tu ? Tu es déjà monté dans une cheminée ?

– J'ai failli être ramoneur, vous favez !

Le visage édenté de Bert était invisible dans la pénombre, mais le ton de sa voix indiquait qu'il souriait.

– Maître ramoneur, avec un bull-terrier de combat et un bâton noueux : fplendide, hein ? Les voifi, monfieur, non ?

Onze caisses portant la marque de cinq petites fonderies différentes. Bien. Elle attaqua le couvercle supérieur avec une pince.

– Pourquoi as-tu arrêté ? Tu t'es encrassé le nez ?

– Peuh ! Fuffit de baiffer la tête et de fermer le bec, comme partout, hein ? Grimper dans une cheminée encore brûlante, fa, je pouvais ! Et m'enfiler dans des boyaux minufcules. Le vieux Warby a donné finq livres à l'hofpife des enfants trouvés, parfe que j'étais petit, se vanta-t-il. Jilly, ma camarade, elle est reftée coinfée. Il a fallu abattre le mur dans la chambre d'un vieux bonhomme pour la fortir. Fa a pris deux jours. Minfe, le vieux Warby écumait de rage !

Il gloussa, ravi.

– Dis-moi, elle n'était pas morte ?

Coinfée dans un nuage noir, fi près de la lumière et de l'issue – sacrebleu !

– Bien fûr qu'elle était morte ! grogna Bert avec mépris. Dommage : f'était une bonne petite.

Il haussa les épaules, écartant la mort de son amie comme un simple fait déplaisant.

181

Juliet, qui tirait de toutes ses forces, haleta :

– Pourquoi es-tu parti ?

– Le vieux Warby mettait du fel fur mes ampoules perfées, pour me durfir les coudes et les genoux. Ouille, fa cuisait, Jésus Marie ! Appuyez-moi là-deffus, monfieur, vous mignotez fa comme une fille ! Tenez, laiffez-moi donc faire.

– Eh bien, je t'en prie !

Sans remarquer l'ironie de sa voix, Bert prit le relais de Juliet.

– Alors tu t'es sauvé ?

– Vous n'auriez pas fait pareil ?

Le garçon s'escrima jusqu'à ce que les clous cèdent.

– Je l'ai ! Allez-y, monfieur !

Bert souleva le couvercle et se percha d'un bond sur un tonneau à bonne hauteur.

– J'ai voulu balayer les rues, dégager le crottin pour le paffage des dames, mais les garfons du coin m'ont chaffé. Je refusais de travailler dans une manufacture : bien payé, fix penfe la journée de quinze heures, mais non ! Et devenir voleur, f'est dangereux.

– Tu n'avais pas envie d'être pendu ou déporté ? Je comprends.

– Non, sourit-il. Les bien-penfants du coin m'auraient dénonfé. Et les mendiants font encore plus mauvais. Alors je me fuis embarqué clandeftinement, et me voilà ! Gabier d'ifi trois ans !

Juliet examinait le contenu de la caisse dans des cliquetis et des tintements. Bert fournissait les explications, d'après ce qu'il avait observé durant ses trois voyages précédents.

– Du petit matériel. Des colliers en métal. Feux du deffous font garnis de piquants, pour les indofiles.

Elle trouva un sac portant la mention « spéculum buccal, 4 ».

– Vous favez fe que f'est, fa ? Je parie que non !

Elle secoua la tête, perplexe, devant les robustes fourchettes en fer à deux dents, aussi grosses que son poing, index et auriculaire tendus, et munies de pointes recourbées.

– Des fourchettes à griller le pain ?

– Elle est bien bonne, felle-là !

Bert riait tant qu'il manqua tomber de son tonneau.

– F'est pour nourrir les Nègres. Feux qui ne veulent pas manger. On ne peut pas les laiffer mourir et fpolier leur propriétaire, tout de même ! Alors on enfonfe les pointes entre les dents, puis on ouvre la bouche de forfe, voyez ?

Il fit une démonstration.

– F'ils regimbent, ils fe caffent les dents. Enfuite, vous n'avez plus qu'à verfer la foupe, voyez, et à leur tenir le nez : ils font obligés d'avaler, finon ils f'étouffent ! Un bon fyftème, hein ?

– Bon ?

Juliet était suffoquée. Tout le soin et la considération…

Pas de délicatesse digne d'une petite sotte ! C'était nécessaire ; et sans doute légitime, puisque Papa le faisait.

Comme vendre des têtes de chevaux en guise de bœuf…

Les alizés leur apportèrent des semaines et des semaines de navigation radieuse, exaltante ; le gréement fredonnait, mélodieux, les voiles blanches flottaient sous le chaud ciel bleu. Pour s'occuper, le capitaine peignait des aquarelles ; Cartwright faisait de la dentelle de soie fine, très habile de ses mains énormes au milieu des fuseaux ; Hunt écrivait des vers interminables, quêtant souvent l'approbation de Juliet, qui apprit à se contenir. Les marins organisaient des cours de danse, s'entraînant à la matelote, et brodaient leurs habits avec de la soie brillante.

Juliet voulut aller s'amuser dans le gréement avec les garçons, mais la première fois qu'elle tenta de grimper aux enfléchures de cordes oscillantes, elle se figea à un mètre cinquante.

– Venez, monfieur, l'encouragea Bert, qui se balançait au-dessus d'elle. F'est fafile !

Elle savait qu'elle ne risquait rien, évidemment qu'elle ne risquait rien, les hommes sautaient comme des singes à travers les cordages… Mais elle en était incapable ! Humiliée, furieuse, elle ne parvenait tout simplement pas à lâcher une main ou à lever un pied, que ce fût pour monter ou pour descendre.

Soudain, une voix féroce tonitrua près de ses talons :

– Elle vient, cette escalade ? Plus vite que ça, trouillard !

Une lanière lui cingla la culotte. Terrifiée, elle s'éleva en un clin d'œil dans les haubans et se retrouva, hors d'haleine, accrochée au mât. Sur le pont, dix mètres plus bas, monsieur Cartwright lui souriait.

– Vous ne pensiez pas y arriver, hein ? tonna-t-il. Vous finirez par devenir un homme !

Bert et tous les membres de l'équipage regardaient, riaient, applaudissaient pour certains. Juliet tint bon et respira de nouveau. Elle avait réussi ! Elle en était capable ! Enfin, elle put sourire à son tour et même agiter la main. Mais comment redescendre ?

Grâce à une détermination sévère.

Elle interrompit Hunt, qui commençait :

– Vous frapper, monsieur ! Scandaleux ! Votre père sera…

– Mon père, monsieur, serait aussi reconnaissant à monsieur Cartwright que je le suis. Une précieuse leçon : en cas d'urgence, je puis trouver la force de faire ce qui s'impose, au-delà de ce que je croyais possible.

Grand-Maman approuverait.

Néanmoins, même si elle se forçait de temps à autre à grimper dans le gréement, Juliet ne s'y sentit jamais à l'aise. Elle savait qu'elle en était capable si nécessaire ; c'était suffisant.

Un navire en provenance du Brésil leur fournit plusieurs balles de cigares bon marché ainsi que des quartauts[1] de *gerebita*, une eau-de-vie forte, âpre. Owens sourit en voyant Juliet froncer les sourcils.

– Les Noirs, comme les marins, exigent des boissons très alcoolisées. Nous devons les satisfaire, même si nous déplorons de tels goûts.

Était-ce de l'hypocrisie, s'interrogea-t-elle, ou du bon sens ?

Apparemment, le Brésil acquérait plus de la moitié des esclaves capturés, mais s'approvisionnait surtout auprès des Portugais. Les plantations des Indes occidentales et d'Amérique étaient toujours preneuses. Le problème serait peut-être de trouver une cargaison d'esclaves. Par deux fois, ils s'arrêtèrent pour parler à des négriers en route vers l'ouest. Juliet fut ébranlée : ces vaisseaux puaient comme des étables, et des plaintes incessantes noyaient presque les voix des capitaines répondant à Owens au sujet des marchés africains.

– Les fusils que nous vendons encouragent les rois à faire la guerre, ce qui est dans leur nature de toute façon. Ensuite, ils nous vendent leurs prisonniers. Mais cette année, se lamenta Owens, la paix règne et les acheteurs sont trop nombreux.

1. Petit tonneau.

Le long de la côte africaine sablonneuse se succédaient des villes bordées de champs et de vergers, aux ports encombrés de bateaux, mais ils poussaient toujours plus loin.

–Nous allons poursuivre vers l'est, jusqu'au golfe de Bénin. J'y connais un homme qui m'a aidé par le passé. Les Noirs de cette région sont des Yorubas, des Ibos ou encore des Efiks, surtout des paysans qui travaillent bien, quoiqu'ils soient rebelles et enclins à se supprimer si on ne les traite pas avec bonté.

Avec bonté ? En employant par exemple cet horrible instrument à ouvrir la bouche ? Juliet tressaillit.

Enfin, ils jetèrent l'ancre. Par-delà les trois kilomètres de ressac, Juliet ne distinguait aucune différence entre cette plage-ci et toutes celles qu'ils avaient dépassées jusqu'alors, excepté quelques huttes dressées sur le sable sous les palmiers, mais Owens ordonna :

–Monsieur Smethwick, sortez un grand miroir doré, des rouleaux de tissu de Guinée bleu, une balle de cigares et un sac de cauris. Ouvrez un quartaut de *gerebita*.

Moins d'une heure après, une douzaine d'indigènes mirent une pirogue à l'eau. Juliet, vibrant d'enthousiasme près du bastingage, admira leur habileté alors que l'embarcation bondissait à travers les énormes vagues déferlantes qui auraient pu si facilement l'engloutir. Ils n'étaient pas lâches, ils n'étaient pas des demi-bêtes, même s'ils ne portaient en effet qu'un pagne autour des hanches.

Un homme au teint très sombre monta à bord. Grand, élégant, arborant un large sourire, il était vêtu d'une chemise à carreaux rouge et d'une culotte bleue, déchirée mais décente, et, à la stupéfaction de Juliet, il vida d'un trait, sans ciller, une pinte entière de *gerebita*. Elle en serait morte !

Lors des présentations, il montra fièrement un bracelet sculpté dans une défense d'éléphant. Y figurait une inscription gravée à l'aide d'un clou brûlant : « Jim Scarface Snow Bluebell un brave homme ». Au bout d'une minute, Juliet se rendit compte qu'il parlait anglais.

– Jim Scarface, moi ! dit-il, le doigt pointé sur une profonde cicatrice à la base de son nez. Coup de machette. Esclaves se battent, Jim aide capitaine Bluebell. Lui dit que brave homme, Jim Scarface ! Donne preuve pour montrer à autres navires. Brave homme, Jim ! Coutume à Jim maintenant.

– Brave homme, Jim ! Nous allons vous verser une grosse coutume ! lui assura le capitaine Owens en offrant les cadeaux que Juliet avait dénichés. Maintenant, il faut nous aider. Nous avons besoin de quatre cents esclaves. Vous nous les apportez ?

L'homme hocha la tête, le sourire aux lèvres.

– Apporte beaucoup d'esclaves, capitaine, bon courtier, Jim ! Personne pour apporter bons esclaves comme Jim ! Homme du roi vient bientôt, vous grosse, grosse coutume, Jim apporte bons esclaves !

– Brave homme ! Je vous garantis que vous y trouverez votre compte !

Une deuxième pinte de *gerebita* suivit la première et Jim regagna sa pirogue, les saluant d'un joyeux signe de la main.

– L'homme du roi, monsieur ? Et où devrons-nous verser la coutume ? demanda Juliet alors qu'ils répondaient à son salut.

– Dès qu'il sera informé de notre présence, le représentant du roi local arrivera pour percevoir la taxe de son maître autorisant le commerce et récla-mer la coutume ; les cadeaux, monsieur Smethwick, les pots-de-vin, la pratique générale et sans vergogne ici. La coutume huile les rouages du négoce, pour les courtiers (les marchands côtiers, comme Jim), pour le roi et son représentant, pour tous. Considérez-la comme une taxe à l'achat non officielle mais essen-tielle.

– Monsieur ? hésita Juliet en se mordant la lèvre. Jim s'exprime avec maladresse, mais…

Owens sourit.

– Mais vous pensez que lui-même ne l'est pas ? Bravo, monsieur Smethwick ! Hunt ne voit en lui qu'une forme supérieure du singe. Souvenez-vous que Jim connaît mieux l'anglais que vous ne connais-sez sa langue à lui. Il est forcément intelligent, pour traiter si fructueusement avec des étrangers puissants, Européens d'une part, tribus de l'intérieur du pays d'autre part. Ses sourires désarment notre hostilité, mais ils peuvent masquer la sienne. Il comprend mieux notre langue qu'il ne la parle, et son discours, je crois, est plus maladroit que nécessaire, afin de nous donner un sentiment de supériorité qui nous rend moins prudents. Il nous aide, nous l'enrichissons. Mais s'il en a l'occasion, monsieur Smethwick, Jim nous bernera aussi aisément que n'importe quel filou des docks, qui vend aux marins de fausses montres en or pour cinq shillings. Soyez sur vos gardes. Soyez toujours sur vos gardes !

MAILLON 12

DAND
Mars-avril 1795

L a *Daisy* voguait vers l'est, toujours plus à l'est, les regards scrutaient sans conviction, dans une déception croissante, chaque ville et chaque rivière emplies d'équipages exaspérés. La fille du canonnier prenait souvent de l'exercice et, après le golfe de Bénin, le voyage continua plus au sud. Enfin, le négrier remonta avec précaution, en solitaire, une rivière paresseuse, pour accoster une jetée faite de trois troncs pourrissants à une extrémité du mouillage de Luanda, au royaume d'Angola.

– Dieu fasse que nous trouvions des esclaves céans ! pria Maxwell.

Les huttes foisonnaient le long des ruelles tortueuses, creusées d'ornières. Mais certaines maisons, plus à l'intérieur des terres, étaient vastes, dotées de vérandas spacieuses ombragées par des palmes, couvertes d'immenses feuilles plates, protégées par de hautes palissades hérissées de pointes. Dand trouvait saisissant que la totalité des visages fût noire. Toute la foule nonchalante qui s'offrait à ses yeux, porteurs, bateliers, conducteurs d'ânes et

191

muletiers, essaims d'enfants et de colporteurs, tous avaient la peau très sombre. L'endroit lui donnait une impression d'étrangeté. De bizarrerie. D'exotisme. Quoi d'autre encore ? Il rit et pressa ses bras contre sa poitrine, enchanté.

La plupart des gens étaient enveloppés dans des tissus à motifs bleus et blancs, coiffés de turbans énormes, vifs, exubérants ; les tenues européennes paraissaient ternes en comparaison, les jabots de dentelle des femmes étaient gris, non amidonnés, flasques. Il n'y avait pas de femmes blanches.

Alors que les hommes noirs bondissaient pour attacher le dernier cordage, une calèche jaune vif, tirée par deux mules blanches, se fraya un chemin dans la cohue. Le passager n'était pas noir de peau, mais pas blanc non plus, constata Dand. Cet homme assez âgé, qui paressait sur le siège, avait des cheveux courts d'un noir bleuté, le teint cuivré et l'oreille droite ornée d'un gros rubis. Il portait une chemise de soie crème à encolure échancrée, un foulard à franges aux motifs brillants bleus et rouges, une culotte blanche bouffante qui lui laissait les mollets nus, et avait aux pieds des pantoufles brodées sans talon. Nouvelle impression d'exotisme. Maxwell souffrait déjà de démangeaisons causées par la sueur, dans sa tenue de cérémonie complète : caleçon et tricot de corps en laine, chemise et col de lin, gilet et manteau, chapeau à cornes, bas noirs et chaussures à boucles, exactement comme s'il était à

Aberdeen. L'inconnu, lui, semblait très à l'aise dans ses vêtements légers.

Il se pencha pour saluer Maxwell avec la palme qui lui servait d'éventail.

– Senhor Lopez, Ruiz Lopez, à votre service, monsieur le capitaine. Vous cherchez des esclaves ? Oh, vous avez de la chance. La guerre est recommencée, et les nouveaux prisonniers arrivent ce jour par la rivière. Je possède les plus grands baraquements de Luanda. Je rencontre le roi pour vous. Venez dans ma maison, monsieur le capitaine, buvez, bienvenue ! Je vous donne une belle fille, ou un garçon si vous préférez, et nous parlons affaire après, non ?

Un garçon ? Dand frémit. C'était quelque chose que Maxwell n'avait pas tenté. Non que Dand eût pu s'y opposer si le capitaine avait en effet essayé. Deux ou trois marins lui avaient fait des propositions, mais il avait réussi à s'en tirer par une plaisanterie. Pour cet homme, en revanche, la chose semblait aller de soi.

Alors qu'il s'apprêtait à suivre Maxwell à terre, Dand s'entendit défendre une nouvelle fois :

– Si tu poses le pied sur le rivage, mon drôle, je t'écorche.

Tudieu ! Bon, très bien ; avec un scélérat comme Lopez dans les environs, il n'était peut-être pas trop déçu.

La ville plut à Dand. La discipline faiblit considérablement, car Maxwell logeait à terre dans la maison de Lopez : il payait les taxes et la coutume, choisissait les esclaves, allait jouer de l'argent le soir. Les filles et les colporteurs montaient librement à bord ; monsieur Robb les maudissait de voler le moindre objet qui n'était pas cloué, soit des quantités notables. Dand débarqua en catimini pour explorer les étalages de rues où s'empilaient les citrons, les bananes, les oranges, d'autres fruits et légumes inconnus, pour jouer à chat et aux soldats avec les drôles de la ville et jeter des regards curieux dans les huttes infestées de mouches, jusqu'au jour où une bête qu'il ne vit même pas lui piqua le pied. L'enflure douloureuse, qu'il fallut bien sûr cacher à Maxwell, le persuada que Iain avait raison. Il était plus en sécurité sur le navire. Mais ce n'était pas une raison pour laisser passer sa chance.

Il puisa dans les possessions du capitaine. Deux bouteilles de vin, un cake (avec les crottes de rats disposées artistiquement dans les lambeaux de papier paraffiné), quatre pots de confiture de prune ; une paire de ciseaux, des bas, une épingle de cravate, d'autres menus objets qui auraient pu s'égarer, se casser ou s'user. En échange, il obtint une douzaine de petites perles et une petite pépite d'or, qu'il cousit dans la ceinture de sa culotte neuve. Grâce à elles, il pourrait se lancer dans le commerce en Amérique.

Les porteurs noirs, à la file comme des fourmis, transportèrent les marchandises sur leur tête depuis la cale jusqu'aux entrepôts de monsieur Lopez. Ensuite, le charpentier reconstruisit les estrades de couchage, plus solides qu'auparavant. Il y boulonna de lourds anneaux de fer, «pour enchaîner les Noirauds», expliqua-t-il.

Pendant ce temps, les hommes d'équipage emmagasinèrent des sacs contenant de la farine de maïs et des légumes exotiques (des ignames et des bananes plantains) pour nourrir les esclaves durant la traversée. Ils pompèrent l'eau de la rivière et remplirent les tonneaux vides; quand Dand fit remarquer qu'elle contenait de la vase, ils répliquèrent :

– Les Nègres s'en contenteront bien !

Un jour, lui et Iain allèrent voir un baraquement dans les faubourgs de la ville.

– Fichtre, il est deux fois plus grand que le marché aux bestiaux d'Aberdeen ! constata Dand, stupéfié par les longues rangées d'hommes et de femmes enchaînés entre les piliers. Trois fois. Et il y en a d'autres pareils ? Fichtre !

D'autres navires arrivèrent, mais la *Daisy* avait six jours d'avance sur eux.

– Nous chargerons le matin, annonça Maxwell, radieux, et nous lèverons l'ancre le lendemain à la première marée. Six cents Noirs d'excellente qualité, et nous sommes les premiers à partir ! Mazette, quel prix nous obtiendrons en Jamaïque !

Six cents ? Dand resta bouche bée. Où allaient-ils les caser tous ?

Il ne tarda pas à le découvrir. Une file interminable d'hommes nus piétinèrent le quai à l'aube, leurs colliers de fer reliés à une longue corde. Les marins les entravèrent par deux, cheville contre cheville dans un solide anneau de fer, les poussèrent ensuite, clopinant, sur la passerelle puis l'échelle menant à la cale. Sous les coups de gourdin continuels, gênés par les entraves, certains tombèrent, entraînant leur partenaire dans leur chute. L'un se cassa la jambe et fut renvoyé.

En bas, Dand aida à entasser les esclaves. Ils devaient se glisser maladroitement sur le côté, les pieds contre la coque, tous dans le même sens, si près les uns des autres qu'ils ne pouvaient se retourner, deux fois plus serrés que les Highlanders. Leurs épaules emplissaient presque l'intervalle entre les estrades. Les marins employèrent des bâtons garnis de pointes pour les comprimer, dans des cliquetis et des plaintes, jusqu'au moment où chaque niveau fut plein à ras bord. Puis ils passèrent une chaîne dans une boucle des colliers de fer et la cadenassèrent aux anneaux rivés dans le bois : pas de risque d'évasion.

Seule demeurait visible une rangée de visages luisants de sueur, cheveux crépus, yeux roulant, au désespoir, bouches rouges hurlant ou pleurant, mains s'agitant dans une supplication ou une colère vaines. Ils avaient l'air idiots, pensa Dand, mais il fut incapable de rire comme la plupart des membres de l'équipage.

Les estrades étant combles, les marins soulevè-
rent les écoutilles du bas pour tasser d'autres
esclaves par-dessus les provisions emmagasinées
sous le pont inférieur.

– Ils auront plus de place après, au fur et à
mesure que les provisions diminueront. Il faut toujours une éternité au début, le temps qu'ils appren-
nent où se mettre, déplora Robb.

Puis ils massèrent au centre les hommes restants. Eux pouvaient s'asseoir, se lever ou grimper
sur leur voisin afin de s'approcher un peu des ouver-
tures pour respirer. La chaleur et la puanteur étaient
déjà suffocantes dans la cale mal aérée ; que devaient
supporter les hommes qui gémissaient au-dessous et
frappaient les écoutilles inférieures, dont les grilles
étaient maintenant obstruées par d'autres corps ?

À la fin de l'après-midi, le tour des femmes et
des enfants arriva. Ils furent poussés dans la partie
avant de la cale, à la proue, isolée par une cloison.
Alors qu'ils passaient au plus vite, essayant d'éviter
les mains qui les pressaient, les palpaient, les marins
choisissaient ceux qui leur plaisaient.

– Cette grosse drôlesse est bonne à mignoter,
'pas, Dand ? s'écria joyeusement Iain.

Mais Dand n'écoutait pas. La calèche de Lopez
était rangée sur le quai. Maxwell parlait à son propriétaire, approuvait de la tête, regardait Dand, qui
ne fut pas vraiment étonné lorsque le capitaine
pointa le menton vers lui pour le faire venir.

– Le voici donc, annonça Maxwell à Lopez. Propre et bien portant, comme je vous l'ai dit.

Dand se figea et la chair de poule l'envahit alors que les yeux noirs de Lopez l'examinaient, tel un serpent lorgnant une grenouille.

– Ces cheveux roux. Rare. Fascinant. Merci, monsieur le capitaine.

Il sourit à Dand.

– Viens, mon garçon.

– V… venir ? bredouilla Dand. Monsieur… monsieur, que voulez-vous dire ?

– Je te présente ton nouveau maître, mon drôle. Il t'a gagné aux cartes hier au soir, ricana Maxwell, qui gifla l'oreille de Dand. Tu ne le voleras pas comme tu m'as volé, petiot de perturbateur ! Croyais-tu que je ne remarquerais rien, morveux insolent, fripon ? Je ne suis ni aveugle ni sot.

– Non, non, monsieur ! Non, de grâce ! Battez-moi, mais ne me laissez pas céans ! Je m'ensauverai…

– Accepte, mon garçon, conseilla Lopez, non sans gentillesse. Tu seras bien traité. Te sauver ? Un Blanc dans une ville de Noirs, ma propre ville, tu ne peux pas te cacher. Non, non… ah, sottise !

Dand avait fui sur la passerelle, mais monsieur Robb l'attrapa. Un marin lui attacha brutalement les mains dans le dos. Lopez le regarda lancer des coups de pied, puis il soupira.

– Amenez-le derrière moi.

– Oui, monsieur.

Robb haussa les épaules lorsqu'il croisa le regard de Dand.

– Davie, Iain. Emmenez-le.

Maxwell les foudroya des yeux.

– Si vous le perdez en route, je vous étripe !

Traîné derrière la calèche roulant au pas, Dand se débattait en vain et implorait :

– Non ! De grâce, monsieur ! Aide-moi, Iain ! Davie, détache-moi ! Vous ne me laisserez pas choir, moi votre ami, un homme blanc !

– Te détacher ? Tu crois que Maxwell plaisantait ? Tu es fou ! s'esclaffa Davie. Boucle-la, petiot de polisson !

– Désolé, Dandy. Je suis chagrin de ne pouvoir t'aider… murmura Iain, la tête basse.

Enfin, ils tournèrent à un grand portail et remontèrent un sentier jusqu'à une vaste maison aux vérandas spacieuses. Lopez s'adressa en portugais à deux Noirs, qui se chargèrent de Dand.

– Traîtres ! hurla ce dernier à ses anciens amis.

Davie éclata de rire ; Iain s'éloigna furtivement, honteux.

Les deux hommes de Lopez escortèrent Dand sur un sentier derrière la maison, dépassèrent plusieurs huttes aux portes desquelles des gens noirs le dévisagèrent, puis le jetèrent, toujours ligoté, dans une petite hutte un peu à l'écart. Tandis que le battant se refermait et que la barre extérieure s'abaissait,

Dand se précipita, lança des coups de pied. Dehors, une voix grave s'éleva, un rire lui répondit, puis ce fut le silence.

Il eut beau crier, personne ne vint. Personne ne vint… Personne…

Au moins, à Aberdeen, ses ravisseurs avaient la même couleur de peau que lui, parlaient la même langue que lui. Ici, il était seul, entre les mains d'étrangers. Comment se comporteraient-ils ? Les Noirs dévoraient-ils les garçons blancs ?

Il ne renoncerait pas. Il s'ensauverait ! Il le devait.

Comment ?

Soudain, la barre racla. Dand se crispa.

Ce n'était pas Lopez. Un vieil homme entra, prononçant de douces paroles inintelligibles, déposa un bol de bouillie d'avoine et fit signe à Dand de pivoter pour qu'il lui libère les poignets.

Malgré ses doigts raides et enflés, Dand faillit attraper le bol et assommer le vieil homme, mais il se ravisa en entendant des voix au-dehors. Il essaya de sourire et frictionna ses mains pour les ranimer. Puis il montra la porte, fit le geste de soulever la barre, retourna son doigt vers lui, mima sa sortie discrète et sa fuite. Le vieil homme gloussa en secouant la tête ; mais lorsque Dand se mit à déchirer sa ceinture en toile avec les dents, il parut intéressé.

Dand retira trois perles et les tendit en répétant sa mimique. Le vieil homme secoua la tête, mais plus lentement. Dand continua. L'homme sembla s'interroger. Enfin, lorsqu'une sixième perle apparut, il hocha la tête. Puis il s'empara des perles et déguerpit. La barre claqua.

– Va-t'en au diable, gredin de voleur ! Puisses-tu rôtir dans les fourneaux de l'enfer pendant mille ans !

Et maintenant ? Qu'ils aillent tous au diable ! Tudieu, il aurait pu pleurer comme un minot !

Non ! Il allait se battre ! Serrant les dents, Dand saisit le bol et plongea les doigts dans la bouillie d'avoine. Il devait manger, prendre des forces.

Il ne pensait pas dormir, mais quand, bien plus tard, la barre fut ôtée une nouvelle fois, subrepticement, il se réveilla en sursaut. La porte frotta le sol de terre battue. Dand se crispa, prêt à l'attaque. Personne n'entra. Une main, faiblement éclairée par le clair de lune, lui fit signe. La gorge de Dand se contracta ; mais qu'avait-il à perdre ?

Le vieil homme était là, un doigt sur les lèvres. Sans bruit, il replaça la barre et reconduisit Dand, à pas de loup, jusqu'à la route. Indiquant la gauche, il murmura quelque chose dans sa langue. Dand hésita, mais le vieil homme avait respecté le marché conclu en silence et l'avait libéré : pourquoi l'orienterait-il dans la mauvaise direction ?

– Merci ! chuchota Dand. Dieu vous bénisse ! Je suis marri de vous avoir calomnié ! Je vous remercie du fond du cœur !

Il serra la main du vieil homme. Celui-ci sembla étonné, sourit, inclina la tête et s'éloigna en hâte.

C'était aussi rapide, aussi simple. L'homme avait dû ressentir de la sympathie à son égard, pour risquer au moins le fouet s'il était découvert. Mais maintenant ?

Cacher sa blancheur. Une poignée de boue fit l'affaire, étalée sur son visage et ses bras. Il avait appris tout jeune, en volant des pommes dans la grande maison du village, que filer à pas furtifs, l'air coupable, attirait davantage l'attention. Alors, tout en préférant les zones d'ombre, il adopta un pas ferme. Son cœur battait à tout rompre.

Par peur des fantômes et des dieux affamés, les Noirs se mettaient à l'abri chez eux dès la nuit tombée ; il n'y avait donc, au grand soulagement de Dand, que peu de gens dehors, même si des disputes, des cris, des rires, des pleurs de bébés et des aboiements de chiens, s'échappant des huttes et des maisons qu'il longeait, le faisaient sursauter et trembler.

Il n'avait pas parcouru tout ce chemin, si ? Il était perdu…

L'odeur humide de la pourriture augmenta. Et cette plainte… c'étaient les esclaves dans la cale. Il reconnaissait ce palmier tordu. Tourner ici. Oui, l'eau était là, et le navire.

Où allait-il, en réalité ? Maxwell le renverrait, mais rester ici était impossible : ce Lopez avait raison, il trancherait comme des pellicules sur un manteau noir. Sept autres navires étaient amarrés. Trois portugais, un français, deux hollandais, un américain : sur ce dernier au moins, les hommes parleraient anglais. Mais Dand serait obligé de se terrer jusqu'à leur départ : ils pourraient bien rendre à Lopez son esclave évadé. Venant tout juste d'arriver, ils passeraient peut-être encore plusieurs semaines ici. De toute façon, ils avaient jeté l'ancre dans la rivière, à bonne distance du quai. Oserait-il nager jusqu'à eux, au milieu des requins ?

Non.

La *Daisy* partirait à l'aube. S'il demeurait tapi une semaine, Maxwell ne ferait pas demi-tour pour le ramener. Le capitaine le battrait, bien sûr, mais cela vaudrait toujours mieux que rester chez ce Lopez.

Dand s'accroupit derrière une pirogue retournée, manquant trébucher sur un homme noir qui dormait là, et scruta le navire. La plainte des esclaves masquerait le bruit qu'il était susceptible de faire. Pas de lumière dans la cabine du capitaine : était-il endormi ou sorti ? Sorti, profitant de son ultime soirée à terre comme la plupart des marins : en effet, le guetteur de nuit montait la garde, penché sur le bastingage près de la proue, à côté de la lanterne. Il ne verrait rien lorsqu'il s'en écarterait. Oui, Dand pouvait embarquer en catimini, il suffisait que quelque chose attirât l'attention du guetteur.

Le garçon lorgna sur l'homme noir qui ronflait à ses pieds. Désolé, mais il n'avait pas le choix !

Il réveilla l'inconnu à coups de pied et se mit à lui crier :

– Maudit voleur ! Décampe de céans ou je te fais donner le fouet !

Il jura et pesta de sa voix la plus grave, obligea le dormeur à se lever, le menaça d'un bâton. Tout ensommeillé, l'homme se dressa tant bien que mal et s'enfuit le long de la rivière, buta bruyamment sur un chien qui bondit en aboyant, causant une diversion digne d'un troupeau de vaches.

Pendant que la sentinelle tentait de suivre le fuyard des yeux, Dand avança à la dérobée jusqu'au bout de la jetée, sauta les deux mètres qui le séparaient du bastingage de la poupe et se glissa à bord. Avant que l'agitation se fût apaisée sur le quai, il ôta sa chemise et la roula en boule autour de sa main. Il la jeta sur son épaule et, dissimulant son visage, dégringola l'échelle du pont principal et entra dans le couloir menant à la cabine, comme un marin en commission. Réussi ! À présent, une cachette sûre : il savait où la trouver !

Il ouvrit la porte de la cabine du capitaine et s'arrêta net.

– Nom d'un petit bonhomme ! Dand !

Près du lit de Maxwell, Iain était assis très droit, bouche bée.

– Laisse-moi me musser ! Ne me dénonce pas ! chuchota Dand d'un ton pressant. De grâce, Iain !

Celui-ci se tâtait.

– Tudieu, Maxwell va t'occire !

– J'aime mieux ça que Lopez.

– Ah, très bien pour toi, mais il me trucidera itou ! s'exclama Iain effrayé, tenté de crier. Je ne courrai pas ce risque pour toi !

– Tiens. Tiens.

Dand fouilla dans sa ceinture pour en sortir la pépite d'or.

– Tiens. Prends-la. De grâce, Iain !

Enfin, après avoir encore hésité une éternité, Iain acquiesça.

– Bon, d'accord, mon drôle.

Il rangea la pépite dans sa ceinture.

– Je suis le nouveau garçon de cabine de la brute. Où vas-tu te musser, pour que je ne t'aie pas trouvé, hein ?

Dand lui lança un clin d'œil reconnaissant.

– Je vas me fourrer derrière la grosse malle sous le lit de Maxwell. Tu ne m'as pas vu entrer ; si tu me découvres dans une huitaine, il décidera peut-être de ne pas te rosser.

– Sous son propre lit ! Tudieu, tu es fou !

Puis Iain se mit à rire.

– Mazette, il va être furibond ! Il faut que je voie ça, 'pas ? La tête qu'il va faire vaudra bien une raclée ! Dépêchons, il peut revenir d'une minute à l'autre.

Ils tirèrent la malle-cabine pour que Dand pût se glisser derrière, puis Iain la remit en place avec un grognement et un petit rire.

– Je t'apporterai de l'eau. Bonne chance, mon drôle !

MAILLON 13

JULIET ET DAND
Avril-mai 1795

Le troisième jour, quarante pagayeurs amenèrent le représentant du roi, transporté le long de la côte dans une pirogue dont la taille dépassait tout ce que Juliet aurait pu imaginer. Le dignitaire lui-même occupait un trône surélevé, abrité par une large ombrelle rouge frangée de perles en verre qui se balançaient, scintillantes.

Même si l'équipage défila en son honneur, tous les hommes étaient bien armés, les canons du navire chargés, inclinés au maximum en direction des pirogues susceptibles de lancer l'assaut. Les visiteurs glissèrent un coup d'œil entendu sur les canons, mais sans s'attarder davantage sur ces précautions.

Grand, musclé, le dignitaire était l'homme le plus beau que Juliet eût jamais vu, dans son court manteau japonais de soie jaune, brodé d'un dragon, et son chapeau à cornes garni d'une énorme huppe de plumes de paon. Alors qu'il gravissait l'échelle d'embarquement, une autorité calme, impressionnante, émanait de lui, en dépit de ses jambes nues. Derrière lui venaient plusieurs porteurs de lance, parés de leurs seules perles et jupes en queues de singes.

Juliet constata, heureuse, qu'elle ne rougissait pas.

– Soixante livres chacun aux enchères de Charleston ! siffla Hunt. Encore plus pour le grand élégant !

Elle fronça les sourcils. Transformer ce personnage héroïque en esclave de plantation ? Avilissant. Insultant.

Les marins avaient mis les chaloupes à l'eau et, dans l'espace libéré, bâti une longue baraque en bordure du pont principal. Les espars, abaissés et fixés entre les mâts, soutenaient un toit de palmes qui reposait sur de solides murs en lattes, tandis qu'un passage étroit s'ouvrait de part et d'autre.

– Luxueux, hein ? Mais, grâce à cette construction, ces satanés Nègres s'habituent, ne s'affolent pas et ont moins le mal de mer ensuite, avait expliqué Hunt.

Le dignitaire s'installa sur un siège dans le clair-obscur, et caressa d'une main désinvolte son chasse-mouches blanc, une queue de zèbre au manche d'ivoire sculpté. Bob Bigtooth traduisit ses propos :

– L'homme du roi dit que vous donnez la coutume maintenant, monsieur.

Owens fit signe à Juliet. Elle offrit un mousquet (avec de la poudre et des plombs), un plein quartaut de *gerebita*, un seau à charbon en cuivre rempli de

perles en verre, des chemises, du tissu à carreaux…
Le dignitaire finit par hocher la tête, satisfait. Les
gardes ne furent pas oubliés : ils reçurent chacun un
couteau, une cloche, une pipe en argile et un rouleau
de tabac.

Les cadeaux destinés au roi suivirent : un service de table en porcelaine abondamment doré, un
casque argenté orné d'un plumet d'autruche rouge et
blanc (Bert, qui avait passé des jours à le polir, se
désola de perdre cette splendeur) et un orgue.

– Disloqué en trois mois par la pourriture, et
désaccordé, des sons de porc qu'on égorge, mais les
sauvages ne savent pas en jouer de toute façon,
ricana Hunt.

Pendant la négociation de la taxe royale, le
représentant vida comme de minuscules verres
d'eau des timbales de *gerebita*.

– Cent livres, monsieur, traduisit Bob, cent
mousquets, et poudre et plombs pour aller dedans.

– C'est plus que tout ce que j'ai déjà donné ! protesta le capitaine Owens.

Trois heures et neuf litres plus tard, ils tombèrent d'accord sur trente livres, ainsi que trente uni-
formes militaires rouges et trois tonneaux de rhum.

Pendant ce temps, les porteurs de lance se pro-
menaient, soufflaient dans leur pipe, observaient les
canons pivotants. Deux de ces petits canons à main,
chargés de mitraille, étaient fixés à la poupe sur des
affûts et pointés vers le pont principal, en cas de

rixe. Un marin se tenait près de chacun d'eux, afin d'empêcher tout accident ou geste de traîtrise.

Lorsque le représentant du roi, enfin ivre et rassasié, fut prêt à partir, il appela ses gardes. Par hasard, l'un d'eux vida sa pipe à côté de la culasse d'un canon.

Il y eut une déflagration. Deux poignées de plombs gros comme du gravier creusèrent un trou de vingt centimètres dans la paroi de bois et le plancher du pont, et une pluie d'échardes s'abattit sur le représentant.

Les lances et les tromblons surgirent, mais le capitaine et le dignitaire lançaient déjà des ordres à leurs hommes : ils apaisèrent la tension avant que la bataille n'éclate.

Owens retira les échardes des jambes du dignitaire et le pansa. À la grande surprise de Juliet, l'homme ne tressaillit pas une seule fois.

– Je vous l'avais dit, monsieur ! Ils ne sentent pas la douleur ! chuchota Hunt.

Le représentant du roi accepta gracieusement un quartaut de *gerebita* entier, en guise d'excuse pour les mauvaises manières du canon, puis il agita son chasse-mouches. Le chef des gardes transperça l'idiot dont la bêtise avait embarrassé son seigneur et aurait pu lui coûter la vie. Tout le monde sourit lorsque les requins amateurs de charognes, guettant les déchets jetés par-dessus bord, se disputèrent ce repas inespéré. Justice était faite. L'atmosphère redevint cordiale.

Juliet n'avait jamais vu de mort, excepté son grand-père dont elle avait embrassé le cadavre froid, bien propre, parfumé de girofle, dans le cercueil, à mille lieues de cette violence insouciante, outrée, de la puanteur de la sueur, du sang et des entrailles. Son estomac se souleva, sa tête tourna...

La main de Hunt se glissa sous son bras et la soutint.

– Allons, courage, monsieur Smethwick! Pas question qu'ils nous prennent pour des satanés poltrons!

Il cachait un ricanement derrière un sourire affecté.

Juliet serra les dents. Elle ne vomirait pas! Pas maintenant. Et jamais en sa présence!

Le lendemain, à terre, le négoce commença. Pour éviter les maladies et les accidents, le capitaine Owens interdit à l'équipage de dépasser le petit village des marchands noirs qui se précipitèrent pour les servir. Juliet n'y voyait pas d'inconvénient: il faisait trop chaud et trop moite pour s'aventurer à travers champs ou s'enfoncer dans la forêt humide, et les énormes insectes étaient horribles! Contrairement à Tony, elle s'intéressait aux gens, pas aux plantes, et n'avait nulle envie de partir explorer la Grande Rivière mythique, cet affluent du Nil qui, supposait-on, coulait d'ouest en est (ou peut-être d'est en ouest, personne n'en savait rien) loin vers le nord. Elle refusait d'aller au-delà des huttes rondes des indigènes, avec leurs murs d'osier et leurs bébés heureux, potelés. Les oiseaux avaient un plumage étincelant, mais leurs cris étaient durs, peu mélodieux ; certains pouvaient apprendre à parler, et quelques marins en achetèrent, ainsi que des singes, mais pas Juliet. Elle fit néanmoins l'acquisition d'une idole en bois sculpté, et rougit lorsque Jim lui dit :

– C'est pour que femme a bébé garçon !

Jim envoyait jusqu'au navire des esclaves enchaînés, une vingtaine par jour au début. Juliet comprit vite qu'elle devait fuir leur regard. Elle supportait leurs prières pitoyables, leur désespoir, leur douleur… à condition de ne pas les regarder dans les yeux. Ils n'étaient que des marchandises, se répétait-elle fermement. Pas des personnes. Ils seraient mieux parmi les chrétiens que dans la jungle. Ils étaient absolument nécessaires. Ils ne tarderaient pas à s'habituer et à être contents.

Seulement ne pas les regarder dans les yeux…

Six semaines plus tard, assise près de monsieur Hunt à l'ombre d'un palmier, elle observait la scène autour d'elle sous son chapeau de paille à large bord.

Sur le côté, un homme retirait la corde commune de quatre esclaves, premier arrivage depuis huit jours. Jim leur présentait désormais de petits marchands venus de l'intérieur du pays, qui n'amenaient que deux ou trois prisonniers chacun. Tour à tour, les Noirs devaient s'avancer, souvent terrifiés par les visages blancs. Le travail de Juliet, en compagnie de Hunt ou de Cartwright, consistait à les examiner avec soin et à informer de la moindre imperfection le capitaine qui, allongé dans un hamac sous les palmiers, discutait chaque prix avec le marchand, par l'entremise de Jim et de Bob.

À proximité brûlait un brasero où chauffaient les fers à marquer nouvellement achetés. Certains esclaves hurlaient ; d'autres gardaient durant l'épreuve un silence fier ou maussade. Le forgeron leur rivait un collier de fer, leur mettait des menottes et entravait deux par deux les fauteurs de trouble éventuels.

– Jim nous traite avec tous les honneurs ! apprécia Hunt. Des mois de navigation, que je sois maudit si j'exagère, à la recherche d'une satanée cargaison, mais nous avons déjà deux cent quatre-vingts esclaves, dont deux tiers d'hommes. La raison de notre présence ici, bien sûr. Dans un fort ou une ville, il faut payer une satanée fortune en coutume, et le roi vous oblige à acheter tous ses esclaves avant de vous laisser parler affaires avec quelqu'un d'autre. De la camelote, pour une large part, et un satané prix, en plus !

Il montra, effondré à leurs pieds, le jeune homme qu'ils venaient d'examiner.

– Mais regardez ce gars ! Nous l'obtiendrons pour, oh, disons dix livres, et le revendrons quarante. Et nous avons de la cire, n'est-ce pas ?

– Déjà presque une tonne, confirma Juliet. Et quatre-vingt-quatorze défenses d'éléphants.

– Un satané bon voyage en perspective. Hou, maudite soit cette fournaise !

Hunt souffla, s'éventa, gratta sous sa culotte sa peau irritée par les poux et la chaleur.

– Armer un navire coûte peut-être dix mille livres, déclara Juliet en secouant la tête, admirative.

– Une montagne d'argent, monsieur ! sourit Hunt. Mais un capitaine habile amortit ce capital en deux ou trois traversées, et ensuite, avec un peu de chance, quelle mine d'or !

S'efforçant d'oublier les plaintes et les hurlements, la puanteur des latrines, l'odeur de roussi et les effluves de sueur étrangement lourdes des Noirs, la peur et la honte du jeune à ses pieds, Juliet demanda :

– La chanson dit-elle vrai, alors ? « Méfie-toi, méfie-toi du golfe de Bénin, car il en entre cinq, mais il n'en ressort qu'un » ?

– Un sur cinq ? Plutôt un sur dix. C'est l'enfer ici. L'enfer.

Il agita la palme qui lui tenait lieu d'éventail pour appeler une fillette portant une calebasse de bière.

– Un incendie, une attaque des Noirs, une mutinerie, un naufrage, les pirates, une tempête, un échouement, une rixe, une douzaine de maladies, l'attente interminable d'une cargaison ou une satanée malchance : tout peut arriver.

Hunt souleva la calebasse.

– Voilà pourquoi nous achetons ces choses-là. Fichu pays, hein? Des fruits durs comme du bois! Mais assez solides pour servir de bols et de cuillères, et moins dangereux. J'ai vu un homme au crâne défoncé par une assiette en bois. Impossible de se fier à ces Nègres, grogna-t-il, maudits soient-ils. Ils essaient de s'échapper par tous les moyens.

– Ne feriez-vous pas de même, demanda Juliet avec une ironie désabusée, si vous étiez capturé et asservi?

Il se fâcha contre elle.

– Rien à voir! Je ne suis pas noir! Attention à ce que vous dites, Smethwick! De satanés sournois, tous autant qu'ils sont, que Dieu les maudisse, oui, et que les femmes les aident. Le moindre morceau de métal peut se transformer en couteau, même une satanée cuillère. Le moindre bout de bois peut se transformer en gourdin. Une erreur, et vous êtes mort! Gardez toujours votre pistolet à portée de main. Il peut vous sauver.

Il tapota les pistolets à sa propre ceinture.

– Et ouvrez l'œil. Avec l'habitude, vous distinguerez vite les mauvais sujets. Voyez ce grand gaillard qu'ils font courir sur la plage? Il va causer des ennuis… Je le savais! L'oiseau s'envole!

L'homme dont ils éprouvaient l'agilité s'était libéré. Avec une prise de lutteur, il brisa le cou d'un garde de Jim et s'enfuit à toutes jambes. Sans même se lever, Hunt tira l'un de ses pistolets, visa et fit feu. L'homme trébucha et tomba, toussant du sang, son visage labourant le sable.

—Au vol! Un satané bon tir, hein?

Aux pieds de Hunt, le jeune gémit de peur.

—Voilà qui servira de leçon aux autres!

—Monsieur Hunt! Ne gaspillez pas la marchandise! cria Owens.

—Nous ne l'avions pas payé, monsieur! répliqua Hunt.

—Ah. Très bien, alors. Dieu sauve son âme. Amenez-moi celui-ci.

Tandis que Hunt mettait le jeune Noir debout à coups de pied et le poussait vers le capitaine, Juliet quitta son siège, la gorge serrée.

—Vous n'avez pas besoin de moi, monsieur. Une chaloupe est prête à conduire les premiers sur le navire. Je vais les accompagner et envoyer d'autres tissus, déclara-t-elle.

Il fallait absolument qu'elle s'éloigne...

Une femme chargée d'un bébé se débattait près de la chaloupe.

—Venez, monsieur! appela le maître d'équipage.

Il immobilisa la femme pendant que Juliet pataugeait, de l'eau jusqu'aux genoux, et montait à bord. Puis il s'empara du bébé, qu'il lança à Juliet. Vaincue, la femme se précipita derrière l'enfant et s'effondra au milieu des Noirs déjà installés dans la chaloupe.

– Facile de manier ces Nègres quand on connaît les astuces ! Tenez bien ce moutard, monsieur, parce que, si elle l'attrape, elle est capable de se jeter par-dessus bord pour fuir, mais elle ne le fera pas tant que vous le garderez. Nous ne voulons pas qu'elle se noie, n'est-ce pas ?

– Pas maintenant que nous l'avons payée, acquiesça Juliet avec amertume.

Elle essaya de ne pas lâcher l'enfant qui hurlait et se trémoussait tandis que les pagayeurs noirs manœuvraient la chaloupe bondissant à travers le ressac. C'était toujours une expérience enivrante, même dans ces circonstances.

Prenant ses paroles pour une boutade, les marins rirent.

– Bien vrai, monsieur, bien vrai ! Le métier rentre !

Le maître d'équipage fit un geste de confidence.

– Au début, certains de nous pensaient que vous n'aviez pas les tripes pour le commerce du bois d'ébène. Certains de nous, lança-t-il, ricaneur, à l'un de ses matelots, prétendaient que vous étiez un de ces damnés ennemis de l'esclavage, fureteurs et pleurnicheurs. Mais moi, je soutiens que vous êtes de l'étoffe qui convient : tranquille et distingué, jamais hautain, un parfait gentilhomme, mais solide à l'intérieur, viril ! Si je puis me permettre une telle audace, monsieur.

– Euh… merci, monsieur.

À quel point pouvait-il avoir tort ? Elle, solide ? Quelle plaisanterie ! Délicate et sentimentale, larmoyante, une véritable fille, tout ce qu'elle méprisait…

Mais voulait-elle ressembler à Hunt ? Ou même au capitaine ?

À bord, elle se dirigea vers la poupe, où les marchandises avaient été entassées afin de permettre aux charpentiers de construire dans la cale des parcs à esclaves. Dans l'abri central, un quart des esclaves déjà achetés, dont c'était le tour d'aller sur le pont, finissaient, l'air malheureux mais apathiques, leurs bols d'ignames bouillies. Un homme qui refusait de manger avait reçu le fouet, mais ses compagnons avaient retenu la leçon : les instruments à ouvrir la bouche n'avaient pas été nécessaires. Un marin leur jouait de la flûte (la musique contribuait à les apaiser) ; certains actionnaient la pompe, arrosaient les ponts au jet et s'aspergeaient mutuellement d'eau de mer sous l'autorité de Bob le truchement. Comme le disait le capitaine Owens, l'oisiveté est mère de tous les vices, plus vite ils apprenaient à obéir et à se rendre utiles, mieux c'était, et ils voyaient ainsi que l'on prenait soin d'eux. La vingtaine de rebelles entêtés qui se débattaient, criaient et secouaient leurs chaînes étaient confinés en bas, isolés du reste. Tant qu'ils ne seraient pas calmés, ils n'auraient pas la permission de monter sur le pont.

Juliet longea le mur de la baraque. Celle-ci, tout comme la cale au-dessous, était divisée en deux, au niveau du mât principal, par une palissade transversale, hommes à l'avant, femmes à l'arrière. Certains se parlaient à travers la cloison. Des couples ? Les Noirs avaient-ils leurs mariages à eux ? Hunt disait que non, pas plus que les vaches, mais le capitaine Owens affirmait qu'ils achetaient leurs épouses, de sorte que les femmes troquaient simplement une forme d'esclavage contre une autre. De toute façon, peu importait ; ce n'était pas une union chrétienne, et ils seraient sans doute séparés lors de la vente. Pauvres âmes…

Assez d'apitoiement !

Complotaient-ils une révolte ? Si c'était le cas, ils échoueraient. Les mousquets et les tromblons étaient chargés, en place, et les canons pivotants étaient prêts eux aussi.

Juliet était occupée à fouiller dans ses caisses lorsqu'un cri lui fit lever la tête.

– Navire à l'approche, monsieur, par l'est !

Une vingtaine de vaisseaux s'étaient arrêtés un moment pour échanger des informations. Même aux yeux inexperts de Juliet, celui-ci paraissait sale, et la puanteur et les plaintes qui s'en échappaient suffisaient à vous retourner l'estomac. Toutefois, malgré son aspect négligé, le négrier étouffa soigneusement ses voiles et s'immobilisa à une cinquantaine de mètres.

Monsieur Cartwright, officier du quart, se glissa entre deux piles de caisses pour adresser des salutations dans son porte-voix.

– Ohé, *Daisy* ! Des nouvelles ?

– Les marchés sont-ils prospères ? cria le capitaine de la *Daisy* avec l'accent écossais.

Ils se communiquèrent les rumeurs. Abondance d'esclaves ces temps-ci en Angola : la *Daisy* espérait conquérir les marchés avec les premiers d'entre eux. Fièvre jaune à Bonny, variole à Fort James. En Jamaïque, une fille avait rapporté presque trois cents livres ! Des corsaires français infestaient les Indes occidentales.

Alors que Juliet écoutait, quelqu'un lui toucha la manche.

– Monfieur ! Regardez, monfieur !

Un doigt posé sur les lèvres, Bert l'entraîna de l'autre côté de la poupe et avança la tête par-dessus le bastingage. Juliet jeta un coup d'œil et se figea. Au-dessous d'elle, s'accrochant désespérément au câble de l'ancre, il y avait un garçon. Un garçon noir... non, blanc, mais noirci de la tête aux pieds par les meurtrissures, par le sang qui suintait de ses coupures et de ses écorchures. Un aileron triangulaire fendait l'eau...

L'inconnu fuyait sans doute la *Daisy*. Bert noua une boucle à l'extrémité d'un rouleau de corde.

– Vite, monfieur, finon le requin l'attrapera. Et filenfe, hum ?

Elle devait sauver le garçon, évidemment, mais ne fallait-il pas avertir monsieur Cartwright ? Bert voulait qu'elle se taise. Que valait-il mieux faire ?

D'abord, hisser le malheureux. Personne ne regardait. Elle donna le signal. Bert jeta la corde au garçon, qui la passa autour de son corps et s'élança vers le flanc du navire, talonné par l'aileron, menacé par le gouffre béant… Mais Juliet et Bert tirèrent, le garçon s'agrippa de tous ses doigts, de tous ses orteils, aux moindres fentes et aspérités, grimpa frénétiquement pour échapper aux mâchoires, et franchit enfin le bastingage. Déçu, le requin s'éloigna dans un tourbillon.

Les officiers avaient-ils vu la scène ? Non : une pile de paniers remplis de cauris les masquait.

Le garçon, haletant aux pieds de Juliet, leva vers elle ses yeux bleu vif. Elle reconnut à peine la langue anglaise, tant l'accent était fort, guttural.

– Permettez-moi de rester céans, monsieur, pour l'amour du ciel ! Sinon, il me trucidera !

Elle tressaillit en l'examinant : elle n'avait aucune peine à le croire.

Derrière elle, un cri monta soudain.

– Dand ! Où est ce drôle ? Hé, *Kestrel*, est-ce qu'un drôle, un garçon blanc, a grimpé à bord ? Il a filé, le fourbe ! Je vais lui tanner le cuir ! Vous me le renvoyez, m'oyez-vous ? J'ai donné une belle somme d'argent pour l'avoir ! Je vais l'occire ! Qui est ce garçon que j'aperçois là-bas ? Est-ce lui ? Êtes-vous en train de me le voler ?

– Qui est-ce, Smethwick ? cria Cartwright, rendu glacial par l'accusation.

Près des genoux de Juliet, un panneau s'ouvrit et se referma. Le garçon avait disparu. Bert s'assit sur le bloc de bois où il s'était caché durant la visite des racoleurs, essuya du pied une flaque de sang sur le pont et cligna de l'œil.

Renvoyer un garçon à une mort certaine ? Pas question ! Sûre d'elle tout à coup, Juliet se retourna.

– Je ne vois que Bert, monsieur, mais il y a un requin tout excité près de la chaîne de l'ancre, et l'eau est rouge de sang !

Pas un mensonge là-dedans...

MAILLON 14

Juliet, Dand, Gbodi, Hassan
Mai-juin 1795

Le capitaine Maxwell poursuivit sa route à l'ouest, admettant avec colère que son jeune esclave était mort. Cependant, ce soir-là, le courroux envahit le capitaine Owens.

Sur une couchette dans l'infirmerie, car il était trop faible pour tenir debout, Dand expliqua :

– Je serais resté chez le capitaine Maxwell, oui-da, monsieur. Le ciel m'est témoin, je grillais de rester. Mais il est entré dans une ire terrible, monsieur, quand il m'a découvert. Une ire effroyable. Il m'a quasiment battu à mort, et tous les jours pareil. Il jurait qu'il allait m'occire pour me punir de l'avoir laissé choir. Mais c'est lui qui m'a laissé choir, monsieur !

Honteux de sa faiblesse, il essuya ses larmes et sa morve du dos de la main.

– Il voulait m'occire. Ou alors il disait qu'il me ramènerait au voyage ensuivant, monsieur, pour me rendre et rembourser ses dettes de jeu.

Owens réfléchit longuement, l'air froid. Il finit par concéder :

222

– Puisque tu es ici, je vais soigner tes blessures, jusqu'à ce que je puisse te restituer à ton maître.

– Non, monsieur ! De grâce ! souffla Dand.

Owens demeura inflexible.

– La loi m'interdit d'aider un esclave à s'échapper. Elle ne spécifie ni la couleur de peau ni la nationalité.

Il se tut un instant pour s'assurer que le garçon n'oserait pas protester davantage, puis il reprit :

– Néanmoins, elle n'exige pas de moi que je fasse des efforts particuliers pour le restituer. La *Daisy* était en partance pour la Jamaïque ? Nous voguons vers Charleston. Si le Seigneur veut que nous ne revoyions pas ton maître et que tu t'esquives de mon navire au mouillage, je ne serai aucunement obligé de te pourchasser.

Il ignora l'espoir et la joie naissante sur le visage de Dand, et sortit d'un pas digne.

– Merci, monsieur ! Dieu vous bénisse !

Dand se rallongea, grimaçant, sanglotant presque tant il avait repris espoir. Derrière le visage sévère du capitaine se cachait une bonté indéniable.

Dans la cabine principale, Juliet et Bert n'en bénéficièrent pas.

– Toi, mon garçon. Douze coups de bâton, à l'endroit où ils feront le plus de bien. Ensuite, durant un mois, tu passeras tes journées sur la barre de flèche avant, sauf ordre contraire. Et pas de rhum non plus pendant un mois. Tu peux disposer.

Bert se précipita dehors, la mine consternée : recevoir une correction était un désagrément passager, rester perché sur un espar pendant des heures était douloureux, barbant, fatigant, mais ne pas boire de rhum était une privation terrible.

Juliet s'arma de courage. Son tour était venu.

– Comment avez-vous osé, monsieur Smethwick ? lança Owens d'une voix tranchante.

– Le garçon a été enlevé, monsieur ! protesta-t-elle.

– À ce qu'il prétend. Avez-vous entendu la partie adverse ? Pour autant que nous le sachions, il s'agit d'un apprenti sous contrat légal, qui mérite la prison pour avoir rompu son engagement, et quiconque l'aide encourt la même peine ! Il pourrait aussi être un déporté, en fuite ou autorisé à sortir !

– Mais ses blessures, monsieur… La charité chrétienne…

– Vous osez me faire la leçon, monsieur ? Il a peut-être commis un vol ou participé à une rixe. Est-il susceptible de l'avouer ? Avez-vous réfléchi à cela ? Avez-vous seulement réfléchi ? Vous avez aidé un esclave, propriété d'un autre homme, à s'évader.

– Il est blanc, monsieur !

– Taisez-vous, monsieur ! Vous avez menti par mauvaise information, aidé un membre de mon équipage à tromper son supérieur, introduit clandestinement à bord un voyou peut-être dangereux et fait de moi le complice de votre malhonnêteté !

Votre manque de sens moral me déçoit, monsieur.
Votre père ne sera pas plus impressionné que moi.

Sachant que tous les marins à proximité des
fenêtres et portes de la cabine tendaient une oreille
indiscrète, Juliet serra les dents pour se retenir de
répliquer. Owens posa sur elle un regard froid.

– Jusqu'à nouvel ordre, vous passerez tous vos
moments de loisir sans exception dans votre cabine,
à considérer vos péchés !

– Oui, monsieur.

Juliet se détourna, très raide. Elle était contente
de s'en aller. Dans le réduit minuscule, elle pourrait
au moins maudire (ou pleurer) en secret. Et Grand-
Maman Smethwick, qu'en penserait-elle ?

Le même jour, à une trentaine de kilomètres à
l'intérieur des terres, Gbodi dissimula sa joie lorsque le
chef des marchands tomba malade. Tout se passait
comme Omu l'avait annoncé – oh, sage Omu ! Par son
obligeance et ses sourires, elle avait gagné la confiance
de tous. Alors qu'elle empoisonnait avec précaution le
contenu des marmites, personne ne la soupçonnait de
causer l'infection. Ses dieux étaient avec elle.

Hassan était terrifié. À des mois de voyage de
chez lui, il errait dans un marécage moite, nauséabond, infesté de moustiques et de sangsues. Les
esclaves étaient affaiblis et souffrants, son père déli-
rait ou gisait sans connaissance la plupart du temps.
Tout reposait sur ses épaules.

Uzum avait emporté une badine flexible, qui était plus un signe d'autorité qu'une arme. Hassan s'en servit néanmoins : il déchargea sa peur et sa frustration sur les esclaves, les pagayeurs et les gardes. Il les fouetta tous au point que les gardes se rebellèrent et que les guides, par vengeance, l'égarèrent dans la mangrove marécageuse, où il n'y avait pas de terrain ferme sur lequel camper et cuisiner, et s'enfuirent. La crainte ne le quittait pas ; le couteau de son père était toujours à sa ceinture, son mousquet à portée de main. Mais avait-il le choix ? Il ne devait pas échouer ! Il fallait qu'il cache son affolement. Il devait atteindre la mer ! Rien ne devait l'arrêter !

Au fil de journées épuisantes, il poussa ses hommes à continuer vers le sud, dans une tension extrême, à travers le fouillis du marécage. L'eau se mit à monter et à descendre, prit un goût salé. Uzum, pendant une période de conscience, lui dit que c'était la marée.

– Père, nous sommes près de la mer ? Louange à Allah !

« Ô toi qui secours les infortunés, secours-moi, guide-moi… » Alors qu'il relevait la tête, un matin, après la prière, il vit une pirogue émerger de l'ombre des palétuviers. Elle s'approcha des embarcations où frissonnait Uzum, allongé sur sa natte. Les gardes furent aussitôt en alerte, mais les inconnus sourirent et ouvrirent les mains. Un homme indiqua les quarante-trois esclaves enchaînés dans les pirogues, et dans un haoussa assez correct, déclara sans ambages :

– *Salaam*. Je m'appelle Tafawa Jimoh. J'achète des esclaves.

Malgré cette brusquerie grossière, Hassan faillit lui sauter au cou tant il était soulagé.

Uzum, réveillé pour une fois, approuva d'une voix faible :

– Assurément, tout s'accomplit selon la volonté d'Allah.

– Les esclaves sont malades, beaucoup meurent bientôt. Vingt cauris chacun, si j'achète la cargaison, proposa Jimoh.

Être débarrassé de tous, quel soulagement ! Non, réfléchis ! Hassan se ressaisit, essaya d'avoir l'esprit vif.

– Non, c'est trop peu ! *Ya Allah*, ils sont seulement fatigués par le voyage, ils seront bientôt rétablis.

Il pointa le menton vers une petite fille qui s'était montrée très serviable au cours des derniers jours.

– Cette fillette est travailleuse, aimable et zélée, toujours bien portante. Je demande trente manilles de fer pour elle seule.

Jimoh secoua la tête.

– Le roi peut payer autant ? Pas moi ! Mais vous connaissez la mer, les navires, l'homme blanc ? L'homme blanc achète des esclaves et des dents d'éléphants, c'est sûr. L'homme blanc est idiot, il paie un prix élevé. Vous m'offrez cinquante manilles, je vous guide. L'homme blanc a des belles marchandises, beaucoup de mousquets, de la poudre. Marché conclu ?

Hassan allait voir des hommes blancs, en fin de compte !

– Dix manilles.

Ils tombèrent d'accord sur vingt. Un large sourire aux lèvres, Hassan fit un moulinet avec sa badine.

– De la poudre à canon, Père ! Un gros bénéfice, et nous verrons la mer et les hommes blancs ! *Ya Allah* ! Louange à Celui qui guide tous Ses serviteurs, et à Muhammad Son prophète, que la bénédiction soit avec Lui ! En route, tout le monde !

Les pagayeurs, heureux que quelqu'un sache enfin où ils allaient, se précipitèrent dans le sillage de l'inconnu. Tout au fond de la tête d'Hassan, une légère inquiétude lui soufflait que ce n'était pas une bonne idée, que l'affaire était suspecte. Mais il était trop soulagé pour l'écouter.

Trois heures durant, ils suivirent l'inconnu : le chenal tortueux s'élargit, les arbres au-dessus d'eux s'espacèrent. Tous se cramponnèrent aux flancs de la pirogue lorsque de longues vagues lentes se mirent à rouler sur leur passage. Il y eut des fracas de pagaies entrechoquées avant que les pagayeurs s'adaptent à la houle. Puis les berges s'écartèrent de chaque côté en courbe douce, s'ouvrirent sur une vaste, terrifiante et unique étendue d'eau, non plus marron, mais bleue.

L'un des esclaves hurla. Certains gardes firent de même.

– Attention ! Chavirer dans les vagues, non !

Jimoh orienta gaiement Hassan vers la droite, au milieu de la houle mais à l'écart des palétuviers enracinés directement dans la mer. Après une nouvelle heure de trajet, la limite des palétuviers recula et une plage de sable apparut.

– Nous marchons maintenant. Pas loin.

Jimoh ne leur laissa pas le temps de bavarder : il les conduisit le long du rivage en une file irrégulière qui portait les défenses d'éléphants et Uzum sur sa natte. Ici, au moins, ils avaient sous les pieds du sable compact, au lieu de la boue visqueuse et fétide. Puis, alors qu'ils franchissaient un promontoire, Hassan s'arrêta net. Devant eux flottait une maison. Non, un navire. Quel prodige !

Il y avait des hommes sur le rivage. Ils étaient rouges de peau, pas blancs comme sa grand-mère ; mais leurs cheveux flottants étaient rayés de brun, leurs yeux avaient une pâleur de fantôme. Lorsque certains gardes sifflèrent, effrayés, Jimoh les rassura :

– Pas peur du tout ! Vous voyez l'homme blanc !

Il s'avança vers les hommes rouges venant à sa rencontre, sourit et plaisanta dans son mauvais anglais :

–Jim brave homme, hein ? Dit que apporte esclaves, beaucoup !

Hassan constata avec plaisir qu'il comprenait quelques mots. Sa grand-mère ne lui avait pas menti ! Bientôt, il parlerait d'elle aux hommes blancs, ils deviseraient et mangeraient ensemble, et peut-être qu'il pourrait aller visiter le grand navire.

Une pirogue fila sur le ressac en direction de la maison flottante.

–Il va prendre des mousquets et de la poudre pour vous. Maintenant vous venez, je parle pour vous à l'homme blanc, vous vendez les esclaves et vous recevez beaucoup de marchandises, expliqua Jimoh, avec un sourire encourageant, dans son haoussa maladroit.

Accroupie près d'Uzum, selon son habitude, Gbodi observait la scène avec attention. Certains esclaves tremblaient de peur devant les fantômes rouges, mais c'était stupide. Ils ne l'engraisseraient pas pour la manger, Omu le lui avait garanti. Elle y croyait dur comme fer. Ses dieux étaient toujours avec elle. Peut-être qu'ils avaient envoyé ces gens aux yeux pâles pour l'aider à se venger du bourreau qui avait battu Omu avant de les séparer.

Un jeune homme passa. N'attends pas… Elle lui adressa un sourire radieux.

De toute la semaine, Juliet avait à peine vu la lumière du jour. Pas une seule fois elle n'avait conversé avec Bert. Les marins appréciaient Dand, mais la plupart d'entre eux condamnaient son geste à elle. Monsieur Cartwright était furieux qu'elle l'eût berné. Hunt, bassement flatteur, applaudissait son audace et compatissait. Suivant le conseil d'Owens, elle passait son temps à réfléchir, et ses pensées n'avaient rien d'agréable. Voir un sourire aussi amical et radieux la réconforta. L'enfant… oui, c'était une esclave marquée, mais elle semblait heureuse ; peut-être que la condition d'esclave était moins horrible que Juliet avait failli le conclure. Elle sourit à son tour.

Hassan fut enchanté des prix négociés pour les esclaves et l'ivoire. Après un examen rapide, les esclaves furent de nouveau marqués, certains pour la troisième ou la quatrième fois, et enchaînés. Ils hurlèrent en sentant le métal au lieu de la corde : c'était la preuve définitive qu'ils ne rentreraient jamais chez eux.

Lorsqu'on l'appela, Gbodi s'approcha docilement, mais elle se raidit sous le poids du collier de fer. Elle s'était figuré qu'elle ne craignait rien, qu'elle s'échapperait et rentrerait au village ; elle avait presque vécu dans une nouvelle bulle, qui venait d'éclater dans l'étau de métal froid. Mais elle se calma ; Omu n'avait pas dit qu'elle ne craignait rien, pas exactement. Il l'avait encouragée à s'échapper et à résister. Voilà ce qui la protégerait vraiment : agir plutôt que pleurer. S'il fallait qu'elle supporte ces fers, elle les supporterait sans hurler ni gémir.

Presque distraitement, elle s'agenouilla près de l'enclume. Le marteau résonna, lui riva le collier autour du cou. Avec froideur, en silence, elle se redressa, sentit la pression, la brûlure sur son cou, la douleur de sa plus récente marque au fer rouge. Ils le lui paieraient.

Les esclaves autour d'elle la considéraient avec gêne. Cette enfant les troublait. Il y avait quelque chose d'anormal chez elle. Elle souriait, elle n'avait pas peur. Était-elle folle ?

L'homme aux yeux pâles, près du brasero, sourit et lui tapota l'épaule en tenant des propos approbateurs. Gbodi lui fit son sourire radieux. Maudit sois-tu…

Elle revint s'accroupir tranquillement à côté d'Uzum et ramassa son éventail. Personne ne l'en empêcha, car elle paraissait calme et n'essayait manifestement pas de se sauver.

Lorsque le prix de la dernière défense fut fixé, le seigneur blanc fit signe d'apporter à boire ; Hassan se leva et descendit informer son père, plus bas sur la plage. Juliet lui sourit. Lui n'était pas esclave, elle pouvait le regarder dans les yeux.

–*Salaam*.

Le mot signifiait « paix », lui avait appris Bob.

–*Salaam aleikum*[1], répondit Hassan en s'inclinant.

1. Paix sur toi.

Son père dormait. Cet inconnu était peut-être la personne à qui parler, un jeune homme comme lui. Il posa son précieux mousquet sur la natte, à l'abri du sable, prit une profonde inspiration, se montra du doigt et déclara soigneusement :

– Hassan, moi. Papa moi, continua-t-il en indiquant Uzum, papa moi, maman lui, Bridie Treworthy, pays elle, Angleterre. Turo, Cornailles.

Il répéta les mots avec lenteur.

– La maman de votre papa… son pays est l'Angleterre ? demanda Juliet en plissant les yeux. Turo ? Cornailles ? Treworthy… c'est un nom du Sud. Truro, en Cornouailles ! Bien sûr !

Elle exultait. Hassan hocha la tête, ravi. Les mots enseignés par sa grand-mère fonctionnaient !

Riant presque sous le coup de la surprise, Juliet prit Hassan par la main et l'entraîna vers le capitaine qui descendait la plage dans leur direction, en compagnie de monsieur Cartwright.

– Monsieur, ce garçon connaît un peu l'anglais. Il m'a expliqué que sa grand-mère est de Truro !

– L'anglais ? Ce sera utile, merci, monsieur Smethwick, répondit Owens d'une voix distraite.

La pirogue était de retour. Une vingtaine de marins bondirent sur le sable, chargés de cabillots[1] et de mousquets, et s'approchèrent au pas de course.

1. Cheville en bois dur ou en fer.

– Voici votre coutume, commença Juliet, puis elle s'interrompit.

Les hommes se déployaient autour des gardes d'Hassan, de sorte que l'un d'eux, méfiant, pointa son propre mousquet. Le maître d'équipage hurla :

– Saisissez-les, mes gaillards !

Et les marins s'élancèrent, jouant des pieds, des poings et de leurs gourdins pour envoyer au sol les gardes et les pagayeurs.

– Quoi… mais… monsieur ! C'est une perfidie, monsieur ! s'écria Juliet. Non ! Comment pouvez-vous ?…

– Vous vous croyez à un goûter de votre maman ? Jeune niais ! s'esclaffa Cartwright. Soixante-treize esclaves pour de la petite monnaie ! Notre cargaison est complète. Et de l'ivoire, en plus ! Voilà comment faire du bénéfice ! Brave homme, Jim ! Une grosse, grosse coutume !

Derrière lui, Tafawa Jimoh, jubilant, faisait signe à ses propres hommes d'aider les Blancs à rattraper les quelques fuyards. Ces gens n'étaient que des étrangers venus de l'intérieur du pays, il n'y aurait personne pour s'offusquer de leur capture et tout gâcher. La manœuvre avait été si simple, il avait à peine eu besoin de ses talents de comédien pour duper le jeune imbécile. Il les avait menés comme des chèvres à l'abattage. La coutume des hommes blancs serait assez grosse pour qu'il s'achète une autre femme ; et sur le rivage, à leur insu, il avait deux bonnes pirogues prêtes à partir

234

commercer en amont. Un tel bénéfice, sans effort, sans frais, sans risque : excellente affaire !

Sur sa natte, Uzum se réveilla, alarmé. Voyant la bataille, il leva le mousquet d'Hassan. Une détonation claqua – mais ce n'était pas lui qui avait tiré. Ah, quelle douleur dans sa poitrine... Uzum retomba en arrière, un air de stupéfaction totale sur le visage. Une main flasque bascula sur le côté, morte, et frappa le pied de Juliet, plantée là, pétrifiée par l'horreur.

Hassan s'aperçut qu'il tenait toujours la main du jeune garçon blanc, et se libéra d'une secousse. Ses pensées se bousculaient : – sauve-toi ! Père – Allah, il est mort ! Allah me vienne en aide – cours ! Hurlant de terreur, il évita Cartwright qui voulait l'arrêter, s'enfuit...

Discrètement, Gbodi se ramassa, tendit une jambe maigre et lui fit un croche-pied. Alors qu'il tentait de se relever, elle lui attrapa la manche et lui tira le bras, si bien qu'il s'écroula de nouveau. Deux marins se jetèrent sur lui et le hissèrent sur ses pieds au milieu des cris :

– Je le tiens !

– Emmenez-le vers le feu, mes gaillards !

– C'est le dernier !

Les yeux d'Hassan, écarquillés par l'effroi, rencontrèrent ceux de Gbodi au-dessus du cadavre paternel.

Elle lui sourit, suave. Le jeune visage rouge la remarqua, et son sourire s'élargit encore.

Les maillons réunis

MAILLON 15

Mai 1795
Bénin, Atlantique

Peu habitué à rester inactif, Dand quitta l'infirmerie dès qu'il put bouger sans trop de difficultés. Il devint ami avec le cuisinier en l'aidant à surveiller les chaudrons de haricots bruns. Aussi gros que sa main, accompagnés de lard et de poivre, ils chauffaient continuellement pour les esclaves, car ceux-ci arrivaient par groupes de quatre-vingts. Lorsque les marins commencèrent à démonter la partie de la baraque réservée aux femmes, Dand était heureux, l'estomac plein de haricots ; avec un peu de chance, il ne reverrait jamais la *Daisy*.

Le capitaine Owens parlait à un convoi d'esclaves gémissants qui venaient tout juste d'embarquer.

– Nous n'allons pas vous dévorer, traduisit Bob Bigtooth en trois langues. Nous vous emmenons dans notre pays creuser le sol, faire pousser nos récoltes. Vous aurez à boire et à manger. Vous serez bien traités si vous vous conduisez bien. Si vous vous conduisez mal, si vous résistez, refusez la nourriture ou essayez de frapper un homme blanc, vous serez punis. Mais tant que vous obéirez, personne ne vous fera de mal. Voici votre repas. Mangez et reposez-vous.

Un garçon se mit à hurler, d'une voix hystérique, quelques mots d'anglais maladroits :

– Pas esclave, moi ! Hassan, moi ! Papa moi, maman lui…

Un marin le projeta sur le pont, sanglotant. À la surprise de Dand, certains nouveaux venus l'attaquèrent alors qu'il gisait là, lui lancèrent des coups de pied et des cris, au point que les marins durent les retenir.

Les esclaves qui étaient à bord depuis quelque temps firent la queue près du guichet pour la distribution des calebasses de haricots. Ils montrèrent l'exemple aux autres, dont beaucoup, qui n'avaient pas mangé à leur faim durant des semaines, parurent étonnés de recevoir autant. Le repas terminé, une flûte retentit.

– Dansez ! Dansez ! ordonnèrent les marins.

De mauvaise grâce, les hommes se mirent à sautiller ; pour quiconque refusait l'exercice, c'était un coup de corde à nœuds.

Dand aida le cuisinier à traîner le chaudron jusqu'au quartier des femmes. L'une, assise près de la paroi extérieure, tenait dans ses bras un bébé maladif. Un marin la poussa du coude vers la file d'attente, mais elle ne bougea pas. Lorsque l'homme leva sa corde, une petite fille s'interposa, le gratifia d'un sourire et commença à parler à la femme.

— Bonne petite ! s'exclama le marin, qui obtint en réponse un sourire si radieux que son propre visage s'éclaira.

Sans cesser de sourire, Gbodi chuchota à l'oreille de la femme :

— Souris, obéis-leur, et résiste quand tu peux.

Elle devait transmettre les paroles d'Omu.

— Nos dieux sont toujours avec nous. Souris, apprends ce qui nous aidera à combattre les fantômes rouges. Si tu te laisses mourir de faim, tu n'auras pas la force de te battre. Maintenant, mange, prends des forces !

Une voisine plus âgée traduisit et ajouta dans sa propre langue :

— Cette fillette dit vrai. Sourions et mangeons, et résistons quand l'occasion de nous échapper se présentera.

Toutes les femmes rassemblées eurent un murmure approbateur. L'une d'elles se mit à chanter au son de la flûte :

— Sourions et mangeons, prenons des forces ! Mangeons, prenons des forces, sourions !

— N'oublie pas que l'homme rouge à la peau noire comprend ce que nous disons ! rappela la plus âgée.

La chanteuse continua en affirmant :

— Nos dieux sont ici. Mangeons, sourions, prenons des forces !

Une femme susurra à travers la cloison :

– Sourions, mangeons, prenons des forces pour les combattre !

Quelqu'un émit un grognement complice. Au bout d'une minute, les voix masculines se joignirent au chœur. Les marins se détendirent, le sourire aux lèvres. Les hommes dansaient de plus en plus vivement, frappaient du pied en signe de défi, riaient, chantaient, criaient :

– Mangeons, prenons des forces, sourions !

Tous les visages s'illuminaient. Gbodi sourit. Omu avait raison : c'était le bon moyen.

– De braves Nègres, ce dernier convoi. Et cette fillette est d'un satané secours. Le voyage s'annonce paisible ! observa Hunt.

Le bébé gémit faiblement. Gbodi posa une petite main sur le bras de la mère.

– Du sang pour notre liberté. Il mourra bientôt de toute façon. Les dieux seront contents du sacrifice et ils nous aideront.

Calmement, sereinement, la mère acquiesça, se tourna vers la zone où les premiers panneaux d'osier manquaient, et lâcha le bébé par-dessus bord ; il disparut dans un tourbillon de requins.

L'un des marins poussa un cri en pointant le doigt, mais il était trop tard. La mère haussa les épaules et regagna en silence la file d'attente. Le marin parla au capitaine, qui finit par hausser les épaules lui aussi. Dand l'entendit tout juste déclarer :

–Il avait dû mourir. Qu'il repose dans la paix de Dieu. Surveillez la femme. Veillez à ce qu'elle n'essaie pas de se tuer.

De se tuer? Dand se mordit la lèvre. Sa mère à lui tuerait plutôt les ravisseurs, si elle était victime d'un rapt et que son minot mourait. Le capitaine connaissait les Noirs, il devait savoir ce qu'il faisait, néanmoins... Pendant qu'il servait les haricots, Dand avait remarqué l'attroupement des femmes autour de cette étrange enfançonne. Il allait la tenir à l'œil. Il ne lui faisait pas confiance. Ni à elle, ni à son sourire mielleux.

Une bagarre à ses côtés le fit sursauter.

–Hé, laiffez-le!

Un matelot dégringolait le gréement pour chasser trois hommes noirs qui s'en étaient pris à un jeune, recroquevillé dans un coin du pont. Dand bondit à son aide, deux autres marins crièrent; les hommes reculèrent, abandonnant leur proie reniflante.

–Ils te déteftent, hein? gloussa Bert.

–Reste céans, près de nous! encouragea Dand. Ils cesseront de te tourmenter!

Hassan se frotta le nez sur son avant-bras et tenta de sourire aux garçons, de lutter contre le désespoir. Il s'attendait plus ou moins à ce que la maladie emporte son père, ce qui était écrit était écrit, mais pas un tir de mousquet! Il devait trouver un lieu tranquille pour dire les prières funèbres...

Puis être capturé et enchaîné, battu comme un animal… Mais il survivrait, assurément. Il braqua son doigt sur sa poitrine.

– Hassan, moi ! Hassan !

– Hassan ? C'est ton nom ? Fort bien ! Moi, je m'appelle Dand.

– Et moi Bert.

Les garçons tapotèrent l'épaule d'Hassan, désinvoltes.

– Hum…

Dand regarda Bert de plus près.

– Tu es le drôle qui m'a hissé à bord, 'pas ?

– Le drôle ? Coquin de plaisantin ! Je vais te flanquer une dégelée !

Hassan s'écarta précipitamment de la bataille. Les hommes blancs étaient-ils tous fous ? Pourtant, il devait rechercher auprès d'eux une protection contre ses anciens gardes. Allah ait pitié de lui !

Le temps de dissiper le malentendu, les garçons étaient devenus bons amis.

Dand soigna ses meurtrissures, anciennes et nouvelles, puis il suivit Bert avec précaution sur la barre de flèche. Il fit signe à Hassan de les rejoindre dans ce havre de paix étonnant, bercé par le fredonnement mélodieux du gréement, loin de la colère, de la frustration et du désespoir qui régnaient sur le pont. Tant que Bert purgea sa peine, Dand monta le retrouver à chaque moment de loisir ; quant à Hassan, il découvrit que se percher là-haut le mettait à l'abri de ses anciens esclaves durant les heures passées dehors. Dand comprenait à demi l'anglais de Bert, Bert comprenait moins qu'à demi l'écossais de Dand ; Hassan absorba donc un curieux mélange.

Cependant, le même soir, Juliet reçut l'ordre d'aider monsieur Hunt à loger les esclaves dans la cale. Elle n'y était allée que durant la journée, lorsqu'une partie d'entre eux étaient sur le pont, laissant aux autres la place de s'asseoir ou de s'allonger dans une chaleur accablante, malgré les écoutilles ouvertes. Elle n'avait jamais vu l'endroit aussi comble, à présent que tous étaient en bas et que les nouveaux venus occupaient l'espace restant. Le soleil se couchait, énorme, orange, à l'horizon. Dans la lumière rougeoyante qui tombait sur eux, la cale ressemblait à un enfer grouillant de démons.

– Les petits sur l'estrade et à la proue, les grands au milieu, monsieur Smethwick. Ils passeront deux jours ici, le temps pour nous de gréer les espars et de quitter cette satanée côte. Ces imbéciles de Nègres s'affolent dès qu'ils voient la terre s'éloigner, Dieu les maudisse, ils essaient de se jeter par-dessus bord et de regagner la rive à la nage. J'en ai vu se noyer par vingtaines, des mères et des bébés dans le lot, que je sois maudit si j'exagère. Au large, il n'y a guère de risque, ils ne savent pas quelle direction prendre ! Pour l'heure, nous allons les empiler correctement, leur montrer leur place. Toi, grimpe !

De son fouet, Hunt indiqua à un garçon de sauter sur l'estrade profonde où Dand aidait à les entasser.

– Pas esclave, moi ! Hassan, moi ! cria celui-ci en agrippant le bras de Juliet.

– Hassan ! s'écria Dand, le reconnaissant au passage. Grimpe, mon drôle, vitement !

Alors que Juliet hésitait, Hunt obligea le garçon à lui lâcher la manche et le frappa.

– Tu oserais toucher un homme blanc ? Monte, maudit sois-tu ! Non, les pieds d'abord !

Voyant qu'il n'avait pas le choix, le malheureux bondit et se glissa sur l'estrade.

– Il ne veut pas être esclave, je suppose, gloussa Hunt. Satané idiot ! Tasse-les bien là-haut, mon gars !

– Ils sont déjà serrés comme des harengs en caque ! protesta Juliet.

Plié en deux sous les barrots, Dand rapprocha d'un coup de pied les jambes d'Hassan de son voisin, et se mit à rire. Les Noirs ici se cognaient moins la tête que les émigrants des Highlands, même s'ils n'avaient pas plus de place en largeur – et n'étaient pas libres d'aller et de venir, bien sûr.

– Vous badinez, monsieur ! Ils sont aussi à l'aise pour gigoter qu'un minot dans son berceau ! La *Daisy* était plus petiote, et le capitaine Maxwell a entassé six cents Nègres, miches contre ventre, dans deux parcs à esclaves, pas un.

Bert s'occupait de la partie inférieure.

– Fe ferait poffible, monfieur, dit-il, mais le capitaine f'y oppose, il eftime que nous pourrions perdre la moitié des efclaves.

– Et il a bien raison, que Dieu te maudisse, répliqua Hunt, fâché de ce probable reproche au capitaine. Le satané choléra peut en tuer cinquante par jour quand ils sont compressés.

– Je ne dénigrais pas, monfieur, se défendit Bert. Les Écoffais auffi font malades quand fa empefte.

– Surveille ta langue ! grogna Dand, qui avança la tête et sourit à la taquinerie.

– Allons, au travail ! grommela Hunt, brandissant son fouet.

Bert pressa l'esclave suivant à coups de pied, tout en expliquant :

– Voyez, monfieur, quand ils font ferrés comme fa, f'ils fortent piffer, feux des bords f'inftallent à leur plafe et les autres n'ont plus moyen de fe rallonger. Alors ils faliffent et ils vomiffent là où ils font, et fa tombe fur feux de deffous. Pareil f'ils font enchaînés.

Hunt cingla les bras d'un homme qui cherchait à se rebeller jusqu'à ce que celui-ci se glisse à sa place en gémissant, et ajouta :

– En cas de mauvais temps, quand tout l'équipage est nécessaire à la manœuvre et qu'il n'y a personne pour les surveiller pendant qu'ils mangent, ils restent enchaînés, non pas deux jours, comme maintenant, mais des semaines – entre là-dedans, maudit sois-tu ! La crasse durcit autour d'eux comme du satané ciment, je le jure, au point qu'on ne distingue plus les morts à sortir. Pas avant qu'ils se mettent à gonfler.

– F'est vrai, monfieur, confirma Bert. Et ils prennent des trous dans les épaules et les hanches, à forfe de f'appuyer deffus, et fa pourrit jusqu'à l'of.

Juliet frissonna.

– F'est dur, fur fertains navires, monfieur ! déclara Bert, apitoyé par sa sensiblerie. Ifi, ils ont la belle vie !

Elle regarda autour d'elle, déjà prise d'un accès de toux dans les vapeurs chaudes puant la sueur, le vomi et les tonneaux des latrines. La belle vie ?

Jésus avait dit : « Tu aimeras le Seigneur, ton Dieu… c'est le premier et le plus grand commandement. Et voici le second, qui lui est semblable : tu aimeras ton prochain comme toi-même. » Aimer son prochain, c'était comme aimer Dieu. L'un n'allait pas sans l'autre.

Mal à l'aise, elle chassa cette pensée. Ces Noirs n'étaient pas ses prochains.

Les femmes et les enfants eurent droit à davantage de place et de liberté ; sur ordre strict du capitaine, tout contact avec les hommes, noirs ou blancs, leur fut interdit. Une fois le rivage invisible, les enfants furent autorisés à se promener selon leur bon plaisir sur le navire et dans le gréement ; ils jouèrent avec Bert et Dand et déridèrent tout le monde.

Chaque jour, de nouveaux esclaves étaient libérés : au bout de trois semaines, il n'en resta plus un seul enchaîné. Tous souriaient, mangeaient et prenaient des forces.

Dans leur cabine, les femmes racontaient à voix basse l'histoire de Gbodi : la chance qu'elle avait eue et sa libération, la mort de ses maîtres, son rôle dans la capture du garçon qui l'avait achetée, le conseil qu'elle leur avait donné de sourire. En quête du moindre espoir, du moindre réconfort, elles décidèrent qu'elle était certainement une ensorceleuse. Elles la protégèrent, lui vouèrent presque un culte. Elles lui demandèrent ce que voulaient les dieux. Que dirait Omu ? s'interrogea-t-elle, les yeux étrangement vides, puis elle leur répondit :

– Entraidons-nous. Obéissons, sourions et soyons prêtes. Notre tour viendra.

Par bonheur, les alizés demeuraient propices, si bien que les écoutilles restaient ouvertes en permanence afin d'aérer la cale. Les hommes montaient sur le pont en trois groupes successifs, deux fois par jour durant deux heures, pour recevoir leur ration, prendre l'air et danser énergiquement au son de la flûte et des tonnelets qui servaient de tambours. Même les marins en faction constante auprès des canons battaient des mains et tapaient du pied avec eux.

Ils étaient régulièrement aspergés d'eau de mer, car le capitaine Owens affirmait que c'était salutaire, malgré les doutes d'une grande partie de l'équipage.

– Trois bains dans la vie, monsieur, soutint Dand à Juliet d'un air sévère. À la naissance, aux noces et à l'enterrement. Les ablutions ne valent rien. Ma mé disait toujours : une bonne sueur puante garantit de la maladie.

Juliet lui rabattit le caquet :

– Je suis subrécargue, ce qui signifie que j'ai la charge de la cargaison. Que je suis responsable de son bien-être. Et j'ai l'intention de veiller à ce qu'elle reste en bonne santé : qu'elle reste propre, par conséquent, quoi qu'en dise votre mère !

Une fois par semaine, la cale était nettoyée au jet et récurée au vinaigre chaud. Juliet en personne vérifiait le travail et, lorsque le maître d'équipage se plaignit de cette tâche, elle déversa sur lui un chapelet de jurons dont sa grand-mère aurait été fière. Distinguée en apparence, hein ? Elle allait lui apprendre !

Dand s'étonnait que le *Kestrel* sente aussi peu, comparé à la *Daisy*. Juliet également : le navire était à peine plus nauséabond que les cabinets d'aisance de la maison. Elle faisait le nécessaire pour que l'odeur n'empire pas.

Pendant des jours, Hassan essaya désespérément d'accepter son nouveau sort. Il était esclave ! C'était cruel, humiliant, atroce. Allah, pourquoi ? Pourquoi ? Qu'avait-il fait de mal, pour mériter une telle punition ?

Lorsque le capitaine l'appela, il fut enchanté. Il allait être reconnu…

– Tu parles anglais ?

Il fit de son mieux pour montrer son savoir.

– Mon papa, sa maman, son pays, c'est Truro, la Cornailles…

– Oui, oui. C'est tout ce que tu sais dire ?

À la consternation d'Hassan, Owens le renvoya d'un geste.

– Monsieur Smethwick, durant la traversée jusqu'à Charleston, je vous prie de vous rendre utile en inculquant des notions d'anglais aux jeunes les plus doués. Bob vous assistera. Prenez ce garçon, la fillette souriante et… Bob vous suggérera d'autres élèves.

– Oui, monsieur.

Qu'est-ce qui les aiderait le plus ? Juliet s'informa autour d'elle et il apparut qu'elle devait enseigner non pas du bon anglais, mais le jargon des esclaves.

– Sinon, leurs maîtres les prendront pour des satanés prétentieux et les fouetteront, lui expliqua Hunt.

– Moi, brave garçon, maître, moi sûr'ment jamais fâcher maître, m'sieur ! baragouina Bob Bigtooth en guise d'exemple. Voilà pour plaire aux surveillants des plantations, monsieur Smethwick. Vous voulez aider les esclaves, vous leur apprenez à comprendre les ordres et à se précipiter pour obéir, pas de contestation, pas de question. Et je leur dis, ne regardez jamais le maître dans les yeux, sinon vous recevez le fouet plus vite que d'habitude.

Le lendemain, après leur repas matinal composé d'ignames bouillies, vingt-trois enfants de huit à seize ans s'accroupirent autour de Juliet sur le pont arrière. Les femmes furent autorisées à rester : elles regarderaient et, avec un peu de chance, apprendraient.

D'abord, il fallait les rebaptiser. La plupart des esclaves recevaient des noms bibliques, comme Marie, Samson et Abraham, ou classiques, tels que Vénus et Pompée. Avec l'aide de Bob, Juliet s'efforça plutôt de choisir des prénoms proches des leurs. Hassan devint Harry, Gbodi Goldie.

Commencer simplement.

– Main, dit Juliet en levant la sienne. Main.

Bob répéta dans six langues :

– Dites-le à présent. « Main. Main. »

Hassan se porta volontaire. La veille, il avait décidé de mettre de côté son désespoir. Essayant d'ignorer son mal de mer, la chaleur fétide, le murmure des jurons, des projets d'évasion, des sanglots, des plaintes et des encouragements dans l'obscurité autour de lui, il s'était résigné à son sort d'esclave. C'était écrit ainsi, il devait l'accepter. Alors, comment améliorer son existence ? Allah ne commandait à personne de se nuire par stupidité. À l'aurore, il avait prié tout haut l'Omnipotent de le protéger et de le guider : quelle surprise et quelle joie d'entendre plusieurs voix se joindre à la sienne ! Il avait récité la deuxième sourate du Coran en intégralité, et s'était senti plus fort, apaisé. Plus il serait instruit, plus il vaudrait cher, et mieux il serait traité. Il répéta donc distinctement :

– Main.

Les autres, silencieux, jetèrent un coup d'œil à Gbodi.

Celle-ci hésita. Omu ? « Apprends, tu seras mieux armée pour les combattre. » Oui. Timidement, elle articula :

– Man ?

Et elle leva la sienne. Sur-le-champ, tous reprirent en chœur :

– Man.

Ils allaient coopérer ! se félicita Juliet.

Gbodi lui lança aussitôt son sourire radieux. Cette femme (elle portait des habits d'homme, mais n'importe qui devinait qu'elle se travestissait) était une idiote. Très bien.

Dand, qui assistait au cours, se sentit mal à l'aise. Le drôle noir, Hassan, était un bon petiot amical, mais cette enfançonne ne lui inspirait pas confiance !

Il avait ses propres ennuis. Un jour, enfreignant les ordres, monsieur Hunt entraîna une femme noire à l'écart, lui servit un gobelet de rhum, et il la conduisait vers sa cabine au moment où Dand quittait celle de Juliet, après avoir ciré les boutons de manteau du subrécargue.

S'il avait connaissance des faits, le capitaine se fâcherait tout rouge. Hunt repoussa la fille vers le pont.

– Dehors, satanée négresse ! N'entre pas ici, que Dieu te maudisse !

Laissant Hunt écarlate et furibond, la fille courut retrouver ses amies, qui la réprimandèrent.

Cinq minutes plus tard, Dand et Bert jouaient une petite comédie pour certains membres de l'équipage. Dand imitait la frustration gênée de Hunt, pendant que Bert se tortillait et gloussait nerveusement comme la fille noire. Les marins, qui n'aimaient pas Hunt, apprécièrent beaucoup la plaisanterie, mais ils décampèrent subitement. Dand et Bert levèrent la tête. Accoudé à la rambarde au-dessus d'eux, monsieur Hunt les foudroyait du regard.

Sournoisement, Hunt punit les garçons. Dand, le marmiton, récurait tous les soirs les fonds brûlés des énormes récipients. Dès lors, il dut aussi aider le cuisinier dans la cale. Beaucoup d'esclaves souffraient du mal de mer et de la dysenterie, malgré le poivre ajouté à la nourriture. Dand et Bert furent systématiquement chargés de vider les tonneaux infects des latrines, de frotter les coins les plus sombres et les plus reculés de la cale ; ils étaient envoyés à la tête du mât, battus avec une extrémité de corde ou privés de rhum pour des mines maussades imaginaires. Quand tout le reste échouait, s'il les voyait désœuvrés, Hunt leur ordonnait de gratter la rouille des boulets de canon, histoire de s'assurer que ceux-ci coulisseraient bien dans les fûts.

Bert se contentait de sourire. C'était la vie. Et ils ne craignaient rien en présence du capitaine ou sous la surveillance, rude mais juste, de Cartwright.

Dand grinçait des dents. Cela valait mieux que Maxwell, mille fois mieux que Lopez… Mais un jour, ce vaurien aurait ce qu'il méritait !

MAILLON 16

Juin 1795
Milieu de l'Atlantique

Ils croupirent pendant dix jours dans les calmes équatoriaux, mais l'eau ne leur manqua pas. Les alizés se remirent à souffler avant qu'il ait fallu diminuer les quatre litres de la ration quotidienne.

Environ une semaine après, Dand s'amusait dans le gréement avec Bert et Hassan. Moins agile qu'eux, il se défendait pourtant assez bien lorsque c'était au premier qui atteindrait le sommet de chaque mât, l'extrémité du beaupré et du gui, et reviendrait au point de départ. En haut du mât de misaine, il jeta un coup d'œil vers l'horizon et hurla :

– Navire droit devant, monsieur !

Il était content de l'avoir vu plus tôt que les autres. Alertée, la vigie ajouta :

– Pavillon de la peste, monsieur !

Bert, plus loin que Dand dans la course, serra ses pieds et ses mains calleuses autour de la corde qu'il dévalait, freina et remonta se suspendre tel un singe juste au-dessous de Dand.

– Le brick *Daisy*, monfieur ! cria-t-il.

– Non ! Non ! souffla Dand, dans un accès de désespoir furieux. Il va m'occire, pour sûr !

– Pas avec fe pavillon-là, répondit Bert en lui donnant une tape sur le pied. Il a fes propres foufis, mon vieux.

Le *Kestrel* rattrapa vite le petit brick sale qui dérivait, branlant, vers l'ouest, dans les claquements d'une unique voile. Monsieur Hunt, dépêché sur la barre de flèche avec une longue-vue, annonça :

– Personne au gouvernail, monsieur. Aucun signe de vie. Des cadavres sur le pont, monsieur.

Le capitaine Owens se rembrunit.

– Mettez-vous à portée de voix, monsieur Cartwright. Restons au vent. Descendez, monsieur Hunt. Enfermez les Noirs dans la cale et verrouillez les écoutilles. Nous aurons peut-être besoin de tout l'équipage.

Les esclaves sur le pont, flairant des difficultés, murmurèrent en observant Gbodi. Était-ce leur chance ? Omu n'avait pas de conseil à donner : sa sœur ne fit rien. Comme toujours, les canons pivotants étaient gardés, les tromblons prêts à l'usage. Grincheux, les hommes descendirent et se glissèrent à leur place avec l'aisance acquise durant les six semaines de mer, tandis que la foule des femmes et des enfants regagnait la cabine.

Le *Kestrel* parvint à la hauteur de l'autre navire. Même au vent, l'odeur qui s'en échappait prenait à la gorge, lourde, douceâtre, putride. Juliet eut un haut-le-cœur.

– Les cadavres sont habillés. Des hommes blancs. Morts depuis plusieurs jours.

En équilibre sur le bastingage, Owens se penchait pour mieux voir, une main accrochée dans les haubans.

– Aucun signe de combat. Ils ont peut-être épuisé leurs réserves d'eau. À moins que… le capitaine n'avait-il pas dit que la fièvre jaune sévissait à Bonny, monsieur Cartwright ? Celui qui lui avait transmis la nouvelle a pu transmettre aussi la maladie, affirma-t-il d'un air sombre. Saluez-le, je vous prie.

– Ohé, *Daisy* ! Y a-t-il quelqu'un à bord ?

À six reprises, Cartwright lança son appel dans le porte-voix. Il obtint pour toute réponse le grincement du bois et le claquement des voiles. Même les esclaves dans la cale étaient silencieux.

– Pas de réponse, monsieur, déclara inutilement Cartwright. Nous l'arraisonnons, monsieur ?

– Un sauvetage vaudrait une satanée fortune. Pour le propriétaire et pour nous tous. Des volontaires, monsieur ? demanda Hunt, d'un ton à la fois impatient et effrayé. J'en serai.

Quelques hommes sourirent, d'autres secouèrent la tête.

– Non.

Le refus d'Owens était catégorique. Le capitaine se rendait bien compte du mécontentement provoqué par sa décision (certains auraient pu devenir plus riches qu'ils ne l'avaient jamais rêvé) et choisit d'exposer ses raisons.

– Jadis, j'ai servi sur un navire contaminé par la fièvre jaune. Tout le monde est tombé malade. Les trois quarts de l'équipage sont morts, la plupart des esclaves ont succombé. Leur parc était plus infect et plus terrifiant que vos pires cauchemars. Du jour au lendemain, ils devenaient des formes gonflées, méconnaissables, sans parler des rats, des mouches et des vers… La puanteur, la chaleur… Même les plus vigoureux s'écroulaient sans connaissance au bout de quelques minutes quand nous nous efforcions de sortir les corps pourrissants. Les rares d'entre nous qui tenaient encore debout…

Juliet n'était pas la seule à frissonner.

– Dieu accueille les âmes des morts de la *Daisy* ; j'ai bien conscience des gains possibles ; mais non, messieurs, je ne prendrai pas le risque de rapporter la maladie à bord. Nous ne laisserons pas non plus ce navire conduire quiconque à sa perte. Nous le brûlerons.

Hunt adressa une grimace compatissante à Juliet.

– J'ai tenté, monsieur. Je me suis proposé. Sacrément dommage, que je sois maudit ! chuchota-t-il.

Juliet inclina la tête en silence : il espérait l'avoir convaincue de dire à son père qu'Owens avait réduit les bénéfices, tandis que lui, Hunt, avait essayé de les augmenter. Coquin rampant ! Néanmoins, il avait eu le courage de se porter volontaire ; elle ne l'aurait pas eu, elle, si Owens avait permis l'arraisonnement.

Elle sentit la pitié l'envahir. Sans famille riche ou puissante pour l'épauler, ne brillant ni par son intelligence, ni par sa beauté, ni par son talent, Hunt devinait que la flatterie constituait sa seule chance de promotion. Ce courage désespéré était le premier trait admirable que Juliet ait vu chez lui. Ou avait-il eu l'intuition, avant d'oser se proposer, qu'Owens refuserait ? Pauvre petit homme...

Quelqu'un noua une ficelle autour d'une calebasse. Le cuisinier la remplit de braises du fourneau et, avant qu'elle se consume, un marin la fit tournoyer au-dessus de sa tête et la projeta au creux de la voile de la *Daisy*. Un tourbillon de flammes dévora la toile sèche, presque invisible dans la lumière vive, révélé seulement par la cendre qui progressait, voltigeait et se répandait au-dessous de lui.

– Retirez-vous, monsieur Cartwright, et rassemblez les hommes pour l'office. Dand, apporte-moi ma Bible.

Pendant qu'ils s'alignaient comme pour le sermon du dimanche, le capitaine se découvrit et commença la cérémonie solennelle des funérailles en mer. Un espar s'écrasa et embrasa la coque.

– Nous confions maintenant leurs corps aux flots, dans l'espoir assuré de la résurrection et de la vie éternelle…

Le navire funèbre se transforma en boule de feu rugissante, des volutes de fumée noire tachèrent le ciel. Ils regardèrent en silence, et la *Daisy* finit par sombrer, sifflante, avec son équipage et ses six cents esclaves morts, dans un ultime bouillonnement de bulles fumeuses.

Dand éprouva un soulagement mêlé de regret. Son ami Iain ne verrait jamais la Jamaïque. Le cuisinier à jambe de bois non plus, ni aucun d'eux. La disparition de Maxwell causa chez lui un désarroi inattendu. Mais lorsque la peur et la tension refluèrent, il se sentit sourire. Il était libre. Libre comme l'air !

Accablée et affligée par la tragédie, brûlante et moite, Juliet descendit dans sa cabine : elle voulait être seule et se laver dans l'intimité. Les premiers temps, lorsqu'elle se retirait ainsi, quelques sourcils interrogateurs s'étaient froncés, mais son entourage avait vite accepté sa conduite : on savait bien que la petite noblesse faisait des embarras – et le fils du propriétaire pouvait bien avoir ses manies. Personne n'avait jamais demandé pourquoi, si elle était excentrique au point de changer son linge de corps plus d'une fois par semaine, elle ne chargeait pas un marin de le blanchir.

– Tenez, monsieur !

Dand lui déposa sur la table un seau rempli d'eau chaude de la cuisine.

– Appelez-moi quand vous voudrez que je l'ôte, 'pas ? Faudra-t-il vous frictionner le dos ?

– Petit insolent !

Elle le chassa dans un éclat de rire. Elle retira sa ceinture, sa chemise et son calicot humides, et les lâcha sur la pile de linge sale à côté du seau. Sacrebleu, l'eau chaude était une merveille ! Elle plongea son carré de tissu dans le bol à savon, se nettoya la figure…

La porte de la cabine s'ouvrit.

– Monsieur Smethwick, avez-vous… ?

Hunt s'arrêta net. Le cœur de Juliet aussi. Distraite par Dand, elle avait oublié de pousser le verrou.

– Diantre ! Une fille ? Que je sois maudit !

Un air de concupiscence détestable s'épanouit lentement sur le visage de Hunt. Il entra et referma la porte derrière lui.

– Que Dieu me frappe de sa malédiction !

Durant une minute, Juliet resta pétrifiée. Mais le sourire mauvais et les doigts rêches de Hunt sur son bras nu la tirèrent soudain de sa torpeur. Elle glissa une main de côté, sous sa chemise…

– Une satanée gonzesse. Hum ? Qui se cache. Et le capitaine, qu'en dirait-il ? demanda Hunt avec un gloussement bas, rauque. Mais peut-être qu'il le sait. Peut-être qu'il a embarqué sa satanée cocotte, qu'il

m'a privé de ma cabine pour elle. Monsieur le dévot !
Qui l'eût cru ?

Il l'attira plus près de son sourire lubrique… et
se retint lorsqu'il entendit un cliquetis et sentit une
pression contre sa taille.

Il baissa les yeux. Juliet lui plaquait son pistolet
sur le ventre, prête à faire feu.

— Vous m'aviez conseillé de le garder à portée de
main, car il pourrait me sauver.

Elle s'obligea à rester immobile et à sourire légèrement, malgré son envie d'appuyer sur la détente.
Ou de hurler. Ou les deux.

— Vous n'oseriez pas, dit-il, très figé, avec un
sourire narquois sans grande assurance. Me tuer ?
Vous en seriez incapable, que Dieu vous maudisse !
Aucune satanée garce n'en serait capable !

— Vraiment ? Je l'ignore moi-même. Mais je ne
suis pas une garce, satanée ou non. Ni la vôtre, ni
celle du capitaine.

Elle haussa les épaules.

— Embrassez-moi, et après nous saurons de quoi
je suis capable !

— Vous n'êtes pas avec le capitaine ? Que je sois
maudit si je vous crois. Vous n'auriez jamais pu garder le secret.

Il recula, lui lâcha mollement le bras, laissant traîner ses doigts comme des limaces sur la peau de Juliet.

— Une satanée tromperie, alors. Je devrais informer le capitaine. Que je sois maudit, mon devoir

impérieux est de vous dénoncer. À moins que vous ne me récompensiez de mon silence ? siffla-t-il entre ses dents.

Ils se toisèrent et sursautèrent tous deux lorsque Dand frappa à la porte et l'entrebâilla.

– Vous voilà propre comme un sou neuf, monsieur ? gazouilla-t-il gaiement depuis le couloir. Je vide votre seau ?

Hunt avait une mine excitée et malveillante – mais en présence d'un témoin, il ne ferait rien qui puisse nuire à sa chance. Juliet tourna le dos et renfila vite sa chemise.

– Je vous verrai tout à l'heure, monsieur Smethwick, dit Hunt, qui insista sur le nom en jubilant.

Il s'en alla, bousculant Dand au passage.

Juliet était sauvée pour le moment. Hunt avait l'intention de recourir au chantage. Comment pourrait-elle y échapper ? Elle devait protéger son secret…

Dand était entré, avait refermé la porte. Alors qu'elle réunissait les pans de sa chemise, Juliet, préoccupée, eut néanmoins le plaisir de constater que sa voix ne tremblait pas trop :

– Je n'ai pas terminé…

– Est-il vrai, monsieur, que vous êtes une drôlesse ? Une fille ?

Le visage du garçon, loin d'exprimer la raillerie, brillait d'admiration, et ses yeux disparaissaient presque derrière ses pommettes, dans son sourire ravi. Elle ne parvint pas à répondre. Il fit comme si elle avait confirmé :

– Ne vous mettez pas en peine, monsieur, personne d'autre n'a ouï. Voilà pourquoi je suis entré. Tudieu, quelle plaisanterie, 'pas ? Une drôlesse ! Bravo, monsieur !

Elle respira – pour la première fois, lui sembla-t-il, depuis une éternité.

– Vous ne me trahirez pas ? Merci, Dand !

– Ah, je vous dois bien ça ! Mais il ne faut pas que l'affaire s'ébruite, ajouta-t-il, redevenu sérieux.

– Ce serait ma ruine.

Elle croyait avoir bien pesé le risque avant de se lancer dans l'aventure, mais la menace de révélation soudaine, maintenant, après une si longue réussite, l'accablait. Elle perdrait tout. Les parts de Grand-Maman, le respect, tout...

Parler à Dand d'abord. Elle aurait ses vapeurs plus tard – oh, Maman, elle compatissait à présent !

– Je suis Juliet Smethwick, pas Anthony.

– Vous êtes dans la compagnie ? Ah, bien. Ce Hunt, il va vous faire payer son silence. Oui, pour sûr, affirma Dand, l'air sombre. Et pas en argent, m'est avis. Il ne s'en contenterait pas. Nuire aux gens, il aime ça, les dominer. C'est pour ça qu'il est marchand d'esclaves. Il voudra vous nuire. Mais que peut-il faire, quand votre pé est propriétaire, sans nuire à son propre succès ?... Il trouvera un moyen.

Il lui tapota le bras pour la réconforter. Elle se raidit : il n'aurait jamais osé un tel geste auparavant.

— Ne vous tracassez pas, monsieur. Nous allons lui bailler son compte, Bert et moi. Il est temps de le gripper[1] ! Vous finissez vos ablutions, et vous continuez comme d'habitude. Mais ayez soin de barrer votre porte, 'pas ? Oh, et désarmez votre pétoire avant de vous trouer le pied !

Il fit un clin d'œil et disparut, la laissant sans voix.

À sa grande irritation, elle se sentit soulagée, non pas insultée, qu'un morveux débraillé puisse se prendre pour son écuyer, son protecteur. Mais ce diablotin était curieusement réconfortant.

Le capitaine Owens était entré dans une belle colère lorsqu'elle avait introduit Dand à bord clandestinement. Lorsqu'il apprendrait cette supercherie... L'estomac de Juliet se tordit de crainte. Si elle avait été démasquée au bout de quelques jours, il se serait fâché et l'aurait renvoyée depuis le Portugal ou Madère, couverte de honte. Ses amies ne l'auraient peut-être jamais su. Au pire, elles auraient gloussé, se seraient moquées, l'auraient méprisée ; mais elles la méprisaient déjà. Au fond de leur cœur, certaines auraient peut-être même admiré son audace. Sa famille aurait été furieuse. Aucun homme convenable ne l'aurait épousée. Mais peu importait, ce

---

1. Il est temps de lui régler son compte.

n'était pas là son ambition. En revanche, maintenant, après des mois parmi tant d'hommes, seule et sans chaperon, sa réputation était perdue à jamais. Aucune personne respectable ne voudrait plus lui adresser la parole. Elle serait bannie.

Il lui faudrait faire ce qu'elle avait dit, presque en plaisantant : s'enfuir, toujours travestie en homme. Le pouvait-elle ? Vraiment ?

Soupirant, jurant à voix basse, essayant de réfléchir, elle observa les conseils de Dand : elle désarma son pistolet, verrouilla la porte et acheva de se laver.

Durant le quart qui suivit, un bloc massif tomba d'un espar supérieur, frôla l'épaule de Hunt et creusa une profonde entaille dans le plancher. Il n'y avait que Bert là-haut à proximité. Pâle de stupeur, Hunt maudit le maître d'équipage d'avoir laissé une corde s'user à ce point.

Sur le pont, Dand échangea un regard rusé avec Bert. Ah, tant pis : la chance leur sourirait la prochaine fois.

Lorsque le capitaine prit le quart du soir, une heure plus tard, le charpentier lui demanda de venir inspecter une partie pourrie du coqueron avant. Cartwright partit rédiger des rapports dans sa cabine. Les Noirs mangeaient sur le pont, nerveux et agités à cause des événements de la matinée ; près des canons pivotants, percevant cette humeur fébrile, les marins étaient tendus.

Sur le pont arrière, les enfants se rassemblèrent pour la leçon d'anglais. Ils parlaient un peu entre eux, remarqua Juliet avec plaisir, utilisant l'anglais comme langue commune à toutes les tribus. Le jeune Harry se débrouillait bien ; Juliet se sentait toujours coupable de sa capture, mais elle n'y pouvait rien, elle devait sagement chasser l'incident de sa tête. La petite Goldie apprenait vite elle aussi, ainsi que David, et...

– Monsieur Smethwick !

Hunt lui toucha l'épaule. Elle se raidit, mais il souriait, avec un air de belette lorgnant une poule.

– Vous savez que vous occupez ma cabine ? Afin que le fils (il appuya légèrement sur le mot, avec malveillance) du propriétaire ait son intimité. Je suis certain que vous l'appréciez.

Consciente que l'homme de barre écoutait, Juliet répondit :

– Oui, monsieur.

Que voulait-il ?

– Une chose rare sur un navire, l'intimité, monsieur. Je partage avec Cartwright. Il ronfle, gloussa Hunt, comme chacun le sait ! Je me demandais, monsieur, si vous pourriez m'accorder une petite faveur. Me prêteriez-vous votre cabine jusqu'à la fin de ce quart, pour que... euh... je me repose ?

Comment ? Hum... c'était peut-être vrai. Assurément, elle-même était heureuse de pouvoir s'isoler quelques heures.

267

– Bien sûr, monsieur. Une minute, je vais la ranger.

– Je vous serai éternellement reconnaissant, monsieur, que je sois maudit si j'exagère.

Hunt afficha un sourire satisfait et remercia d'une courbette trop soignée.

Que mijotait-il ? Juliet fila dans le couloir, donna un tour de clef à sa malle pour qu'il ne pût rien voler, et regagna le pont.

– La cabine est libre, monsieur !

Elle s'assit sur son tabouret habituel, entourée par ses élèves, assis à plat sur leurs talons d'une manière qu'elle n'avait jamais pu imiter.

D'un geste calme, Hunt appela la fille la plus proche, qui se trouva être Gbodi.

– Vous me permettrez de l'emprunter un moment.

Ce n'était pas une question. Tandis que la fillette se levait, son inaltérable sourire aux lèvres, il exposa au regard de Juliet une bouteille glissée dans sa poche, prit un air narquois et conduisit la fillette vers la porte menant aux cabines.

Juliet se raidit de nouveau. Une fille et une bouteille de rhum. Dans sa cabine. Seul.

Même si elle s'en était aperçue, sa mère, arrogante et égoïste, aurait trouvé cela naturel. Ses sœurs, élevées avec délicatesse dans la plus totale ignorance de la nature humaine, n'auraient jamais compris. Contrairement à elles, Juliet avait souvent rendu visite à sa grand-mère vieux jeu, inélégante, rude et franche. Elle savait ce que Hunt avait en tête, oh oui, elle le savait bien.

C'était le prix de sa discrétion : son silence à elle, sa complicité, encore et encore, aussi souvent qu'il le voudrait, durant le reste du voyage.

Il enfreignait les ordres du capitaine, mais sur n'importe quel autre navire, cette conduite aurait été normale. De toute façon, la fillette subirait sans doute ce sort dès sa première semaine en Amérique.

Si Juliet protestait, Hunt parlerait. Il la dénoncerait. Que ferait le capitaine ?

Qu'importait une petite esclave ? Une sauvagesse noire, à demi animale…

Ton prochain comme toi-même…

Les enfants de sa classe, les femmes rassemblées derrière eux, tous les yeux étaient sur elle. Tous les visages bruns, qui l'observaient, attendaient de voir ce qu'elle allait faire. Ne les regarde pas dans les yeux, ces grands yeux noirs cerclés de blanc jaunâtre…

Mais elle ne pouvait s'en empêcher. Et elle savait qu'ils étaient des gens comme elle, ils ressentaient la honte, la peur et la douleur comme elle, ils étaient aussi humains qu'elle. Ils étaient ses prochains. Elle ne pouvait pas, non, ne pouvait pas accepter un tel traitement, ni à son égard, ni à l'égard d'aucune autre fille.

Elle allait mettre Hunt au pied du mur : menacer de parler elle-même à Owens. Il y avait une chance qu'il cède. Sinon, elle parlerait, maudit soit-il, elle le ferait ! Elle devait s'accommoder d'elle-même, après tout. Malgré les conséquences probables, la révélation, l'échec, la ruine de ses ambitions dans la compagnie, sa perte irrémédiable, elle ne pouvait pas se taire et fermer les yeux. Elle le regretterait peut-être (se moquant d'elle-même, elle sut, à l'instant précis où elle se levait, qu'elle le regretterait), mais c'était le bon choix. Elle regretterait plus encore de n'avoir pas agi.

Elle descendit les marches d'un bond, ouvrit la porte…

Du couloir s'échappa un glapissement outragé.

Derrière elle, les femmes lancèrent la rébellion.

MAILLON 17

Juin-juillet 1795
Atlantique

Depuis leur arrivée sur le navire, les hommes se préparaient.

– Les bâtons auxquels les hommes blancs attachent des cordes pourront nous servir de gourdins.

– J'ai un fer tranchant.

– Recourbe la pointe d'un tisonnier, elle écorchera et tuera un homme.

– Nous sommes beaucoup, ils sont peu. Si nous agissons tous ensemble, nous pouvons les surprendre et tous les tuer à mains nues.

– Oui, déchiquetons-les, comme le font les lions !

Hassan objecta :

– Comment regagner la terre à la nage ? Nous devons épargner assez d'hommes blancs pour que le navire nous ramène. Les hommes blancs ont beaucoup d'armes. Nous serons certainement nombreux à périr. La liberté vaut-elle qu'on meure pour elle ?

Quelqu'un gémit :

– Jamais nous ne serons libres !

Mais d'autres sifflèrent :

– Si !

– Non, non ! Mourir avant son heure est stupide !

– Stupide ?

Hassan se recroquevilla sous le grondement et la gifle offensée d'un ancien garde. Il perdait son temps, de toute manière : parmi la vingtaine de langues, ses paroles seraient peu traduites, encore moins écoutées.

Il perçut la tension soudaine lorsque Môssieuhunt emmena la sainte vénérée par les païens. Néanmoins, c'était la rébellion des hommes qu'il attendait. Les femmes le renversèrent presque littéralement. Bousculé au premier rang de leur troupe hurlante, il dégringola les marches et franchit la porte. Dans son dos, une grande femme jugea mal la hauteur du battant, se cogna la tête et vacilla ; Hassan eut une fraction de seconde pour voir devant lui.

Le jeune imam blanc qui leur enseignait l'anglais virevolta, terrorisé, face aux assaillantes. Plus loin, près d'une porte ouverte, Môssieuhunt lâcha Goldie et se retourna, tirant un pistolet de sa ceinture tout en reculant le long du couloir.

À cet instant, Hassan sut ce qu'il avait à faire. Il saisit le professeur et le tira d'un coup sec par la porte ouverte, heurtant la fillette noire devant eux. Le jeune homme trébucha. Hassan se jeta sur lui.

– Pas debout ! siffla-t-il. Chut ! Rien dire !

Le souffle coupé, maintenue par son agresseur léger mais vigoureux, Juliet n'eut pas le choix durant un moment ; dès qu'elle comprit les intentions du garçon, elle cessa de se débattre. Elle se tortilla suffisamment pour sortir son pistolet, puis resta étendue, immobile, invisible aux femmes brailleuses qui attaquaient Hunt dans le couloir étroit.

Gbodi, bouleversée et choquée, priait. Omu, que devait-elle faire ?

Sur le pont, alors qu'il vidait un sac de haricots dans les chaudrons, Bert avait vu ce que machinait Hunt.

– Hé, monfieur le coureur de jupons court la prétentaine ! disait-il en riant à Dand lorsque Gbodi glapit.

Entendant la clameur furieuse des femmes, il hurla :

– Grimpe, Dand ! Bien haut !

Il empoigna son ami par l'épaule et le poussa vers le gréement.

Les hommes sur le pont, stimulés par la danse et le chant, s'enflammèrent à la suite des femmes. Ils se ruèrent vers les Blancs dans un concert de vociférations, agrippèrent, saisirent corde, bois, tout ce qui pouvait tenir lieu d'arme. Un chaudron résonna et roula au-dessous de Dand. Un cri rauque puis un son mat lui firent jeter un coup d'œil entre ses pieds, mais des mains noires tentaient de lui attraper les chevilles et il reprit en hâte son ascension.

À la barre de flèche, il s'arrêta. Bert avait disparu.

Les esclaves affluaient de la cale pour soutenir la rébellion sur le pont. Coincés dans un angle, Cartwright et trois marins avaient armé leur pistolet et, à l'aide de leur long couteau de mer, se protégeaient des mains meurtrières et des cabillots tournoyants. Par chance pour eux, les matelots postés sur le pont surélevé étaient vigilants. Ils tirèrent presque immédiatement, blessèrent plusieurs Noirs et les tinrent en respect le temps que le second et ses compagnons escaladent le bastingage et se mettent à l'abri.

Aux premiers cris suivis d'un coup de tromblon, le capitaine Owens s'était précipité par l'écoutille avant et avait rejoint lestement le gaillard d'arrière en passant par le gréement. Désormais campé près du gouvernail, calme, son pistolet à la main, il ordonna un tir de canon au-dessus de la tête des esclaves, en guise d'avertissement. Le tonnerre épouvantable établit le silence un instant.

– Tirez bas ! Ne les tuez pas ! Repoussez-les vers la cale ! cria le capitaine.

Un nouveau coup de tromblon blessa quatre hommes aux jambes. Il y eut d'autres tirs, et les Noirs désarmés battirent en retraite dans des hurlements de douleur, de fureur apeurée, et dégringolèrent l'échelle pour se réfugier dans l'obscurité. Brandissant des cabillots, les marins donnèrent la chasse aux derniers hommes jusqu'au bas de l'échelle, lançant l'injonction habituelle destinée à ramener les Noirs sur leurs estrades :

– Allez, descendez ! Descendez vous coucher, salauds de Noirs !

La rébellion avait duré quatre minutes.

Au pied du gréement gisait une petite forme tassée, qui n'avait pas gagné la seule course vraiment importante : Bert, la nuque brisée. Dand se laissa tomber à genoux près de son ami.

– Tu en aurais réchappé si tu ne m'avais pas poussé en premier ! Le diable emporte ces brutes de Noirs ! Et le diable emporte Hunt qui leur a échauffé la bile !

Son chagrin éclata ; il bondit sur ses pieds.

– Je vas bailler son compte à ce vaurien, mon drôle ! Ne te tracasse pas !

Il fila vers les marches qui conduisaient aux cabines.

Dans le réduit, Hassan, Juliet et Gbodi entendirent les cris stridents des femmes à l'extérieur, une détonation et un appel terrifié, animal :

– Au secours ! Au secours !

Un rugissement de voix masculines, des tirs, des cris. Des acclamations de femmes, triomphantes. De nouveaux tirs, des glapissements, et l'ordre de Cartwright : « Repoussez-les vers la cale ! » Le bruit sourd des coups. Des hommes qui hurlaient.

Comme toujours maintenant en cas d'urgence, Gbodi ne bougeait pas, l'esprit ralenti, ouvert aux conseils de son guide. Que lui demanderait de faire Omu ?

Hassan roula sur le côté pour libérer le jeune homme. Et dans un éclair, une certaine douceur du visage et du corps lui révélèrent que c'était... Vraiment? Une femme? Qui se faisait passer pour un homme?

Un changement se produisit sur le visage de la personne blanche: elle savait qu'il savait.

Que devait-il faire? Était-il aussi scandaleux pour une femme blanche de montrer son visage que pour une croyante? Mais il avait entendu parler de femmes guerriers. En était-ce une?

Une décision immédiate. Le jeune imam blanc regrettait l'enlèvement d'Hassan. Il était peut-être quelqu'un d'honorable. Si son identité était un secret, il valait mieux susciter chez lui... chez elle... une gratitude spontanée plutôt que tenter d'exercer sur elle un chantage – surtout dans la situation présente, où elle pouvait si facilement lui ôter la vie. Hassan eut un sourire anxieux:

– Moi pas parler! chuchota-t-il. Pas parler! Rien dire!

Il se redressa pour l'aider à se mettre debout.

À l'instant où Juliet s'agenouillait, une femme hurlante fit irruption dans la cabine, brandissant un pistolet en guise de gourdin. Folle furieuse, elle vit la peau blanche de Juliet et fondit sur elle.

– Non!

Hassan essaya de parer l'attaque. Il hurla lorsque son bras se brisa, mais s'efforça malgré tout de protéger Juliet. La femme asséna un nouveau coup. La crosse du pistolet cogna le crâne d'Hassan, qui s'écroula sur le sol, étourdi.

– Tu vas mourir ! hurla la femme dans sa propre langue, et elle leva encore une fois son arme.

Pour Juliet, le temps ralentit.

Elle avait son pistolet dans la main. Pouvait-elle tirer ? Ou Hunt avait-il raison, était-elle trop faible, trop effrayée ?

Fais ce qui s'impose. Trouve la force.

Et si elle ne parvenait qu'à blesser la femme ? Celle-ci serait furieuse…

Mais elle était déjà folle furieuse !

La crosse se rapprochait de sa tête.

Comme mû par une volonté propre, le doigt de Juliet actionna la détente.

Une détonation assourdissante. Sa main tressauta sous le recul.

La femme eut la tête rejetée en arrière. Elle s'arrêta, recula d'un pas, tomba contre le chambranle de la porte, s'affaissa avec une lenteur extrême, tachant de sang le montant, les bras et les jambes tournés en dehors sur le plancher. Son pistolet rebondit avec fracas jusqu'au couloir.

Dans le coin, Gbodi demeurait dans sa meilleure position de défense : l'esprit loin du danger, rien ne la menaçait, elle n'attirait pas l'attention.

Le temps reprit son cours normal. D'autres assaillantes risquaient d'arriver ! Juliet, haletante, s'obligea à se lever, empoigna le long pistolet par le canon brûlant, regretta de ne pas avoir de couteau de marin, il faudrait s'en passer, se cacha derrière la porte, prête à frapper...

À l'extérieur, dans le couloir, des pas légers trottinèrent, hésitèrent, continuèrent. Deux bruits sourds. Une plainte presque inaudible se tut.

Des pas plus lourds et une voix d'homme.

– Monsieur Smethwick ? Êtes-vous ici ? Dand ? L'as-tu vu ? Dieu nous aide s'il est mort !

Le maître d'équipage s'engouffra dans la cabine. Juliet retint son bras juste à temps.

– Vous êtes sain et sauf, alors ?

Il aperçut les deux corps.

– Bravo, monsieur !

– Non. Non, c'est ce garçon qui m'a aidée.

Toujours si choquée qu'elle conservait un calme apparent, Juliet montra Hassan.

– Il m'a sauvée. Protégée de cette femme. C'est lui qu'elle a frappé, pas moi. J'ai eu le temps de la viser.

Elle était saine et sauve. Saine et sauve... Le pistolet glissa dans sa main et elle resserra les doigts avec effort. Elle devait faire bon effet si elle voulait diriger la compagnie.

– Est-il vivant ? Et Hunt... monsieur Hunt ?

– Mort, monsieur, répondit Dand d'une voix lugubre derrière le maître d'équipage. Des vraies harpies, ces femmes.

Et avec le pistolet qu'il avait ramassé, lui-même s'était employé à terminer la besogne. Mais il avait délivré l'agonisant : personne ne pouvait vivre long-temps, déchiqueté comme ça – toutefois, plus long-temps peut-être que souhaité. Et si le vaurien avait parlé dans son délire... Non, ça valait mieux. Pour tout le monde. Il le méritait, ce scélérat... Pauvre petiot de Bert...

Sifflotant, le maître d'équipage examina la tête d'Hassan.

– Celui-ci est sans connaissance, une simple bosse.

Il tapota l'épaule de Juliet, rassurant.

– Vous êtes ébranlé, monsieur. La plupart des hommes le sont, la première fois. On s'habitue. Vous avez agi avec bravoure, monsieur Smethwick, oui, avec bravoure, monsieur.

Il remarqua enfin Gbodi et plissa les yeux.

– Faites sortir la fille, les gars, pendant que vous y êtes. J'enverrai un homme s'occuper du garçon et enlever cette garce noire.

Il partit en hâte.

Tous avaient le regard braqué sur le cadavre.

Juliet était incapable de bouger.

– Je... Je l'ai tuée. Je n'aurais jamais cru qu'il le faudrait. Que je le pourrais. Je me sens... J'ai tué quelqu'un !

Elle avala sa salive avec difficulté, prise d'une nausée violente.

–Juste une noiraude, monsieur, la réconforta Dand. Ça compte pour rien.

Pour rien comparé à un homme blanc, pensa-t-il…

–Et elle essayait de vous occire. Il le fallait.

Juliet hocha vaguement la tête.

–On est capable de faire ce qui s'impose… On s'habitue, a-t-il dit. S'habituer ?

Elle faillit rire. Mon Dieu, plus jamais ça !

Gbodi remua les yeux, secoua la tête et soupira, reprenant ses esprits. Omu ne lui avait donné aucun conseil : il ne devait pas vouloir qu'elle agisse. Oui. La rébellion – un souvenir obscur – avait échoué – mais pas elle, car elle ne l'avait pas encouragée. Elle considéra le cadavre à ses pieds. Elle se rappelait obscurément une explosion. Sa principale fidèle, presque sa prêtresse, était morte. Tuée par la femme qui s'habillait en homme et qui riait, là. L'idée d'une justification, de la légitime défense, n'effleura pas un instant Gbodi. Son amie était morte, c'était donc un assassinat. Autre chose à venger. Dès qu'elle le pourrait. Elle se mit à sourire.

Hassan gémit, revenant à lui.

–Allons, Hassan, mon drôle ! Viens montrer ton bras au capitaine, 'pas ?

Dand l'aida à se lever, gémissant, et tourna la tête vers Juliet.

–Vous amenez la drôlesse, monsieur ? Le capitaine Owens voudra vous voir.

Tous quatre avancèrent tant bien que mal dans le couloir.

Sur le pont, il n'y avait guère de trace de la rébellion, excepté quelques corps noirs affalés contre le bastingage, geignant pour la plupart, et des planches tachées de rouge. Deux enfants pleuraient dans un coin, délaissés pendant que les marins juraient, soufflaient, soignaient les meurtrissures, se vantaient et riaient dans la sérénité retrouvée.

Avec un sang-froid surprenant, le capitaine dirigeait le nettoyage tout en posant une attelle au poignet d'un marin.

– Prenez quatre hommes, monsieur Cartwright. Pas de pistolets, mais des cabillots, pour faire pénétrer un peu de bon sens dans leurs cervelles obtuses. Enchaînez-les tous solidement. S'il y a des blessés graves, envoyez-les-moi... Ah, monsieur Smethwick ! Le Seigneur soit loué ! s'écria Owens, dont le visage s'illumina de soulagement et de plaisir.

– Je n'ai rien, monsieur, mais...

Juliet tressaillit en voyant le petit cadavre au pied du mât.

– Bert ? Oh non, pas Bert ! Pauvre garçon ! Il était si désireux d'être promu gabier !

Elle s'étonna tristement de la satisfaction amère visible sur le visage de Dand.

Gbodi s'était plus ou moins attendue à ce que ses partisanes lui reprochent l'échec de la révolte. Mais lorsqu'on la ramena au milieu d'elles dans la cabine, elles l'accueillirent avec soulagement et lui témoignèrent le respect habituel.

– Je vous avais dit, déclara-t-elle avec douceur, de sourire et d'obéir. Vous ai-je donné le signal du combat ?

– Tu as lancé un cri, protesta une femme, qui reçut une gifle pour insolence.

Gbodi leva une petite main : la querelle cessa aussitôt.

– Elle dit vrai. J'ai crié. J'étais surprise. Mais j'aurais supporté l'épreuve. Ce n'était pas le moment. Pas encore. L'heure de notre vengeance viendra.

Peu à peu, le navire s'apaisa.

Les esclaves furent de nouveau enchaînés par deux, et les marins les firent monter sur le pont par plus petits groupes. Leurs blessures étaient pour l'essentiel des entailles et des impacts de balles dans les jambes, mais un homme avait une balle de pistolet logée dans la poitrine. Son mal s'aggrava : le capitaine eut beau verser de la poudre à canon dans le creux et y mettre le feu pour brûler la chair putréfiée, l'homme succomba deux jours plus tard. Le sang qu'elle avait autour de la bouche permit d'identifier l'une des assaillantes de Hunt. Elle fut flagellée puis pendue à côté du blessé mort et de la femme que Juliet avait tuée. Ils restèrent pendus des jours durant, tandis que, au-dessous d'eux, les esclaves recevaient leur nourriture et dansaient de mauvaise grâce, d'un air maussade, sous la menace du fouet.

Les autres esclaves crurent qu'Hassan avait eu le bras cassé en attaquant les Blancs, pas en sauvant l'un de ceux-ci. Il eut la vie moins dure. De toute façon, la plupart des hommes étaient trop malades, trop épuisés et désespérés par les coups pour le persécuter.

Dand, qui servait les haricots lors des repas, était prévenant et amical :

– Hé, Harry, comment va ta tête ? Une nouvelle ration de haricots, 'pas ? Allons, dis « Merci, monsieur ». Oui-da, fameux, mon drôle !

– Merci, monsieur. Moi dire fameux, 'pas ?

Hassan était anxieux de savoir si le jeune homme blanc – la jeune femme blanche – le récompenserait. Elle l'observait avec une certaine nervosité pendant les leçons, mais ne lui adressait pas particulièrement la parole. Elle ne savait peut-être pas elle-même ce qu'elle ferait. Il allait se tenir tranquille, lui montrer qu'elle pouvait compter sur son silence, ne pas lui rappeler la dette qu'elle avait à son égard, ce qui serait sans doute inutile, n'importe comment. Les musulmans étaient les serviteurs d'Allah : il allait s'en remettre à Allah et à Son Prophète, que la bénédiction et la paix soient sur Lui, pour guider la fille blanche sur la bonne voie et le tirer de cette misère.

Pendant des jours, Juliet eut le cœur gros. Elle avait tué une femme – une femme qui essayait de la tuer, mais tout de même… La victime resurgissait dans ses cauchemars, comme resurgissaient Hunt et Bert. N'était-elle pas responsable de leur mort ? Sans sa présence sur le navire, sans la protection qu'il pensait obtenir d'elle, Hunt s'en serait-il pris à la fillette noire ? Elle devait regarder les choses en face : elle lui avait donné l'occasion d'agir ainsi.

Voyant sa détresse, Dand fit de son mieux pour la réconforter.

– N'allez pas vous blâmer, monsieur ! C'est lui le coupable. Un autre homme n'aurait pas touché à l'enfançonne. C'est sa faute, pas la vôtre ! Et Bert n'a pas eu de chance, voilà tout.

Mais elle devait endosser une partie des torts. Elle avait enfreint les règles, en s'embarquant, puis en n'appelant pas sur-le-champ le capitaine. Comme une étincelle provoquant l'incendie, ses actions (ou son inaction) avaient conduit à la mort d'un homme.

Bon. Le mal était fait. Elle ne pouvait pas revenir en arrière ; elle devait continuer. Mais elle ne se mettrait plus dans une situation pareille.

Sa situation présente était assez fragile. De même que Dand, le garçon noir savait désormais qu'elle était une fille. Que faire ?

Lorsqu'ils atteignirent enfin Charleston, il leur fallut débarquer les Noirs sur l'île à l'extérieur du port pour dix jours de quarantaine. Monsieur Jamieson, l'agent américain de Murbles and Smethwick dans cette ville, vint en bateau les accueillir et inspecter leur cargaison. C'était un petit homme mince, au manteau et au teint étonnamment gris, aux cheveux étonnamment noirs, aux manières étonnamment fébriles.

– Vous êtes le premier marchand depuis des semaines, capitaine Owens, oui, des semaines, et vos Nègres sont d'excellente qualité, excellente. Comme toujours, monsieur ! Les enchères auront lieu près du bureau de poste, comme d'ordinaire. Guère besoin de les annoncer, tout le monde sait que vous êtes ici. Plus de trois cents, la vente durera trois ou quatre jours. Oui, vraiment. Les modalités habituelles ? Des lettres de change ?

– Assurément, monsieur. Ou du riz ou du sucre, du tabac, du rhum ou de l'acajou de cette valeur.

– Je veillerai à ce que vous ne soyez pas floué. Je doute qu'il y ait deux cents dollars en monnaie dans toute la ville. Maudites guerres : la ruine des marchands honnêtes, la ruine ! D'abord notre lutte pour nous affranchir de la Grande-Bretagne – je me demande quel profit nous en avons tiré, mais ne le répétez à personne ! Non, vraiment ! Ensuite les Espagnols, et à présent votre guerre contre les Français. Les corsaires et les pirates, dix-huit navires au moins perdus le mois dernier, les ravages des marrons…

– Des marrons, monsieur ? s'étonna Juliet. Sont-ils brun rouge ?

Jamieson éclata de rire.

– Des hors-la-loi, jeune homme. Des esclaves évadés, des fermiers en faillite, des ivrognes, des boucaniers, des Indiens, des canailles de tout acabit, qui rôdent à moitié morts de faim dans les collines sur la moindre île des Caraïbes, qui attaquent les plantations, incendient et assassinent, libèrent les esclaves ! Et nos Nègres les aident si l'occasion se présente. Ils feraient pareil. Ce vaurien de Français noir* a mis le feu à toute l'île d'Haïti ! Une cruauté atroce, oui vraiment !

Une cruauté atroce. Comme les pendaisons et les rapts… les coups de fouet… et le spéculum buccal…

Malgré la chaleur étouffante, Juliet frissonna.

Les maillons se séparent

MAILLON 18

Août 1795
Charleston

Des bateliers et des porteurs noirs tourmen-
taient les esclaves en quarantaine : ils
jouaient de leur ignorance, leur racontaient que les
hommes blancs allaient les faire cuire et les dévorer,
puis se moquaient de leur affolement et de leur
désespoir. Le capitaine Owens interdit d'aussi mauvaises plaisanteries, qui en poussaient certains à se
jeter par-dessus bord pour se noyer. Depuis des
jours, Bob Bigtooth avertissait les esclaves de ce qui
les attendait.

Pourtant, lorsque le navire accéda enfin au
mouillage du port et que les esclaves furent appelés
par groupes de cinquante pour leur dernier lavage au
jet et une friction d'huile qui leur donna un teint lui-
sant et florissant, certains se tapirent dans la pénombre familière. Les marins les rabrouèrent :

– Debout, debout et dehors ! En route, salauds
de Noirs ! Vous nous aimez à ce point ? Il nous tarde
que vous débarrassiez le plancher ! Debout, debout !

Ceux qui souffraient de dysenterie furent
emmaillotés avec de la paille, une couche épaisse et

serrée capable de dissimuler l'odeur et la saleté. Puis, dans des rires nerveux qui cachaient leur anxiété, ils revêtirent de médiocres habits d'esclaves et descendirent l'échelle jusqu'aux chaloupes, apathiques, résignés ou maussades, hormis quelques enthousiastes remplis d'espoir.

Gbodi était impatiente de partir. Durant toute la traversée de la Rivière à une berge, elle avait eu la nausée ; elle se réjouissait donc de regagner la terre ferme. Sa robe, un sac de coton rose étriqué, plus douce que la peau de singe contre ses cuisses, valait mieux que n'importe quelle parure de son village. En outre, la haine qui couvait en elle chassait sa peur, mais n'étouffait pas entièrement sa curiosité.

Des foules d'hommes et de femmes regardèrent les esclaves quitter les chaloupes, s'avancer sur les jetées en bois et poser le pied sur la rue large et lisse. Beaucoup d'hommes avaient le visage rouge et une tenue semblable à celle des esclaves, une chemise et une culotte de coton sale, les pieds nus, un large chapeau de paille, même si quelques-uns portaient de beaux costumes, comme le roi Capitainowens.

Des gens noirs, aussi, se pressaient sur le rivage, les dévisageaient et criaient. Alors que les nouveaux arrivants contemplaient, effarés, les grandes et belles maisons de bois ou de brique, des spectateurs riaient d'eux. D'autres, en revanche, paraissaient graves et compatissants. La cohue, les empilements de marchandises, les porcs fouisseurs et les chiens

n'avaient rien d'inhabituel, mais Gbodi resta stupéfaite devant les énormes caisses tirées par des chevaux, des bœufs ou des mules, qui roulaient sur des
cercles à bâtons. Sur certaines étaient assises des
femmes blanches, parées de grandes robes et de chapeaux, tenant de petites ombrelles, qui gloussaient
et s'éventaient comme les habitants de la ville où
Omu avait reçu le fouet.

À ce souvenir, Gbodi fronça les sourcils ; mais
Omu était avec elle, dans sa tête.

L'une de ses compagnes gémit :

– Qu'allons-nous faire ?

– Apprendre, sourire et les combattre !

Que dire d'autre ? Elle sourit, son regard devint
lointain, et elle leur insuffla la vérité qu'elle perce-
vait.

– Rappelez-vous notre bonheur, notre aise,
notre bonne santé, notre vie prospère chez nous.
Toute la nourriture et l'huile qui nous rendaient gras
et brillants, toujours les rires et la gentillesse, la
sécurité et la liberté. Personne pour nous battre,
pour nous conduire. Les visages de fantômes nous
ont enlevés, nous ont blessés. Nous devons donc les
combattre ! Mais pas ouvertement, ils sont trop forts.
Souriez, obéissez-leur, afin qu'ils vous méprisent et
vous ignorent. Et ensuite, nuisez-leur à la moindre
occasion. Travaillez lentement, cassez des objets,
empoisonnez-les, tuez leurs bêtes et leurs enfants,
brûlez leurs maisons et leurs récoltes. Même si vous

ne pouvez faire qu'un peu, à nous tous nous ferons beaucoup. Nos dieux sont ici aussi. N'oubliez jamais. N'oubliez jamais notre pays, vengez-vous et haïssez ! Dites-le à vos enfants et aux enfants de vos enfants. Souriez, souriez, et résistez jusqu'à ce que nous soyons libres !

Les sanglots de la femme laissèrent la place à des reniflements ; puis elle leva la tête et sourit. Elle serrait les dents avec une détermination farouche.

Acheminées par les rues jusqu'à un grand espace dégagé, les cargaisons d'esclaves s'ébranlèrent ensuite par groupes d'une dizaine. Gbodi fit partie du cinquième groupe le premier jour. Pour que la foule les voie bouger, il leur fallut courir dans un sens et dans l'autre, puis s'aligner devant une grande maison. Des hommes vinrent leur inspecter les dents et les mains, ou les attirèrent dans un coin tranquille pour les tâter de plus près. Elle sourit.

Ils furent poussés tour à tour sur une plate-forme. Un homme criait et assénait des coups de marteau, la foule lançait ses offres. Puis ils durent redescendre, une corde nouée autour du cou, et furent emmenés comme des chèvres.

Sur la véranda du *Royal Hotel* tout proche, monsieur Jamieson et le capitaine Owens paressaient dans des fauteuils en rotin grinçants, observant les enchères, prêts à répondre à toute question au sujet des esclaves ou des conditions de vente. Juliet, assise à côté d'eux, était fascinée par le contraste avec Liverpool : la lumière vive et la chaleur au lieu de l'humidité froide et grise, les amples vêtements de coton blanc au lieu de la pesante laine sombre, la poussière blanche au lieu de la saleté noire. Et derrière elle, élégant et soigné, satisfait et posé, se tenait Hassan.

Juliet s'était demandé pendant des jours comment le récompenser de lui avoir sauvé la vie. Le capitaine Owens lui avait donné un conseil simple :

– Renoncez.

Devant sa surprise, il avait ajouté :

– Ce n'est pas facile, monsieur Smethwick. Si vous lui donnez de l'argent, son futur acheteur le lui prendra, car la loi dit que toutes les possessions de l'esclave appartiennent en réalité à son maître.

Juliet s'était gratté la tête, consternée. Logique, avait-elle supposé, mais démoniaque.

– Le libérer à Charleston ou le ramener en Afrique paraîtrait juste, avait continué Owens, mais ce serait le condamner à mourir de faim, son seul espoir de survie étant de se livrer à des marchands d'esclaves. Si vous le gardez comme esclave personnel, il profitera de votre gratitude, deviendra impertinent et insolent, et vous finirez par devoir le revendre, ce qui vous peinera. Non, monsieur Smethwick. Oubliez-le. Après tout, il n'a fait que son devoir.

Son devoir ? Sauver son ravisseur ? Juliet s'était mordu la lèvre.

– Je pourrais lui demander ce qu'il désire…

– Demander son avis à un esclave ? l'avait-il interrompue, scandalisé. Vous abaisser jusqu'à lui ? Jamais !

Néanmoins, durant la période de quarantaine, elle s'était finalement décidée à agir. Après une leçon, elle prit le garçon à part.

– Harry, vous m'avez sauvé la vie. Comment puis-je vous récompenser ?

Plein d'espoir et de crainte, le cœur d'Hassan se mit à battre avec une violence extraordinaire. Il maudissait Juliet de l'avoir oublié. Allah l'Omniscient, le Compatissant, lui pardonne son manque de confiance !

Il avait tout préparé, consulté Dand et l'homme noir qui parlait une multitude de langues, qui connaissait les usages des hommes blancs. Il savait ce qu'il pouvait espérer de mieux. Juliet, étonnée, entendit le garçon lui exposer un projet entier dans un mauvais anglais teinté d'écossais.

– Vous apporter moi en Angleterre, vous apprendre à moi parler bien, lire, écrire. Moi devenir homme, moi aller en Afrique. Moi devenir courtier comme Jim. Courtier fameux, fameux ! Moi travailler fameux. Mon papa, courtier pour Farouk. Farouk, gros, gros marchand. Farouk apporter beaucoup merveilles de Tombouctou, Gao, Alger. Moi porter à vous beaucoup, beaucoup esclaves, huile, or et…

Il tapota ses dents et dessina dans l'air autour de sa tête de larges oreilles, une trompe et des défenses.

– De l'ivoire, compléta Juliet. Rapporté de... avez-vous dit Tombouctou ? C'est un endroit réel ?

– Oui. Beaucoup, beaucoup fameux esclaves, tous pour vous.

Il ne pouvait pas en offrir plus. Était-ce suffisant ?

Juliet avait le souffle coupé. Ramener quelqu'un qui témoignât que Tombouctou existait, qu'il ne s'agissait pas d'une légende comme Troie : c'était la célébrité assurée ! Un commissionnaire indigène sur place, avec des contacts et des agents, pour le prix d'une ou deux années scolaires à Liverpool : Papa sauterait sur l'occasion. Tony n'aurait jamais rien réussi de tel ! Papa lui-même serait impressionné !

– Oui ! Oh, oui ! Je vais parler au capitaine. Je vais m'occuper de vous. Bravo, Harry !

Hassan toussa timidement.

– Hassan. Moi Hassan, s'il vous plaît. Pas Harry.

Juliet regimba une seconde : comment un esclave osait-il répliquer ? Mais c'était un détail, et elle le lui devait bien.

– Très bien. Hassan.

Celui-ci avait envie de pleurer de joie. Il avait cru qu'il serait vendu, aussi désarmé qu'un chien. Toutefois, il se maîtrisa et s'inclina solennellement, comme devant Farouk. Ni bondir en tous sens, ni hurler ni crier ; du calme et de la majesté, pour impressionner la femme païenne. Si tu recherches le respect, tu dois t'en montrer digne, lui avait enseigné son père.

À cette heure, il tenait prêtes des boissons fraîches pour sa maîtresse et le capitaine, comme les filles le faisaient chez lui pour la vieille Taranah. Son bras éclissé lui faisait mal, mais la douleur était supportable. Sa détresse et son désespoir sans fond appartenaient au passé. Certes, ce qui était écrit était écrit, mais son avenir était plus assuré que celui de quiconque. Bientôt, *inshallah*, il serait un grand marchand, estimé par son oncle Farouk et les autres négociants, ainsi que les hommes blancs. Il deviendrait riche et puissant, il aurait une vaste maison, des épouses, des concubines et des esclaves à son service. Et il serait aussi imam. Louange à Allah, qui connaît les besoins de chacun !

Monsieur Jamieson félicita le capitaine Owens et Juliet.

– Des prix excellents, messieurs ! Un beau bénéfice ! Monsieur Smethwick, monsieur Richard Smethwick, sera enchanté !

Un homme noir assez âgé surgit devant la balustrade.

– Des lettres, maître Jamieson, m'sieur ! Garçon de bureau Noah revenir de la poste et les apporter.

– Eh bien, donne-les-moi, mon garçon ! dit Jamieson en prenant la liasse d'enveloppes. Un navire est arrivé d'Angleterre ce matin : le premier depuis des semaines ! Nous sommes assoiffés de nouvelles, oui vraiment !

Il feuilleta le paquet de missives. Il en tendit quelques-unes au capitaine Owens, puis une à Juliet.

–Merci, monsieur.

Juliet était surprise. Qui lui avait écrit ? Tony ? Grand-Maman ? Ou alors (elle serra les dents) Papa savait maintenant ce qu'elle avait fait… Elle brisa le cachet, lut et demeura le regard rivé sur la lettre, incrédule et bouleversée.

Ce n'était pas son père. C'était un notaire dont elle n'avait jamais entendu parler.

Grand-Maman était morte.

Une certaine chaleur transparaissait à travers les condoléances et les tournures juridiques. –*Madame Sarah Smethwick fut notre cliente et amie très respectée pendant plus de quarante ans. Elle nous tint pleinement informé de ses intentions concernant votre personne. Avant qu'elle ne tombât malade, elle avait déjà modifié son testament, vous léguant toutes ses parts de la compagnie Murbles and Smethwick, afin qu'elles fussent gérées par nos soins en qualité de subrogé jusqu'à votre vingt et unième anniversaire. Elle nous enjoignit de vous instruire immédiatement de son décès ainsi que de mettre tous nos efforts à votre disposition au cas où une quelconque opposition au testament se manifesterait, ce que nous serons, naturellement, heureux de faire.*

Oh, pauvre petite Grand-Maman ! Mais sa vie avait été longue et belle, et elle avait fait comme elle le voulait en définitive. Veiller à ce que la compagnie prospère : ce serait la meilleure façon d'honorer sa mémoire.

Juliet battit des paupières en s'efforçant de mesurer les conséquences.

Elle possédait désormais plus de la moitié de la compagnie, même si elle n'en aurait la maîtrise totale qu'à partir de vingt et un ans.

Papa serait révolté. Comme Grand-Maman l'avait prévu, il s'acharnerait à invalider le testament. Mais avec l'aide de ce notaire, qui semblait prendre parti pour elle, Juliet gagnerait. Et Papa serait bien obligé d'accepter... Elle allait pouvoir le convaincre qu'elle travaillerait mieux si elle recevait une formation. Oui.

Elle aurait dû pleurer Grand-Maman.

Mais non ! La vieille dame elle-même aurait maudit un flot sentimental aussi vain. Pense à l'avenir, pas au passé...

Continuer à se travestir en homme serait peut-être d'un grand secours. À son retour en Angleterre, elle pourrait se faire passer pour un cousin, fils de cette extravagante cousine de Grand-Maman, qui aurait, par défi, remplacé Tony durant la traversée. Si elle persuadait Papa de garder le secret, Tony, Maman et ses sœurs suivraient son exemple... Quoique, tout dépendait de ce qu'ils avaient déjà dit à leurs amis... Ils pouvaient prétendre que «Juliet» était morte à l'école... Ce qui résoudrait une multitude de problèmes... Et en créerait d'autres, bien sûr, mais peut-être que...

Juliet se perdit dans les rêves et les projets.

Dand aida à débarquer la troisième cargaison d'esclaves, puis il s'esquiva. Il flâna pendant un moment, le nez en l'air, bouche bée devant les splendides maisons de brique le long des larges rues, les vitrines des magasins, le fracas et l'animation. Mieux qu'Aberdeen, avait dit Iain. Même les Noirs souriaient; chez lui, impossible de voir de tels sourires. Et ici, pas de risque d'engelures.

Une main lui agrippa la cheville et manqua le faire tomber.

– Maît'e! Maît'e!

Tapie sous un passage en bois devant une boutique, une femme noire tendait faiblement son long bras maigre. Elle était nue, famélique, ses côtes saillaient sous sa peau grise et poussiéreuse.

Un homme soigné, robuste, au teint mat, sortit du magasin, un sac sur le dos. Il le déposa sur un chariot plat tiré par deux mules attachées à la rambarde, puis se baissa pour glisser quelque chose dans la main de la femme.

– M'ci, maît'e! M'ci! souffla-t-elle avant de disparaître dans sa cachette.

– Je ne laisserais pas un chat malade dans cet état, commenta Dand, écœuré. Son maître est une brute, pour sûr.

– Elle n'en a point, monsieur. Une esclave au rebut. Personne ne l'achète, trop vieille. Des douzaines, des quinzaines comme elle ramassés tous les matins, avant qu'ils n'empestent les rues, expliqua l'homme.

Puis il observa Dand d'un air perspicace.

– Vous êtes frais débarqué, vous cherchez un travail, sieur ?

Dand sourit en entendant ce discours étrange.

– Oui-da, mon gars. Je sais mener des chevaux, labourer, faucher, mettre le foin en meule… tous les travaux des champs.

L'homme repoussa son chapeau de paille à large bord pour se gratter le front.

– Peu de fermes autour de la ville qui loueront un homme libre. Les propriétaires font la besogne seuls, avec peut-être un ou deux esclaves. Mais plus loin, une fois passées les grandes plantations… indiqua-t-il, aimable, en pointant le doigt. Prenez donc cette route-là, sieur, et frappez aux portes des maisons en demandant du travail pour payer votre traversée. Pas beaucoup qui vous refuseront, sauf si vous volez ou si vous mendiez.

Il réfléchit.

– Plus que quelques Indiens dans les terres, là-haut en amont de la rivière, presque tous emmenés comme esclaves ou chassés. Ou tués. Vous pourriez peut-être vous approprier un lopin, bien à l'écart, sans grand tracas.

— Merci, mon gars.

Dand hocha la tête, reconnaissant. La peau de cet homme était d'un curieux brun rouge.

— Êtes-vous esclave ? demanda Dand. Vous ne ressemblez pas à un Nègre, et vous ne parlez pas comme ceux que j'ai ouïs sur le navire ou par ces rues.

L'homme sourit lorsqu'il vit que le garçon ne l'insultait pas, mais se renseignait simplement.

— Non, sieur, je ne suis ni l'un ni l'autre. La Société des amis (les quakers, monsieur) n'a point d'esclaves. Je suis un métis. Mon père était noir, mais ma mère était une Indienne Creek. Ils appartenaient tous les deux à maître Ball de la plantation de Limerick, mais maître Quentin de la plantation de Salem m'a acheté quand j'avais dix ans, il m'a libéré et donné de l'instruction. Je suis un travailleur libre, sieur, déclara-t-il avec fierté. Nous ne sommes point nombreux, mais je suis libre. Le Seigneur bénisse votre chemin, sieur.

Il retourna travailler.

À l'angle de rue suivant, quatre hommes qui s'engouffraient dans un immense bâtiment de brique bousculèrent Dand au passage.

— Toutes mes excuses, mon garçon, grogna l'un d'eux. Je suis pressé ; selon ma femme, madame Lagrange a envoyé deux Négresses arrogantes ici ce matin, à la maison de correction, pour qu'elles y reçoivent le fouet. Vous êtes au courant ? Beau spectacle, vous ne devriez pas manquer ça !

Ses amis appelèrent l'homme. Dand faillit les suivre, mais il avait déjà vu des flagellations, et l'enthousiasme le poussait vers sa future ferme.

Dans la rue d'après, sur une plate-forme ombragée devant une grande maison, il aperçut la drôlesse Smethwick qui assistait à la vente des esclaves. Intéressant. Il se faufila dans la foule compacte pour venir lui parler. Il s'était acquitté de sa dette envers elle (tudieu, une galopine intrépide, celle-là, 'pas ?) et elle serait plus tranquille de le voir partir. Mais il ne devait pas filer en catimini.

– Je viens vous dire adieu, monsieur Smethwick. Hassan, comment ça va, mon drôle ?

Dans le coin le plus frais et le plus sombre, celui-ci s'inclina avec un large sourire.

– Dand ? demanda Juliet, clignant des yeux.

Elle prêta de nouveau attention à la rue brûlante, bruyante et poussiéreuse de Charleston, et se pencha sur la rambarde.

– En route vers votre ferme ? Vous ne voulez pas rentrer avec nous, retourner en Écosse ?

– Non. Iain est assez grand pour aider Pé. Mé aura fait son deuil de moi et continué sa vie. Je n'ai plus d'attaches là-bas.

– Vous avez gagné votre traversée, alors ? rit-elle. Quel chanceux !

– Oui, monsieur, si fait, confirma-t-il avec un hochement de tête vigoureux, songeant aux petites perles toujours en sécurité à l'intérieur de sa ceinture. Je vas travailler, épargner pour m'acheter des outils, des semences et une vache, et puis quérir une terre. Même si je dois la défricher et la disputer aux Indiens. J'élèverai des vaches, je ne connais goutte au riz et au sucre. Il faut bien que tout le monde mange, 'pas ? Et je me procurerai quelques esclaves, quand j'en aurai les moyens.

Juliet grimaça.

– Vous n'êtes donc pas hostile à l'esclavage ? Alors que vous avez presque été esclave vous-même ?

– La chance, monsieur, répliqua Dand. Les maîtres et les serviteurs, c'est vieux comme les chemins.

À cet instant, un sourire radieux aux lèvres, Gbodi monta au petit trot les marches de la plate-forme de vente. C'était la troisième fois qu'on la vendait. Mais aujourd'hui, au moins, il n'y avait pas de fer à marquer.

Le commissaire-priseur demanda :

– Comment t'appelles-tu ?

Les élèves s'étaient exercés pendant les leçons sur le navire.

– Goldie, maître, merci. Enchantée, maître.

Elle fit une révérence. Toute l'assemblée éclata de rire, ravie. Bien.

– Bonne travailleuse, zélée, serviable ! vanta le commissaire-priseur.

Juliet, Dand et Hassan écoutèrent les offres augmenter. Enfin, le marteau s'abattit. Monsieur Jamieson était aussi radieux que Gbodi : trente-sept livres, quel excellent prix pour une fillette !

Une corde passée autour du cou, Gbodi fut emmenée jusqu'à une voiture qui contenait un homme blanc, une fille blanche un peu plus âgée qu'elle, et une femme à la peau brune. La fille sourit à son père comme Gbodi autrefois, lorsque sa mère lui avait offert son nouveau collier de perles, et ordonna à la femme de descendre. Cette dernière montra la foule du doigt et protesta, mais sans se renfrogner. La main de la fille surgit tel un serpent et la gifla. Alors la femme obéit et noua la corde de Gbodi à la voiture, pendant que l'homme parlait, adressait de douces remontrances à la fille, qui eut un sourire éblouissant, l'embrassa et, d'un petit coup d'ombrelle, donna au cocher le signal du départ.

Le visage de la femme à la peau brune était dénué de toute expression. Lorsqu'elle rencontra le regard de Gbodi, le cœur de la fillette se réjouit. Peut-être que certains esclaves étaient heureux ici ; la plupart même, peut-être. Mais d'autres ne l'étaient pas. De bonne grâce, sans tirer sur la corde, elle suivit la voiture qui s'ouvrait un chemin dans la foule.

Au bout d'une minute, réconfortante, elle prit la main de la femme. Elle lui jeta un coup d'œil et sourit, avec les lèvres seulement.

La femme à la peau brune l'observait, prudente. Lentement, elle lui rendit son sourire.

Lorsque la voiture parvint à la limite de la foule, Gbodi aperçut Juliet. Elle agita la main. Maudite soit-elle. Sourire... Sourire, haïr et résister. Sage, sage Omu ! Elle laissait derrière elle deux maîtres morts, et un troisième devenu esclave. Elle veillerait à ce que d'autres subissent le même sort. Du sang, du sang... Ils auraient beau l'enchaîner, la fouetter, l'obliger, ils ne la vaincraient pas. À l'intérieur, sous les cris et les tremblements, son cœur ne se soumettrait jamais.

Dand claqua la langue et secoua la tête d'un air désapprobateur.

– Une mauvaise affaire, cette enfançonne, même pour un shilling. Je me tiendrai toujours à vingt lieues d'elle. Elle est folle, Hassan, 'pas ? Tu vois son sourire ? Il n'atteint pas ses yeux. Jamais. Elle nous hait. Pas étonnant, hein ?

Hassan saisit son idée et continua :

– Elle paraître heureuse, mais pas heureuse. Elle sourire, sourire, mais dedans (il toucha son cœur) elle vouloir tuer. Esclaves du navire parler de fille. Eux connaître fille. Elle méchante, méchante.

Il foudroya la fillette du regard. Elle avait fait de lui un esclave.

−Elle vouloir tuer. Tuer moi, tuer les maîtres. Tous les maîtres.

Voir la petite fille, sa corde au cou, lui lancer un sourire radieux, avait ravivé la brûlure dans le cœur de Juliet.

−Non, Goldie n'est pas la délicieuse enfant docile qu'elle simule. Cependant…

De la haine? Assez de haine pour tuer? Juliet essaya de contester cette affirmation. Mais c'était vrai. Il fallait regarder la réalité en face, si déplaisante qu'elle fût : c'était vrai. Elle se vit de nouveau à la place de la fillette. Quels sentiments éprouverait-elle? La haine serait le moindre…

Tout cela était injuste. Infâme. Enfin, elle se l'avouait. Elle s'était mise en colère lorsque le charretier avait fouetté son cheval à terre, tant de mois auparavant. Cela était mille fois pire.

Elle regarda ses amis Dand et Hassan.

−Employer des esclaves dans les plantations, c'est facile, mais il doit exister un meilleur moyen.

Ils la dévisagèrent, perplexes.

−Prenez Goldie. Enlevée et vendue. Attachée et traînée comme un chien. Entièrement, totalement au pouvoir de son maître. Prenez Hassan et vous. Des gens qui possèdent d'autres gens : c'est abominablement injuste ! Je ne sais pas ce que nous pouvons faire, mais il doit y avoir une solution. Peut-être engager les paysans anglais expulsés par les propriétaires qui veulent améliorer leurs terres. Ou les Écossais dont vous m'avez parlé, Dand.

–Oui, je comprends votre idée, déclara enfin Dand. Mais voyez, monsieur. Là-bas, il y a une vieille femme sans maître. Elle est libre, mais elle crève de faim. Et voyez Hassan. Il est esclave, mais il finira plus riche que mon pé, et Pé est un fermier libre. Hassan dira pareil.

–Est-ce vrai ? demanda Juliet. Hassan ? Pensez-vous que l'esclavage est une bonne chose ?

Dans son effort, Hassan fronça les sourcils.

–Ah ! Oui, monsieur. Moi heureux porter esclaves à vous.

–Non, non ! Êtes-vous heureux d'être esclave ?

Hassan haussa les épaules.

–Personne heureux d'être esclave.

–Une opinion vraiment idiote, ça ! gloussa Dand.

–Mais vous ferez le commerce des esclaves ? voulut savoir Juliet, qui regimbait devant leur impertinence.

–Voyez, monsieur, l'esclavage est dans l'ordre des choses. Vous n'y changerez rien. Il faut prendre ce que le Seigneur nous envoie et faire de notre mieux avec, 'pas, Hassan ?

Le front plissé, s'efforçant de comprendre, celui-ci approuva :

–*Inshallah*. Allah, Dieu, ordonner pour tous. Lui ordonner esclaves, lui ordonner hommes libres.

Allah écrire histoire, histoire écrite. Homme rien pouvoir changer.

– Eh bien, je vais essayer ! rétorqua Juliet. Je chercherai d'autres marchandises, d'autres marchés.

– Vous n'en trouverez pas qui rapportent des profits aussi fameux, objecta Dand.

Juliet hésita, puis elle proféra le blasphème suprême (aux yeux de son père, du moins) :

– Le profit n'est pas tout.

Elle regarda, derrière le visage peu convaincu de Dand, le capitaine Owens qui riait avec monsieur Jamieson.

– Notre capitaine n'est pas un mauvais homme. Il pense être quelqu'un de bien et, à de nombreux égards, il l'est. Mais dans cette affaire, il a tort. Tort. Le commerce des esclaves est trop terrible, trop indigne…

Hassan, très concentré, s'efforçait de suivre son flot de paroles.

Quel soulagement, d'opter enfin pour la bonne cause !

– Vous dites que vous ne pouvez pas changer les choses. Je vais m'y appliquer !

N'ayant plus à combattre ses instincts, elle se sentait soudain de nouveau pleine d'énergie, de vigueur et de force.

– Je diminuerai la part de l'esclavage dans la compagnie, autant que je le pourrai. Je lutterai pour que les lois évoluent, pour y mettre fin.

– Et vous allez tout bouleverser, 'pas ?

– Oui ! répliqua-t-elle, bravant les doutes de Dand.

Les garçons la regardèrent avec un certain cynisme.

– Bonne fortune à vous. Tous mes vœux de réussite ! lança Dand.

Comprenant à demi, Hassan sourit et s'inclina, approbateur. Dand gloussa.

– Bien, je vas me mettre en route.

– Adieu, Dand. Et bonne chance. Merci pour… pour tout ce que vous avez fait pour moi…

Y compris ce qu'elle soupçonnait, mais dont elle n'aurait jamais la certitude…

L'air rayonnant, il lança un clin d'œil, tendit le bras au-dessus de la rambarde pour serrer la main d'Hassan – qui eut l'air stupéfait, puis s'inclina en souriant – et disparut dans la foule.

Elle le regarda s'éloigner, regarda s'éloigner Goldie, puis sourit à Hassan. Elle avait quelques années pour le persuader qu'elle avait raison. Lui, Goldie et Dand lui avaient tant appris durant la courte période où des liens si inattendus s'étaient noués entre eux. Elle aurait désormais l'occasion et le pouvoir d'agir.

Ces abolitionnistes lugubres et pieux seraient aussi ébahis que Papa lorsqu'elle rentrerait à Liverpool !

Elle se dit que Grand-Maman serait contente de sa petite-fille.

Baptiste (p. 175) : mouvement religieux protestant, fondé en Hollande au XVIᵉ siècle, qui s'est fortement développé aux États-Unis et qui prêche la non-violence.

Commerce des esclaves (p. 175) : organisation commerciale mise en place en Europe à partir du XVIIᵉ siècle. Ce commerce se déroule en trois étapes, d'où son nom de « commerce triangulaire ». Les navires quittent l'Europe chargés de verroteries, de tabac et d'alcool, mais aussi de tissus, de fer et de cuivre bruts et surtout, à partir du XVIIIᵉ siècle, d'armes à feu et de poudre. Ces marchandises sont échangées sur la côte africaine contre des esclaves. Ces derniers sont transportés à travers l'Atlantique dans des navires négriers. Ils sont revendus aux Antilles et en Amérique contre du rhum, du sucre, du tabac ou du coton, rapportés ensuite en Europe, au plus grand bénéfice des armateurs. En France, l'essentiel du trafic s'opérait à partir de Bordeaux et surtout de Nantes, qui fut le premier port négrier du monde au XVIIᵉ siècle

(1 427 expéditions menées de 1715 à 1789, soit près de 20 par an). Mais le commerce triangulaire avait une dimension européenne : Anglais, Hollandais, Espagnols et Portugais le pratiquaient tout aussi intensément.

Expulsions (p. 10) : le rattachement définitif de l'Écosse au Royaume-Uni en 1707 inaugure une longue période d'intégration. Peu à peu, les traditions et le mode de vie écossais sont dilués dans l'identité britannique. Jusqu'alors, la vie écossaise était fondée sur la structure du clan, qui regroupe des familles ayant un ancêtre commun, et qui assure une grande solidarité sociale et familiale. L'exploitation des terres, notamment, reposait sur de petites parcelles individuelles, même si la terre appartenait en titre à un seul grand propriétaire. L'influence anglaise incita ces propriétaires à réunir leurs terres pour créer d'immenses domaines, consacrés à l'élevage du mouton. Les paysans qui refusaient de quitter leur demeure étaient évincés de force ; beaucoup émigrèrent, contre leur volonté, en Amérique du Nord ou en Australie.

Fille du canonnier (p. 82) : cette expression, courante dans la marine anglaise, n'a pas d'équivalent en français. Il s'agit en fait d'un châtiment destiné aux jeunes marins, qui étaient attachés à plat ventre au fût d'un canon pour être fouettés.

Français noir (p. 286) : Jamieson fait allusion à Toussaint Louverture (1743-1803), le héros de l'abolition de l'esclavage en Haïti. Esclave lui-même, fils d'un roi du Bénin, Toussaint Louverture prend la tête d'une révolte d'esclaves, en 1791. Il s'allie à l'Espagne car, à l'époque, l'île est une colonie française. Lorsque la Convention prononce l'abolition de l'esclavage, en 1794, Toussaint Louverture renoue avec la France. Devenu général en chef en 1797, il prend le contrôle de l'île et installe ce qu'il appelle lui-même un « pouvoir noir ». Haïti devient le premier pays libéré de l'esclavage par les esclaves eux-mêmes, tout en restant français. Mais la nouvelle puissance de Toussaint Louverture inquiète Bonaparte, qui monte une expédition militaire contre lui. L'ancien esclave est arrêté et déporté en France. Il mourra en prison, dans le fort de Joux, en Franche-Comté.

Haoussa (p. 72) : peuple d'Afrique, installé au Niger et dans le nord du Nigeria actuels. Les commerçants haoussas étaient très actifs dans toute la vallée du Niger. Le haoussa est très répandu comme langue de relation dans toute l'Afrique occidentale. Le personnage d'Hassan est un Haoussa.

Méthodiste (p. 175) : mouvement religieux protestant, fondé en 1739 par deux prédicateurs anglais, John et Charles Wesley.

Mossi (p. 105) : ce peuple d'Afrique, auquel appartient le personnage de Gbodi du roman, est resté indépendant jusqu'au XIXᵉ siècle. Les Mossis vivent aujourd'hui au Burkina Faso.

Non-conformistes (p. 174) : les protestants qui ne suivent pas la religion officielle (dite anglicane), en Angleterre.

Quaker (p. 175) : mouvement religieux protestant, fondé en 1652 par George Fox (1624-1691), sous le nom officiel de Société religieuse des amis. Les adeptes de George Fox furent appelés quakers («trembleurs», en anglais) par ironie, car la base de leur attitude religieuse consistait à trembler devant Dieu. Les quakers furent très actifs dans le mouvement d'abolition. Dès 1770, en Nouvelle-Angleterre, ils s'interdisent la possession d'esclaves.

Songhaï (p. 72) : l'Empire songhaï connut son apogée au XVIᵉ siècle, et s'étendait alors du Sénégal aux boucles du Niger, avec Gao pour capitale. Il fut envahi et occupé par le sultan du Maroc à partir de 1591.

Traite (p. 176) : le premier exemple de traite négrière atlantique remonte à 1441 : un jeune capitaine portugais enleva un homme et une femme sur la côte du Sahara pour les vendre à son roi, Henri le

Navigateur. Le commerce des esclaves resta long-
temps relativement réduit (367 000 esclaves vendus
entre 1450 et 1600), mais prit des proportions
énormes : 1,8 million au XVIIe siècle, et 6,2 millions
pour le seul XVIIIe siècle. Les diverses interdictions et
abolitions décrétées en Europe ne parvinrent pas à
interrompre la traite mais réduisirent le nombre
d'esclaves vendus à 3,3 millions pour le XIXe siècle.
Au total, on estime que près de 12 millions d'esclaves ont quitté l'Afrique pour traverser l'océan
Atlantique.

Wilberforce, William (1759-1833) (p. 174) :
homme politique britannique, fondateur du premier
mouvement anti-esclavagiste en Europe. Il obtint
l'abolition du commerce des esclaves en 1807, et
l'interdiction définitive de l'esclavage en 1833 au
Royaume-Uni.

Yoruba (p. 72) : peuple d'Afrique, vivant aujour-
d'hui principalement au Nigeria, mais aussi au Bénin
et au Togo. Les Yorubas furent parmi les principales
victimes dans la traite des esclaves.

1454: le pape Nicolas V autorise le roi du Portugal à pratiquer la traite (itinéraire Afrique-Portugal).

1492: premier voyage de Christophe Colomb. Des Noirs sont embarqués dans les caravelles dès le deuxième voyage.

1620: premiers arrivages d'esclaves africains dans les colonies continentales anglaises.

1787: fondation de la Société anglaise pour l'abolition de la traite.

1794: la France décrète l'abolition de l'esclavage.

1802: Napoléon rétablit l'esclavage et la traite.

1807: abolition de la traite aux États-Unis et en Angleterre.

1815: abolition de la traite en France.

1833: abolition de l'esclavage dans les colonies anglaises.

1848, 27 avril: abolition de l'esclavage par la France.

1926: Convention internationale sur l'esclavage.

1948: l'abolition de l'esclavage est inscrite dans la Déclaration universelle des droits de l'homme.

POUR ALLER PLUS LOIN...

Romans et récits

MÉTANTROPO, *Mon cheval, ma liberté*, Père Castor-
Flammarion, 2001.

MARET (Pascale), *Esclave !*, coll. « Milan Poche
Junior », Milan, 2003.

O'DELL (Scott), *Moi, Angelica, esclave*, Père Castor-
Flammarion, 1998.

STOWE (Harriet Beecher), *La Case de l'oncle Tom*,
traduit de l'anglais par Louis Enault, Hachette-
Jeunesse, 2003.

Documentaires

BABA KAKÉ (Ibrahima), *Au temps des grands
empires africains*, coll. « La vie privée des
hommes », Hachette-Jeunesse, 1991.

Tes héros dans l'Histoire

Préhistoire	– 3000 av. J.-C.	Antiquité	476 apr. J.-C.	Moy
Rahan		Astérix et Obélix		Les chevalie.
La Guerre du feu		Gladiator		Notre-▮

COMBESQUE (Marie-Agnès), WINTZ (Nicolas), *Esclave aujourd'hui : entre guerre et misère*, coll. « J'accuse », Syros-Jeunesse, 1994.

GODARD (Philippe), *Le racisme : de la traite des Noirs à nos jours*, coll. « Junior-Histoire », Autrement-Jeunesse, 2001.

JOLY (Dominique), HOFFMANN (Ginette), *Au temps de la traite des Noirs*, coll. « Des enfants dans l'histoire », Casterman, 2002.

LEMESLE (Raymond-Marin), *Le Commerce colonial triangulaire*, coll. « Que sais-je ? », PUF, 1998.

Bande dessinée

BOURGEON (François), *Les Passagers du vent*, 5 volumes, Casterman, 1994.

Films

Amistad, Steven Spielberg, 1997.

Tamango, Jean Roké Patoudem, 2002.

Sites Internet

http://julienas.ipt.univ-paris8.fr/~aceme, site de l'Association pour la connaissance, l'étude et la mémoire de l'esclavage.

	1492 Époque 1789	Époque
	moderne	contemporaine
le ronde		*Lucky Luke*
ris	Juliet – Hassan	*Harry Potter*
	Dand – Gbodi	

Achevé d'imprimer par Novoprint
en Espagne
Dépôt légal : 3ᵉ trimestre 2003